날 버리면
그대가 손해

이형순 장편소설

도모북스

날 버리면
그대가 손해

이형순 장편소설

그, 선재

————————————

프롤로그 _ 007

소나기 젖은 햇살 _ 011
그녀의 알함브라 궁전 _ 019
우주로 간 게코 도마뱀 _ 041
어린 수컷들의 학교 _ 061
청색 뒤주를 쫓으며 _ 075
태양을 향해 몇 마디 했지 _ 091
여자라는 불의 먹이는 남자 _ 107
돌이킬 수 있는, 돌이킬 수 없는 _ 133
타인들의 애니메이션 _ 151
천변 교향곡 _ 169
집으로 떠나는 여행 _ 183

그녀, 해인

————————————

207 _ 뫼비우스
227 _ 마음이 눕는 의자
247 _ 봄의 눈!

에필로그 _ 263

작가의 말 _ 266

뒤주!

회화나무로 만든 뒤주였다. 윤 5월의 뙤약볕은 천진했다. 스물여덟 살, 한 남자가 갇혀 있는 뒤주로 무심한 태양 빛이 쏟아졌다. 검붉은 뒤주는 환한 빛으로 물들었다.

뒤주 안은 밝지 않았다. 왕의 아들은 몸을 뒤틀 수 없다. 고개를 들수도 없다. 혀를 깨물고 싶도록 숨이 막혔다. 뒤주 밖이 환해질수록, 뒤주 속은 어두웠다. 타는 듯했다. 남자의 귀에 아비가 직접 뒤주에 못을 때리고, 자물쇠를 채웠던 소리가 쟁쟁하게 울렸다.

사람들은 남자를 정신병자라고 했다. 남자는 뒤주 안에서 사무치는 비명을 질렀다. 11살 아들이 그 소리를 들었다. 늙은 아비의 귀에도 들리도록 남자는 괴이한 음성으로 발악했다. 귀가 달린 사람들은 그 소리에 짐승을 느꼈다.

정신병자는 8일 만에 아비에 의해 숨을 놓았다. 창경궁 문정전 앞

뜰에 300년 된 회화나무와 선인문 안쪽 400년 된 회화나무는, 회화나무로 만든 뒤주의 비명을 들었다. 뒤주의 절규를 듣고 자란 나무들이었다. 나무는 공명共鳴했다. 나무의 어느 뼈마디, 옹이로 남겨졌다.

그가 죽은 지 250여 년이 지나면서 학자들이 입을 열었다. 당파 싸움이 그를 죽였다고. 뒤주 남자의 정신병 때문이 아니라고.

* * *

"뭐가 들려요?"

한 여자가 뒤주에 귀를 바짝 대고 있었다. 폴더 폰처럼 엉거주춤 허리를 꺾고 있는 모양새가 우스웠다. 화성행궁에 관람을 오는 대부분의 사람은 뒤주 속을 들여다본다. 그녀처럼 250여 년 전의 비명 소리를 듣지는 않는다.

그녀는 자기에게 한 얘기인가 싶어 주위를 둘러보았다. 주위에는 그녀와 나 둘뿐이었다.

"저 말인가요?"

그녀는 나를 보고 피식 웃었다.

뙤약볕은 그녀와 나를 태워 죽일 것처럼 온몸 구석구석을 파고들었다. 처음 본 그녀에게 기시감旣視感이 느껴졌다. 언젠가 말을 나누었고, 또 오래전에 지긋지긋하게 싸웠던 적이 있었던 것 같은. 햇볕에 물든 그녀는 칙칙한 뒤주와 잘 어울렸다. 그대로 뒤주에 새겨져도 좋을 그림이었다.

"들어가 보실래요?"

그녀가 당돌한 눈빛으로 말했다. 잠깐 당황했지만 길게 생각하지 않았다. 음울하게 아가리를 벌리고 있는 뒤주, 그리고 낯익은 그녀. 나는 받침대를 밟고 뒤주 속으로 풍덩 빠져들어 갔다. 그녀 또한 오래전에 그랬던 것처럼 망설이지 않고 뚜껑을 닫았다. 뚜껑은 칠이 바래고 너덜하게 낡아 있었다. 아이 어른 할 것 없이 죽음을 맛보고 싶어 하는, 관광객들의 손때 때문이었다.

뒤주 안은 생각보다 짙은 암흑이었다. 어렸을 적, 갇혔던 그 공간이었다. 날카롭게 질식의 공포가 몰려왔다.

어둠은 흔했다. 하루에도 한 번 어둠은 찾아오지만, 어둠에도 색깔이 있었다. 특별한 색깔. 무슨 이유인지는 몰라도, 엄마는 이불로 어린 나를 꽁꽁 싸매고 뒤흔들었다. 이대로 숨이 막혀 죽을 것 같았던 공포. 이불 밖으로 사력을 다해 빠져나오면 젊은 엄마는 다시 아이를 캄캄한 이불로 뒤집어씌우고 답삭 들어 흔들었다. 아이의 힘으로는 도저히 벗어날 수 없는 가위눌린 막막함. 튀어나오는 단말마의 비명. 살려달라는 무기력한 울음소리. 그때 보았던 이불 속 색깔은 어둠이 아니었다. 젖을 주었던 엄마라는 이름과 나를 죽이려 했던 것 같던 한 여자와의 사이에서 일어나는 불협화음의 색깔. 그 색깔은 싸늘했다. 검푸른 바닷물이었다. 해석할 수 없는 심연의 색이었다.

똑·똑·똑

그녀가 두드렸을 노크 소리가 들렸다. 나는 그때, 이불 속 아이가 보았던 심연의 색으로 비명을 질렀다. 바깥은 조용했다. 그녀는 귀를 바짝 대고 250여 년 전의 소리를 듣고 있을 것이다. 정신병으로 몰렸던 한 남자의 비명을 들었을 것이다.

나는 뚜껑을 밀어젖혔다. 낡은 뒤주의 속살로 햇살이 쏟아졌다.

소나기 젖은 햇살

수원 행궁에서 멀지 않은 융건릉隆健陵으로 발걸음을 돌렸다. 융건릉은 뒤주 속에서 굶어 죽은 남자와 그 아비의 절규를 똑똑히 들었던 왕이 된 아들이 부인들과 함께 묻혀있는 공간이다.

관광객들은 제향을 지내는 정자각이나 용이 품고 있는 여의주에 해당한다는 연못, 곤신지坤申池에 무리 지어 있었다. 정자각 옆쪽에 위치한 비각 안의 비문에는 움푹 팬 자국들이 있었다. 나는 비문의 전서체 글자보다 그 자국이 더 궁금했다. 휴대폰 카메라로 찍기 위해 주머니에 손을 넣었다. 휴대폰이 잡히지 않았다. 어디에도 없었다.

중학생 아이와 실랑이를 벌였다. 아이는 그 자국이 6·25 전쟁 때 생긴 총알 자국이라고 배웠다며 흥분했고, 나는 그 바쁜 인민군과 국방군이 숨을 데라고는 왕 무덤밖에 없는 이곳까지 떼거리로 몰려와서, 총싸움했을 리 없다고 강변했다. 정신병자로 몰렸던 남자의 유골이라도 탈환하는 쪽이 대한민국의 정통성을 계승한다면 또 모를 일이다.

내 주장에 씩씩대는 아이를 지켜보다가, 내가 휴대폰이 없다는 사실을 떠올렸다. 아이의 말이 몽땅 맞는 것으로 해주는 대신 휴대폰을 빌려달라고 했다. 아이는 맥 빠진 손으로 마지못해 휴대폰을 건네주었다.

분실 중인 휴대폰으로 통화를 시도했다. 리 오스카Lee Oskar의 비 포 더 레인Before the rain이 끝나갈 즈음, 여자 목소리가 튀어나왔다. '저 지금 식사 중이거든요. 이따가 전화할게요.'라는 일방적인 말과 함께 통화가 툭 끊겼다.

나는 하는 수 없이 휴대폰의 주인인 중학생을 졸졸 쫓아 다녔다. 휴대폰을 주운 여자가, 식사를 다 마치고 나를 다시 호출할 때까지 기다리는 수밖에 없었다. 중학생은 친구들과 다방구를 하느라, 천방지축으로 뛰어다녔다. 덩달아 술래도 아닌 나도 중학생 꽁무니를 따라다녔다. 그 넓은 왕의 무덤 주위를 뛰어야 했다. 좁은 뒤주에서 죽은 남자가 새삼 지나치게 드넓은 곳에 묻혀있다는 생각이 들었다.

중학생이 술래에게 붙들려 홍살문에 붙어있을 때, 나는 헉헉거리며 숨을 골랐다. 홍살문은 충절과 정절을 지킨 열녀에게 하사되는 붉은 칠을 한 문이다. 다시 다방구라는 외침이 들렸다. 술래라는 저승사자에게 붙들려 죽은 채로 홍살문에 속박되어 있으면, 자유로운 몸을 가진 아이가 다방구라는 외침과 함께, 죽은 아이의 손바닥을 마주치면 죽은 아이는 부활했다. 구원의 터치였다.

중학생이 살아나려 했다. 다행히 중학생이 막 풀려날 즈음 휴대폰 벨이 울렸다. 중학생은 귀찮다는 듯 휴대폰을 나에게 던져주고는 저승사자를 피해 멀찌감치 달아났다.

"여보세요?"

"뒤주에 왜 휴대폰은 떨어뜨려 놓고 간 거죠?"

나를 뒤주에 빠트렸던 그녀의 목소리였다.

* * *

홍살문에서 그녀를 기다렸다. 저만치서 휴대폰을 돌려주려고 오는 그녀가 보였다. 그런데 그녀만이 아니었다. 그녀의 뒤로, 소나기가 맹렬하게 뒤쫓아왔다. 순식간이었다. 마른 땅을 적시며 흙먼지를 일으키는 소나기의 기세는 수십만 대군이 쏜살같이 말을 달리는 형국이었다.

그녀가 뛰었다. 그녀가 소나기를 몰고 오고 있었다. 몇 걸음 뛰지 않아, 소나기가 그녀의 머리를 덮쳤다. 그녀는 한 손을 들어 머리 위에 우산처럼 받치고, 삐치기 좋아하는 초등학생처럼 한쪽 눈을 찡그리며 다가왔다. 나와의 거리를 좁히느라 터덜터덜 뛰고 걷기를 반복했다. 나는 느린 화면으로 다가오는 그녀에게 다가가지 않았다.

소나기 속의 그녀는 싱싱한 소나기였다. 닮았다. 청바지에 자주색 면티를 입은 그녀가 뛸 때마다 웨이브 진 긴 머리카락이 출렁였다.

기세 좋은 소나기는 여우비였다. 비가 오는 중에도 햇살은 여전히 빛났다. 햇살에 반사된 그녀의 머리카락은 밝은 갈색이었다. 기묘한 풍경이었다. 손바닥 우산을 쓰고, 소나기 젖은 햇살에 반사된 갈색의 머리카락을 나풀대며, 나의 휴대폰을 찾아주기 위해 애를 쓰고 뛰어오는 한 여자의 스케치 풍경.

소나기를 거느리고 온 그녀가 붉은 칠을 한 홍살문에 다다랐을 무럽, 우리는 어디에도 비를 피할 곳이 없다는 것을 알았다. 급하게 눈에 들어온 곳이 정자각 아래, 작은 수라간 처마 밑이었다.

나와 그녀는 인사치례할 겨를도 없이 처마 밑까지 달려야 했다. 비 젖은 잔디 위를 하이힐을 신고 뛰느라 그녀는 갸우뚱, 몇 번을 넘어 질 뻔했다.

그녀와 수라간 처마 밑에서 쌕쌕 밭은 숨을 내쉬었다. 여우비가 오기 전까지 왕릉에서 내가 본 것은 펑퍼짐한 아낙의 뱃살 같은, 늘어 진 엉덩이의 곡선 같은 무덤의 나른함이었다. 하지만 그녀가 몰고 온 햇살 속의 소나기는 어느새 왕들의 무덤을 싱그럽게 바꿔놓았다.

"뒤주 속이… 무서워요?… 소리만 지르고 도망치듯… 가버리 게…."

숨을 고르느라 그녀의 말이 자주 끊겼다.

"그 비명… 너무 갑갑해 미칠 것 같았어요."

비는 그치지 않았다. 그녀의 갈색 머리에 물방울이 맺혀 있었다. 그리고 그녀의 생기 있는 엉덩이 곡선이 오히려 왕의 무덤답다는 생 각이 얼핏 들었다. 그녀가 자신의 몸을 쳐다보고 있는 나를 의식하 고, 빤히 마주 쳐다보았다. 무참해진 나는 얼굴이 붉어졌다. 수라간 의 닫힌 나무 문틈 사이로 시선을 돌려야 했다. 어느새 수라간 안에 도 비 맞은 햇살이 갈래지어 들어와 있었다.

* * *

그곳은 부엌이었다. 밥이 끓고 있었다. 솥단지 뚜껑이 열기에 못 이겨 들썩였다. 바깥에서는 엄마와 주인집 아줌마의 웃음소리가 간간이 들렸다. 서툴게 빗자루 손잡이로 걸어 잠가 놓은 나무 문짝 사이로 햇살이 미어져 들어왔다. 햇살은 부엌 흙바닥에 서너 개의 금을 그었다. 부뚜막에 걸터앉은, 치마가 말려 올라간 열여덟 춘자의 허벅지 맨살 위로도 햇살이 그어졌다. 춘자의 젖가슴이 몰캉몰캉 부챗살처럼 움츠러들었다 활짝 퍼지기를 반복했다. 어떤 때는 위로 아래로 덜커덩거렸다. 그녀의 숨이 칙칙~ 치치익~ 밥물 끓는 소리를 냈다.

만 · 져 · 봐

춘자의 달뜬 목소리였다. 일곱 살, 나의 움켜쥔 손은 펴질 줄 몰랐다. 춘자의 목소리는 명령도, 애원도 아니었다. 밥물 끓는 솥단지처럼 달아올랐을 뿐…. 열여덟 어른의 몸이 끓는 것을 난생처음 보았다. 은밀했지만 두렵지 않았다. 단지 멈출 수 없는 기차의 지붕에 춘자와 함께 타고 있는 기분이었다. 무엇인가 위험하고, 마땅히 발을 디디고 내릴 수도 없이 달려야만 하는 공간.

"손을 펴 봐…."

부끄러움이 많은 춘자였지만 목소리는 달콤했다. 하지만 춘자의 채근에도 나는 주먹을 펴지 않았다. 내 주먹은 그녀의 다리 사이에 꽉 끼어 있었다. 나의 관심은 그녀의 칙칙폭폭 울어대는 성기性器가 아니었다. 혹시 그녀의 다리 조임으로 인해 주먹이 펴질지도 모른다는 불안이었다.

춘자는 그 집 가사도우미의 딸이었다. 엄마가 아플 때는 대신 춘자가 와서 일하고는 했다. 가난 때문에 고등학교를 중퇴한 춘자는 아이들을 좋아했다. 믿음직했고 순진했다. 가끔 앞집 사는 내게 달걀 프라이를 만들어주기도 했고, 호빵을 쪄 주기도 했다. 본채 바깥에 있던 그 집의 부엌은 춘자만 있으면 맛있는 것이 불쑥 나오는 곳이었고, 춘자로 인해 가슴이 쿵쿵 뛰는 곳이었다.

"정말 주먹 안 펼 거야?"

아이들이 장난을 쳐도, 사람 좋은 웃음으로 모두 받아주었던 막내 이모 같았던 춘자. 춘자가 기쁘면 나도 기뻤다. 사실 그녀가 요구하는 것을 받아들이는 일은 어려운 일이 아니었다. 그렇지만 들어 줄 수가 없었다. 그녀의 치마 속, 물기 어린 갯바위 사이에 따개비처럼 붙어있던 내 주먹을 펼 수는 없었다. 그것은 순전히 밀크 캬라멜 때문이었다. 내 주먹 속의 껍질 벗겨진 캬라멜.

춘자는 밥물 끓는 소리로 보챘고, 주먹 속에 캬라멜은 찐득하게 녹아만 가고, 나는 조바심이 났다. 캬라멜이 춘자의 성기에 깊숙이 닿을까 봐 온통 신경이 곤두섰다. 물 샐 틈 없이 주먹을 일그러질 정도로 꼭 쥐었다. 밀크 캬라멜에 오줌이 묻어서는 안 된다. 만약 오줌이 묻는다고 해도 귀한 캬라멜을 버릴 수도 없는 일이었다.

주먹에 너무 힘을 주어서 얼굴이 벌겋게 달아올랐다. 칙칙폭폭 기적을 울리고 있는 춘자는 코맹맹이 소리를 냈고, 갈래진 햇살 사이로 칙 치익~ 밥물 끓는 수증기는 폭폭 피어오르고, 어느새 누군가가 부엌 문짝을 쾅쾅 두드렸다. 부엌 안은 온통 찌그덕찌그덕 씨근덕씨근덕이었다.

춘자는 문 두드리는 소리에도 아랑곳없었다. 이미 멈출 수 없었다. 내 따개비 주먹을 부여잡았다. 아쉬운 대로 갈라진 갯바위 사이에 대고 주먹 파도를 만들어 물결치게 했다. 뜨거워진 손안의 캬라멜은 반 이상이 녹아내렸고, 춘자의 갯바위도 흐물흐물 흘러내렸다. 춘자의 넘어가는 흰자위처럼 내 머릿속도 텅 비었고, 햇살은 살들 위에서 빛났다.

춘자는 그날 끝내 밥을 태웠다. 밥 탄 냄새를 맡으며 나는 춘자를 걱정했고, 치마를 내리고 열기가 가신 춘자는 쑥스러워 나를 마주 보지도 못했다.

그녀의 알함브라 궁전

　해인을 다시 보게 된 건 3호선 종로 3가역 부근이었다. 처음에는 그녀를 못 알아볼 뻔했다. 뒤주 앞에서 처음 본 갈색 웨이브의 긴 머리가 아니라, 삭발 머리였기 때문이었다.

　그녀가 소나기를 몰고 왔던 날, 그녀는 자신의 사무실이 인사동이라고 했다. 합창단원이라 지방으로 공연을 많이 다녔고, 노래할 수 있다는 것에 대해 행복해했다. 나는 해인에게 무용을 하는 여자인 줄 알았다고 했다. 그녀는 호감을 느끼는 나를 부담스러워했다. 그 눈빛을 읽은 나는 대학을 졸업하고, 군대에서까지 열심히 공부하여 끝내 가고 싶던 한의학과에 입학했으며, 지금은 예과 1학년에 휴학 중이라고, 은근히 값어치와 신뢰도를 높이는 말을 던져 보았다. 하지만 그녀는 그런 것에 아무런 관심도 없었다. 휴대폰 번호도 주지 않은 그녀는 '인연이 되면 인사동 근처에서 볼 수도 있겠지요.'라는 말만 남기고, 뒤주 안에서 굶어 죽은 남자의 무덤에서 사라졌다.

나는 그날 이후 공부는 인사동과 멀지 않은 정독도서관에서 했고, 3호선 안국역에서 지하철을 타지 않고 인사동을 가로질러 탑골공원까지 걸어갔다. 거기서 다시 3호선 종로 3가역에서 지하철을 타고, 집이 있는 일산까지 가는 코스를 택했다.

해인은 한 남자와 이야기를 나누고 있었다. 모텔이 있는 방향을 가리키는 화살표가 선명한 입간판 앞이었다. 그날 소나기에 젖어 성숙해 보이던 해인은, 고스란히 맨머리를 드러내고 나니 스물네 살보다 훨씬 어리게 보였다. 그들 앞에 세워져 있는 입간판의 빨간 굵은 화살표는 웬만하면 거역할 수 없을 만큼 단호했다. 역시나 그들도 자연스럽게 그 골목으로 빨려 들어갔다. 두 사람은 만행 중인 비구니와 노점상에게 삥이나 뜯어 먹고 사는 양아치와의 조합이었다. 내 발걸음도 너무나 당연하게 비구니 모습을 한 그녀를 따랐다. 하지만 10미터도 못 가 더는 그들을 따라갈 수 없었다. 그들은 알함브라 모텔의 카운터를 거쳐 그들만의 궁전으로 들어가 버렸다.

가슴이 서늘해졌다. 질투나 배신감 따위의 감정은 들지 않았다. 오히려 그녀가 선명하고, 유쾌해 보여서 안도감이 들었다. 아직 해가 지기에는 이른 시간이니 그들은 밤을 새우면서까지 궁전에 머물지는 않을 것이다.

나는 모텔의 입구가 보이는 근처 2층 카페에 자리를 잡았다. 〈우주 변화의 원리〉라는 책을 펼쳤으나 '진실한 자유란 시간이 일반적 계승 작용을 하는 인과법칙에서 일어나는 것이며…'라는 부분만 되풀이해서 읽고 있었다. 집중되지 않았다.

그날, 진실한 자유는커녕 죽어서도 질식할 것 같은 뒤주만큼이나 갑갑한 무덤에 갇힌 남자를 보며 해인은 말했다.

"뒤주 속도 답답했을 텐데 왕릉이라고 저렇게 뚱뚱하게 흙을 덮어 놓으면, 얼마나 숨이 막힐까요? 차라리 경복궁 뒤에 사방이 확 트인 북악산이나 인왕산 꼭대기에 시체를 들풀로 살짝 덮어 놓았다가, 살은 바람결에 하늘로 날려 보내고, 뼈는 창덕궁 어디쯤을 바라보게 했더라면 한恨이 좀 풀렸을 텐데…. 인디언들처럼요."

그녀가 답답하게 갇혀 죽은 자의 살과 뼈의 처리방법에 대해 이야기하고 있을 때였다. 아악! 그녀가 소리를 질렀다. 사마귀가 소나기의 빗줄기를 피해 하이힐로 튀어오른 것이다. 그녀는 자신도 모르게 발작적으로 발을 털더니, 작게 패인 물웅덩이에 떨어진 사마귀를 처벅처벅 짓밟아 짓이겨 버렸다. 엉겁결이었다. 그녀는 하이힐을 벗어 저만치 던져버렸다. 하이힐 뒷굽에는 죽은 사마귀가 눌어붙어 있었다. 나는 하이힐을 주워들었다. 껍질과 살이 짓이겨진 사마귀를 풀 위에 털어내고, 그녀의 맨발에 하이힐을 신겼다.

그때였다. 알함브라 궁전에서 금팔찌를 한 양아치가 툭 튀어나왔다. 생각보다 빠른 시간이었다. 혼자였다. 입구 쪽을 뚫어지게 바라봤으나 해인은 뒤따라 나오지 않았다. 나는 망설였다. 모텔에 들어간다고 해도 그녀가 묵고 있을 방을 카운터에서 말해 줄 리가 없었다. 그렇다고 가만히 있을 수도 없었다. 그 사내의 행색으로 보아서 충분히 안 좋은 일이 있을 수도 있었다. 나는 무작정 궁전 안으로 들어가 보기로 했다.

카운터에는 아르바이트생쯤으로 보이는 이십 대 청년이 앉아 있었다. 나는 몸을 잔뜩 웅크리고 카운터 아래를 통과했다. 생각보다 쉬웠다. 잠입에 성공했다고 생각하고 허리를 막 펴는 순간, 딩동! 벨 소리가 울렸다. 실내 계단 초입에 설치해 놓은, 적외선으로 감지하는 무선 센서 벨 소리였다.

"무슨 일이십니까?"

청년이 튀어나오고 나는 변명해야 했다.

"분명히 여기다 떨어트렸는데….."

청년의 경계하는 눈빛을 느끼며 주위를 둘러보는 척했다.

"뭘 말입니까?"

"… 콘돔….."

콘돔이라는 말에 청년의 경계가 휘청하며 풀어지는 것을 느꼈다. 시계나 지갑 따위가 아니라 청년이 세끼 밥숟가락보다 자주 만져야 하는 친숙한 물건, 콘돔. 청년은 이내 나를 이방인이 아닌 동업자의 눈으로 바라보았다.

* * *

콘돔을 처음 알게 된 것은 춘자와의 끈적한 캬라멜 사랑 이후로 얼마 시간이 지나지 않아서였다. 그날 무슨 연유인지 나는 아침부터 풍선을 요구하며 자지러지게 울며 성질을 부렸다. 아버지는 출판사 말단직원으로 출근을 이미 했고, 엄마는 얼굴까지 침범한 피부병으로 신경질이 하늘을 찌를 때였다. 바깥으로는 나가지도 못하고, 집에서 모든 일을 해결해야 했던 엄마는 강짜를 부리던 나에게서 빨리 벗어나고 싶어했다. 엄마는 나를 뒤돌아 앉게 하고는 음침한 장롱 속으로 얼굴을 들이밀었다. 그때 장롱은 무엇인가 보아서는 안될 것 같은 금기의 울타리였다. 엄마는 마녀의 주문 소리처럼 몇 마디 구시렁거리더니, 뒤돌아 선 상태로 거친 호흡을 여러 차례 내뿜었다.

신기하게도 돌아앉은 내 앞으로 풍선이 날아들었다. 마법사처럼 풍선을 창조한 엄마. 희멀건하게 반투명한 풍선은 색달랐다. 외제처럼 보이던 풍선은 내 작은 손에 퉁겨져 낮은 천장 지붕을 통통 두드리며 날아다녔다. 풍선 머리에는 어른의 손마디 하나쯤 되는, 여자의 젖꼭지를 닮은 공간이 불쑥 솟아 있었다. 꼭지를 손바닥으로 비비면 꼬들꼬들한 엄마의 젖꼭지가 느껴졌다. 나는 형형색색의 풍선 보다, 어디에서도 볼 수 없었던 젖꼭지 풍선이 자랑스러웠다. 이런 특별한 풍선은 당연히 친구들에게 자랑해야 했다. 풍선의 젖꼭지를 쥔 채 밖으로 나가려 하자, 그것을 본 엄마가 소리쳤다.

"가지고 나가면 터트려버린다!"

표정 하나 없는 냉정하고 단호한 어투였다. 나는 풍선을 가지고 정색을 하는 엄마를 이해할 수 없었다. 이 특별한 풍선을 다른 아이들과 함께 가지고 놀 수 없다는 것이 억울했다.

다음 날, 바람이 다 빠져 쭈글쭈글하게 쪼그라진 풍선은 엄마의 주의를 누그러뜨렸다. 나는 희한한 풍선을 꼽추처럼 등에 감추고, 춘자에게 가서 보여주었다. 풍선을 본 춘자는 배를 잡고 깔깔대며 웃었다. 너도 크면 알게 된다는 말과 함께 큰 비밀이나 되는 양 숨죽인 목소리로 내 귀에 속삭였다. 그 풍선은 남자들이 쓰는 물건이라고. 언뜻 콘돔이라고 들은 듯했다.

콘돔! 귀여운 강아지를 부를 때 어울리는 이름이었다. 어른들이 쓰는 물건이라는 말에 콘돔 풍선은 더더욱 귀한 물건으로 보였다. 나는 그때부터 콘돔은 어른들만이 가지고 놀 수 있는 장난감이라고 생각했다. 다 큰 어른들도 풍선을 가지고 논다는 게 아무리 생각해도 미스터리였다. 한 번도 바깥에서 어른들이 콘돔 풍선을 하늘로 둥실둥실 떠올리며 노는 것을 본 적이 없다. 그렇다고 집 안방에서 엄마와 아빠가 주거니 받거니 튕기며 가지고 노는 것도 보지 못했다. 도대체 이 풍선을 언제 가지고 논다는 말인가. 하지만 아무렴 어떠랴. 내 손안의 콘돔 풍선이 이렇게 째지게 예쁜걸!

그날 나는 춘자가 다시 바람을 빵빵하게 넣어준, 어른들만이 가지고 놀 수 있는 찬란한 콘돔 풍선을 가지고, 동네 아이들과 함께 새파란 하늘 아래서 축구도 하고 배구도 했다. 그리고 그 풍선은 무엇보다 질겼다.

* * *

콘돔을 찾는 나를 우호적으로 보던 청년은 아무것도 묻지 않은 채, 함께 궁전 바닥을 살폈다. 아마 대단히 귀하고 비싼 특수형일 거라고 생각한 모양이었다. 그때 누군가 내 뒤를 지나치는 것을 느꼈다. 냉정한 발걸음의 실루엣. 돌아보니 역시 삭발을 한 그녀였다. 나는 피 끓는 동료애를 가진 청년을 뒤로하고, 그녀 뒤를 소나기처럼 쫓았다.

해인의 걸음은 무엇에 쫓기는 것처럼 빨랐다. 그녀를 막 부르려는데, 그녀 앞에 승합차가 멈추어 섰다. 승합차 안에는 그녀의 동료로 보이는 여자들 대여섯이 타고 있었다. 동료들은 창문을 열고 그녀를 반겼다. 그녀는 자연스럽게 승합차 안으로 사라졌다. 나는 주저하지 않고 택시를 불렀다.

택시가 선 곳은 예술문화회관 앞이었다. 회관에서는 폴라리스 합창단의 정기공연이 열릴 예정이었다. 왕의 무덤에서 처음 보았던 날, 그녀는 쏟아지는 빗속에서 낮게 노래를 흥얼거렸었다. '어린 소녀 꿈을 꾸듯~ 춤이라도 춰 볼까~ 춤이라도 춰 볼까~' 그녀는 주위를 의식하지 않고 노래에 빨리도 취했다. 노래를 좋아하는 여자였다.

공연이 있을 무대의 조명은 소박하고 담담했다. 소년 합창단의 〈여우야 여우야〉와 〈나를 울게 하소서〉가 끝나고, 어느새 무대는 해인을 비롯한 30여 명의 합창단원들로 채워졌다. 그녀의 삭발 머리는 단발머리보다 짧은 숏컷 통가발로 덮여있었다. 합창단원들은 줄리엣이 입었을 법한 목련꽃 같은 드레스를 입고, 함박웃음을 머금었다. 단원 중에 그녀만 도드라지게 보였다. 그녀에게만 조명이 비추고 있는 것처럼.

카치니의 〈아베마리아〉가 애절하게 울려 퍼졌다. 장중하고 위엄이 있었다. 하지만 해인의 그림자를 밟고 온 나에게는 쓸쓸하고 청승맞게 들렸다. 이어서 젊은 나이에 생을 마감한 영국군 병사 아들을 위해, 아버지가 낭송한 시에 곡을 붙인 〈천 개의 바람이 되어〉가 울려 퍼졌다.

나의 사진 앞에 서 있는 그대 제발 눈물을 멈춰요
나는 그곳에 있지 않아요. 죽었다고 생각 말아요
나는 천 개의 바람. 천 개의 바람이 되었죠
저 넓은 하늘 위를 자유롭게 날고 있죠

그녀의 입이 무성영화의 배우처럼 보였다. 합창의 화음은 미묘한 하나였다. 모두가 부르지만 아무도 부르는 것이 아니었다. 스미고 섞이고 물결치는 선율. 비감 어린 화음에 푹 젖어 있는 해인을 보니 마치 그녀만 홀로 무대 위에서 부르는 것 같았다. 나 또한 전혀 알 수 없는 공간에 덩그러니 앉아, 그녀의 노래를 홀로 듣고 있는 듯했다. 연이어 그녀가 솔로 부분을 맡은 〈첫눈 오는 날 만나자〉라는 곡이 무대를 채웠다.

사랑하는 사람들만이 첫눈을 기다린다
첫눈을 기다리는 사람들만이
첫눈 같은 세상이 오기를 기다린다
아직도 첫눈 오는 날 만나자고 약속하는 사람들 때문에
첫눈은 내린다

화사한 조명 아래에서 노래를 부르는 해인은 첫눈이었다. 하지만 실제의 해인은 첫눈보다는 소나기를 몰고 오는 여자였다. 뒤주에 들어가 비명을 질러야 했고, 그녀가 몰고 온 수십만 대군의 말발굽에 깔릴 것만 같았다. 그녀를 처음 본 뒤로, 어스레한 안갯속에서 길을 잃은 기분이었다. 아마 그녀와 첫눈을 맞는다면 지독한 첫눈이 될 것 같은.

해인을 기다렸다. 공연이 끝난 해인은 다시 삭발 머리였다. 회관 정문에서 해인이 동료들과 헤어지는 것을 확인하고 나는 잰걸음으로 그녀에게 다가갔다. 해인의 휴대폰에서 벨 소리가 울렸다. 나는 잠시 멈칫했다. 그녀는 휴대폰 통화를 하다가 앞쪽 누군가를 향해 손을 번쩍 들었다. 역시 남자였다. 무뚝뚝한 표정의 그는 양아치보다는 샌님에 가까웠다. 검은 뿔테 안경을 쓰고, 체크무늬 남방을 아무렇게나 걸쳐 입고 있었다. 두 사람은 노래하는 비구니와 취업에 노력 중인 가난한 대학 선배와의 조합으로 보였다. 그들은 어두운 골목길을 지나 횡단번호를 건너 편의점으로 들어갔다. 잠시 후, 술과 안줏거리가 잔뜩 든 큰 봉투를 들고 나왔다. 그들은 이미 약속이나 해놓은 듯 바로 옆 건물에 있던 모텔로 사라졌다.

오늘만 두 번째로 나의 걸음을 막아선 모텔. 도시의 모텔은 그런 곳이다. 약간의 부끄러움을 깔아야 하는 여자다움과 허세와 야성이 버무려진 남자다움이 침대 위에서 만나, 서로 본인들의 가치를 탐색하고, 이기와 헌신이 부딪치고, 거의 본전에 가까운 타협의 배설을 하는 공간.

나는 문득 나의 성기를 벌하고 싶은 충동이 일었다. 양아치나 샌님을 받아들여야 할 그녀를 생각하면 다른 수컷들을 대신해 대속하고 싶은…. 하지만 나는 그녀를 모른다. 그녀가 비구니 같은 스타일을 했을 뿐이지, 침대 위에서 약자인지 강자인지는 알 수 없는 일이다. 욕망의 차대변이 공평한 본전의 배설일지도 모르는 일이다.

그날, 그녀가 사마귀를 짓이겨 죽이고 나서 말했다.

"그냥 죽으려는 마음도 없이 떼어 내려고 한 것뿐이거든요. 그런데 사마귀는 왜 죽은 거죠? 제 잘못인가요?"

그녀는 내가 신겨주었던 하이힐을 다시 벗어서, 뒷굽을 휴지로 깨끗이 닦아냈다. 그리고는 산뜻하게 하이힐을 다시 신으며 혼잣말처럼 자신의 물음에 자신이 대답했다.

"세상에서 제일 무서워 벌벌 떠는 게 벌레인데… 그래서 그 두려워하는 만큼의 강도로 처참하게 죽일 수도 있었던가 봐요."

나는 모텔 옆 편의점 피크닉 테이블에 앉았다. 캔맥주 하나를 땄다.

* * *

　콘돔 풍선을 가지고 놀았던 시절에서 시간이 좀 흐른 뒤였다. 초등
학교 즈음이었다. 동네에는 얌전하고, 말이 없던 여자아이가 있었다.
쌍꺼풀진 눈이 아주 큰 아이였다. 그 여자아이는 남자아이들이 여자
의 성기를 아주 신기해한다는 것을 알고 있었다. 그때 남자아이들은
여자의 성기를 보는 것만으로도 등불이 환하게 켜지고, 혹시 만지게
까지 된다면 통닭 한 마리를 통째로 혼자 다 먹는 일보다 훨씬 가슴
뛰는 일이었다. 그 여자아이는 가끔 우리가 놀고 있는 곳에 가만히
다가와 앉아 있다가, 느닷없이 한마디 하고는 했다.

　"내꺼 보여줄까?"

　우리가 미처 보여 달라 말라 태도를 정하기도 전, 우리가 보고 싶
든지 말든지, 그 아이는 큰 은혜를 베풀듯 팬티도 입지 않은 치마를
훌쩍 들어 올렸다. 우리가 미처 초점을 맞추기도 전에 치마의 장막은
늘 빠르게 내려졌다. 엄밀히 말하면 본 것도 안 본 것도 아닌, 그저
은밀한 행위였다는 공범 의식만 남고, 남는 게 없었다.

　번개처럼 지나간 신세계 앞에서 남자아이들은 진지하게 의견을 나
누며 늘 아쉬워했다.

　"너 봤어?"

　"아니, 그냥 하얬어."

　"넌 봤어?"

　"응, 까매"

　"그러면 너는 봤어?"

　"되게 커!"

"뭐가 커?"

"자지가!"

"빙신아, 여자는 자지 없어!"

"그럼 뭐가 있는데…"

"맨 아래에 무슨 금 같은 게 그어져 있던데…."

"금? 치마 속에 금이 들어있다고?"

우리의 얘기는 늘 삼천포로 빠졌고, 그 애의 얄미운 성기는 한 번 도 제대로 표현되지 못했다. 조용했던 아이가 자진해서 치마를 들출 때마다, 남자애들은 그 애의 무릎 아래에서 더 말이 없어지고, 기가 죽었다. 처음에는 그 아이를 마주 보지도 못하고 얼굴이 확 달아오르 고는 했으나, 그 아이가 치마를 올리는 횟수가 잦아질수록 남자애들 은 그 애를 점점 남자 취급하기 시작했다. 다른 여자애들에 비해 남 자 놀이에 그 애를 끼워주는 게 불편하지 않았고, 함께 놀다 보니 그 아이 또한 남자아이들에게 심드렁해졌다.

그 아이의 '금지된 장난'은 어른들이 염려하는 완강한 룰을 가볍게 뛰어넘었다. 다른 여자애들은 도저히 엄두도 못 낼 일을, 초롱초롱한 큰 눈으로 훌떡 해치우던 그 아이.

나중에는 덜 떨어진 몇 녀석이 입을 놀려 어른들 몇이 그 사실을 알게 되었고, 발라당 까진 아이니 뭐니 하면서 구청에서 일하던 그 여자아이의 엄마 귀에까지 들어가게 되었다. 그 후로 그 여자아이는 한동안 꽉 끼는 청바지만 입고 다녔고, 그 아이는 무슨 반항인지 몰 라도 가끔 우리 앞에서 지퍼를 빠르게 내렸다 올리고는 했다. 그러면 우리도 따라서 잽싸게 지퍼를 내렸다가 올렸다. 그리고는 무엇이 재 밌었던지 그 여자아이와 우리는 서로 히죽히죽 웃고는 했다.

* * *

피크닉 테이블에서 캔맥주를 거의 다 마셔갈 때쯤이었다. 온종일 미련한 짓을 하고 다닌다는 자괴감이 스멀스멀 올라왔다. 하지만 자괴감과는 다르게 그녀를 몇 미터 앞에 놔두고서 발걸음이 떨어지지 않았다. 발걸음은 이미 통제할 수 없었다. 나의 말을 듣지 않았다. 언제 다시 그녀를 보게 될지 모른다. 그녀는 그 흔한 페이스북이나 트위터에도 존재하지 않았다. 해인은 오직 실물로만 만날 수 있는 여자였다.

내 머릿속에는 햇살을 받으며 거대한 소나기를 몰고 왔던 그녀의 천진한 실루엣이 스틸 컷이 되어 떠나지 않았다. 오늘 하루에도 수백 번 돌아간 필름이었다.

"아직도 기다리시네요?"

해인이었다. 가슴에서 무엇인가 쿵 소리를 내며 떨어졌다. 온몸에서 기운이 쭉 빠졌다. 여전히 그녀는 소나기 냄새를 몰고 왔다. 전혀 예상 못 한 출현이라 가슴이 뛰었다. 알함브라 궁전에서 그녀를 보았을 때와 비교할 수 없는 감정이 온몸을 휘감았다. 불과 몇 시간 만에 이렇게 감정의 진폭이 커질 수 있다는 사실에 내 자신도 당황스러웠다. 잡힐 듯 잡히지 않는 그녀에 대한 그리움이 갑자기 병적으로 비대해져 버린 것일까 그렇지 않으면 그녀를 탐하는 사내들 때문에 발동한 쟁취에 대한 욕구의 이상 항진일까.

막상 그녀를 마주 대하자 할 말이 떠오르지 않았다. 어두운 밤인데도, 그녀의 등 뒤에서는 여전히 햇살이 비추었다. 숱한 멜로물에서 보았던 과잉의 감정과 관습적인 표현이라고 비난해 마지않던 증상이 실제로 나를 덮쳤다.

"제가 있다는 것을 아시고 계셨어요?"

그녀는 내가 묻는 말에는 대답하지 않고, 편의점으로 들어갔다. 유리창 너머로 그녀를 바라보았다. 그녀는 진열대 여기저기를 둘러볼 뿐, 상품에는 관심이 없어 보였다.

담배를 빼어 물었다. 3년간 끊었던 담배였다. 알함브라 궁전 앞에서부터 다시 피우게 되었지만, 정확히 말하면 그녀의 흔적을 찾아 인사동을 헤매기 시작하면서부터 다시 담배 연기가 달게 느껴졌다.

편의점을 나온 해인은 피크닉 테이블에 맥주 한 캔과 육포를 올려놓았다.

"저를 기다리신 거라면 좀 더 기다리세요. 이것을 다 마실 때까지 제가 안 오면 그냥 가시구요."

그녀는 알함브라 궁전에서 느꼈던 냉정한 발걸음으로 나에게서 멀어졌다. 테이블 위에서 그녀의 손길이 닿았던 맥주가 나를 위안해 주었다.

* * *

술을 처음 마셔본 것은 초등학교 4학년 때였다. 동네 슈퍼에는 아줌마들이 자주 모였다. 일종의 아줌마들 아지트였다. 아줌마들은 주말이면 각자 집에서 만든 음식을 한 가지씩 싸가지고 와 일종의 포트락 술 파티를 열었다. 나는 늘 궁금했다. 어른들이 술을 마시면 왜 몸을 비틀거리는지, 왜 토하고 난리인지.

어느 겨울, 노인 복지관 단체 김장을 마치고 아줌마들의 거나한 술

파티가 열렸다. 그날 나는 취해서 먼저 잠들어 있던 엄마 옆에서, 아줌마들이 주는 막걸리를 넙죽넙죽 받아마셨다. 아줌마들은 취해가는 나를 보고 재미있어 했다. 그녀들도 취했기에 유쾌한 웃음소리가 끊이질 않았다. 이상야릇한 취기가 돌자, 나는 슈퍼 앞 골목으로 나갔다. 실험을 해보기로 작정했다. 걸음을 똑바로 걸어보았다. 게걸음이었다. 다시 똑바로 걸어보았다. 이번에는 반대편으로 게걸음이었다. 다시 이번에는 빠르게 직진을 시도했다. 속도를 못 이겨 직진으로 고꾸라졌다. 정신은 또렷했다. 하지만 몸은 전혀 말을 듣지 않았다. 통제 불능. 그야말로 충격이었다. 아버지도 동네 양아치 형들도, 주정뱅이 아저씨들까지 갑자기 나의 동료가 되었다. 그들이 술을 마시고 흔들리는 것은 연기가 아니었다. 술의 위대함이었다. 우유와 같은 액체 몇 대접에 몸과 정신이 따로국밥일 수 있다니. 비틀거리는 것에 재미를 붙인 나는 몸 가는 대로 골목을 굴러다녔다. 내 몸을 내가 운전할 수 없다는 것은 새로운 발견이었다. 휘청거리면서도 어른이 된 기분에 푸슬푸슬 웃음이 새어나왔다. 길 가던 어른들은 미친놈처럼 웃으며 비틀거리는 나를 불쌍한 눈으로 바라보았다. 어린 것이 설마 취해서 저러는 것이라고는 상상하지 못했다. 그저 뇌성마비이거나 보기 드문 희귀병에 걸린 아이로 보고 동정의 혀를 찼다.

그렇게 구르다 보니 어느새 내가 좋아하던 현희네 집 앞이었다. 봄이면 분꽃이 만발하던 전봇대 뒤로 현희를 불러내었다. 평소 현희 앞에서 자꾸만 기가 죽던 내가 '나 너 좋아'라고 힘주어 말하자, 현희는 내가 희한하게 보였는지 헤실헤실 웃었다. 그날, 그 아이와 입을 맞추었다. 둘 다 이빨을 꼭 깨물고, 입을 앙다문 채.

어른들이 입을 맞추면 좋아하던 것을 떠올리며 우리는 좋아질 때까지 서로의 머리를 붙잡고 꼭 끌어당겼다. 달콤하지 않았다. 덜 밀

착이 돼서 그런 것으로 생각하고, 좋은 느낌이 날 때까지 더욱 힘을
줘서 입술을 맞붙였다. 하지만 그럴수록 아팠다. 무지 아팠다. 입술
안쪽으로는 본인의 이빨에 눌리고 바깥쪽으로는 상대의 입술에 압박
되어, 좋아지려고 할수록 고통이었다. 이 통증을 어른들은 왜 즐기는
지 도무지 알 수 없었다. 실망스러웠다. 입술은 갈수록 빨개지고 얼
얼했다. 잠시 어른이 된 것으로 만족해야 했다. 오랜 시간이 흐르고
나서야, 입을 벌리고 혀를 놀려야만 어른들처럼 몽롱해질 수 있다는
사실을 알게 되었다.

현희는 입술에 약을 바른다고 들어가고, 나는 술에 취한 채 비틀비
틀 슈퍼의 내실로 다시 돌아왔다. 속이 울렁거렸다. 엄마에게 도움을
청하기 위해 엄마를 깨웠지만, 눈을 뜨지 않았다. 더 참을 수 없던 나
는 엄마의 얼굴에 끝내 토사물을 뿜고 말았다. 엄마는 화들짝 놀라
잠을 깼다. 얼굴에서 토사물을 걷어내던 엄마는 어린 것에게 술을 먹
인 범인들을 탓하지 않았다. 오히려 반항하느라 일부러 참다 참다 자
신의 면상에 일부러 쏟은 것이라고 나에게 화를 냈다. 엄마에게 미친
놈 소리를 들어야 했고, 등짝을 수없이 맞았다. 그 이후로 나는 오래
도록 술을 입에 대지 않았다.

* * *

테이블 위에 맥주 캔이 다섯 개나 쌓였는데도 그녀는 오지 않았다.
그녀가 더 기다려진다. 술기운은 누군가에 대한 그리움을 절대적으
로 만든다. 나는 그녀를 만나야 했다. 그녀가 오지 않는다 할지라도
그녀를 기다리기로 작정했다. 편의점으로 다시 들어가 맥주를 들고
밖으로 나왔다.

해인이었다.

테이블에는 어느새 해인이 앉아 있었다. 해인이가 분명했다. 그런데 그녀의 왼쪽 눈 위에 붕대가 덮여 있었다. 술기운이 저만치 달아났다.

"저를 왜 그렇게 기다리는 거죠? 할 말 있으면 빨리하세요. 이렇게 온종일 뒤쫓지 마시고요!"

해인은 화가 나 있었다.

"눈… 다쳤어요?"

"그것은 그쪽에서 알 필요 없잖아요? 왜, 저와 연인이라도 하시게요?"

그녀는 소나기처럼 쏘아붙였다. 소나기는 게릴라적이다. 기습이나 교란, 파괴 따위에 능하다.

"네!"

그녀의 말이 끝나기 무섭게 나는 정직하게 대답했다. 해인의 입에서 풋, 웃음이 터졌다. 해인은 자신의 말의 리듬이 끊기고, 자신의 의도와는 전혀 다른 방향으로 말이 흐르자 어이가 없다는 표정이었다.

"저는 일어날게요. 앞으로 괜히 시간 낭비하지 마시구요. 공부나 하세요. 네? 공부!"

해인이 벌떡 일어섰다. 그 바람에 힘없는 플라스틱 의자가 뒤로 벌렁 나자빠졌다. 나는 의자를 일으켜 세워, 그녀 뒤에 다시 놓았다.

"앉으세요."

잠시 망설이던 해인이 다시 자리에 앉았다. 나는 시간이 없다고 느꼈다.

"당신을 기다린 건 내가 아닙니다. 당신이라는 존재가 기다리게 한 거지…. 내가 무슨 할 말이 있는지 궁금하면 나에게 물어보지 마시고, 내 발걸음이나 아니면 당신을 기다리게 만든 내 안에 어떤 무엇에게 물어보세요. 그런 눈으로, 눈앞에 빤히 보이는 제 껍데기에만 묻지 마시고요. 껍데기는 아무 할 말이 없거든요? 있다 해도 지어낸 헛소리밖에 지껄일 게 없고요."

크크큭… 그녀가 다시 웃었다. 무거운 것에 짓눌려 있던 사람이 어떤 예상하지 못한 상황이나 말을 들었을 때, 순간적으로 경계가 풀리면서 나오는 헛헛한 웃음이었다.

"눈은 왜 다쳤어요?"

"……."

"왜 다쳤느냐구요!"

나도 모르게 화가 났다. 목소리가 높아졌다. 해인은 아픈 건 자신인데 왜 자기가 화를 내는지 모르겠다는 표정이었다.

"맞았어요. 좀 아프게."

그녀는 남 이야기하듯 대수롭지 않게 말했다.

"아까 그놈한테?"

"놀랄 필요 없어요. 가끔 있는 일이니까요."

"그렇게 상습적으로 때리는 놈과 왜 사귑니까?"

나의 분노 섞인 물음에, 해인은 왕의 무덤 앞에서 나를 쳐다보던 그 눈빛으로 빤히 마주 보았다. 그녀는 한동안 말이 없었다. 내친김에 내 물음은 더 신랄해졌다.

"알함브라에서 본 녀석도 자주 때립니까?"

해인은 피식 웃었다. 유치원생의 천진한 물음을 받은 유치원 교사의 표정이었다.

"아까 그 사람들 다 처음 보는 사람들이에요. 물론 이름도 모르고…."

다시 그녀는 소나기를 몰고 온다. 지독한 소나기 냄새를 풍기는 중이다.

"가볼 데가 있어서 일어날게요."

그녀는 단호하게 일어섰다. 도롯가로 나가서 택시를 잡으려 했다.

도로를 질주하는 차들의 헤드라이트 불빛이 거슬렸다. 돌이라도 던져 저 뻔뻔한 헤드라이트를 꺼버리고 싶다.

나도 도롯가로 나갔다. 마주 보고 달려오는 헤드라이트 불빛에 눈이 부셨다. 지나치는 자동차들이 택시인지 아닌지 구분이 되지 않았다. 택시를 세우기 위해 무조건 헤드라이트들을 향해 손을 번쩍 들었다. 내가 택시를 잡으려고 노력하는 순간부터 해인은 차를 잡으려는 몸짓을 멈추었다. 해인은 멍하니 서서 나의 행동만 바라보았다.

"어디까지 가실 거죠?"

고개를 돌리지 않은 채, 나는 해인에게 물었다. 그때 나의 뒤통수에 그녀의 말이 꽂혔다.

"시간 낭비하실까 봐 말씀드리는데요."

"……."

"님포마니아 Nymphomania 라고 아세요?"

"……."

님포마니아. 순진해서 요염하고 귀여운 님프들은 신과 인간을 설레게 했다. 소녀 같은 그녀들은 반은 사람이고 반은 짐승인 거친 성격과 외모의 사티로스와도 거리낌 없이 사귀었다. 그렇다고 그녀들을 함부로 사랑해서는 안 된다. 천진한 그녀들의 사랑은 대부분 비극적인 결말을 가져오니까.

신과 인간들이 욕망하는 발랄한 순수 요정들은 섹스 중독증 환자들의 진단명에 이름을 빼앗겼다. 하지만 님프가 억울해할 필요는 없다. 님프들은 신과 인간들 주위를 떠나지 않고, 끊임없이 허기진 욕망을 품게 하는, 색정광을 양산하는 숙주일지 모르기 때문이다. 님프가 있는 한, 반인반수의 사티로스는 님프를 쫓는 게걸스러운 짐승일 수밖에 없다.

"택시가… 안 잡혀요."

나는 혼자 중얼거렸다.

"내 말 안 들려요? 나 중독증이에요! 왜 이렇게 구질구질해. 나 중독증이라고! 나 따라다니지 마요. 증말 싫어! 나 별 볼 일 없는 년이야!"

달려오는 자동차들의 헤드라이트는 두 사람의 온몸을 훑고 지나갔다. 금속의 몸체에서 뿜어내는 강렬한 기세로, 길고 강한 빛나는 혀를 내밀어, 몸 구석구석까지 빠르게 침 칠을 해가며 핥고 물었다. 어둠이 짙어질수록 도로 위를 둥둥 떠다니는 헤드라이트들은 날름 맛만 보고, 쏜살같이 사라졌다.

"거짓말!"

나는 헤드라이트를 노려보며 소리쳤다.

내 눈으로 두 명의 남자와 두 곳의 모텔을 보았다. 그렇지만 '거짓말'이라는 말밖에 떠오르지 않았다. 그녀에게 해 줄 수 있는 유일한 말이었다. 해인의 목소리 그대로 님포마니아라는 말이 귀에서 윙윙거렸다. 그녀는 님프이고 사티로스였다. 소녀였고, 반인반수의 허기진 짐승이었다.

나는 택시를 세울 마음도 없이 기계처럼 손을 들었다 내리기를 반복했다. 헤드라이트는 여전히 침을 튀기며 우리를 쓸고 지나갔다. 인적이 드문 어둠 속에 서 있는 해인은, 거대한 뒤주 속에 서 있었다. 뒤주에 갇힌 채, 색정증色情症에 시달리는 여자였다.

"당신 덕분에 오늘 밤도 혼자는 잠을 못 이룰 것 같군요! 날 원하는 사람에게 가려는 중인데… 차까지 잡아 주시려고요?"

그녀가 비아냥댔다.

나는 짱돌 하나를 집어 들었다. 오늘 온종일 돌았던 그녀의 스틸 필름…. 그 필름 속으로 알함브라의 양아치와 체크무늬 남방의 샌님 그리고 택시를 타고 가서 만날 어떤 사내가 비집고 들어왔다. 필름에는 아주 오래된 무성영화의 화면처럼 새하얀 빗줄기들이 세차게 쏟아져 내리고 있었다.

나와 해인에게 빛을 뿌리던 가로등을 향해 짱돌을 힘껏 던졌다. 퍽! 아주 세차게 복부에 칼을 꽂는 소리가 주위를 울렸다. 불빛은 꺼졌고, 유리 조각은 아스팔트에 부딪는 소리를 냈다. 나는 해인의 손을 힘 있게 낚아챘다.

"멀리 갈 필요 없습니다. 나는 어떤가요?"

해인은 말이 끝나기 무섭게 손을 뿌리치고 저만치 뛰어가 버렸다. 나는 다시 그녀에게로 다가갔다.

"왜 나는 안돼요?"

"당신과는 절대 안 돼!"

그녀는 날카롭게 쏘아붙이고는, 저만치 뛰어가서 다시 택시를 잡으려 안간힘을 썼다. 나는 그 자리에 주저앉아 버리고 싶었지만, 힘겹게 그녀에게로 다시 다가갔다. 그녀와 나의 감정은 건드리기만 해도 사정없이 떨어지는 날카로운 밤송이었다. 소통은 불가능하고, 가지려 흔들고, 먹으려 흔드는 자를 찌르기 위해, 입을 벌리고 매달려 있는 날 선 가시들.

"왜, 나는 흥미가 덜해요?"

택시는 쉽게 서지 않았다. 내가 다가서면 그녀는 뛰어서 내려가고, 또 다가서면 해인은 그 만큼 밀려 내려갔다. 누가 보면 아주 오래된 연인들의 사랑싸움으로 보였다.

택시가 속도를 서서히 늦추며 그녀에게 다가왔다. 해인은 다가서던 내 가슴을 힘껏 밀치며 소리쳤다.

"난 나를 하찮게 여기는 놈하고만 자! 당신같이 징징거리며 쫓아다니는 남자, 날 성녀聖女처럼 올려다보는 남자하고는 절대 살을 맞대지 않아! 그게 당신이 안 되는 이유야! 만약 내 몸이 그리우면 날 아주 천하게 대할 용기를 가지고 와! 그러면 생각해 볼게!"

택시는 해인을 태우고 비상등을 깜빡이며 멀어져 갔다. 나는 인도 턱에 주저앉아, 그녀가 밀쳤던 가슴을 쓰다듬었다. 그녀의 손바닥이 머물렀던 자리에서 소나기 비린내가 진동했다.

우주로 간 게코 도마뱀

"선재야! 엄마 좀 케어 해 줄래요?"

어머니, 주미란 여사의 호출이었다. 예과 1학년에 휴학 중인 나의
침술 솜씨를 누구보다 인정해주는 사람이 어머니였다. 자식에게 꼬
박꼬박 존댓말을 쓰지만, 누구보다 하인처럼 잘 부려 먹는 것도 주미
란 여사였다. 나는 한의대에 입학하기 전부터 침술의 신묘함에 깊이
빠져있었다.

"나, 예뻐지는 침 좀 놔 줘 봐요."

어머니의 양손과 양발의 합곡, 태충 혈穴자리에 사관을 놓았다.
연세에 비해서는 피부의 탄력이 좋다. 어머니는 남편의 사랑보다는
첫사랑을 아직도 잊지 못한다. 지금도 집 현관문을 나설 일이 있으면
화장부터 한다. 코앞에 있는 거리의 상가에 갈 때에도 화장을 잊지
않는다. 그것은 순전히 첫사랑 때문이었다. 언제 어느 곳에서 첫사랑

을 만날지 알 수 없기에 항상 준비한다. 무방비 상태로 그를 만났다가는 차라리 혀를 깨물고 죽을 것이라는 첫사랑 여인.

나는 다시 주미란 여사의 사지 관절 아래로 오수혈을 골라 비정격을 놓았다. 어머니는 간정격이니 비승격이니 하는 오장육부의 경락 이름보다 '살 빠지는 침', '녹용 침', '예뻐지는 침' 등으로 말해주면 좋아했다.

"아들, 요즘에 화장이 자꾸 뜨고, 뾰루지까지 나고 얼굴이 아주 엉망이에요."

얼굴 살이 잘 빠지는 족양명위경의 얼굴 부위 혈자리와 수양명대장경 중에 몇몇 혈자리를 골라 자침했다.

"오장육부가 편해져야 화장이 잘 먹어요."

"난 왜 나갈 일이 없거나, 빈둥빈둥 놀 때만 화장이 잘 먹는지 증말 이상해요."

주미란 여사는 '예뻐지는 침'이라는 이름을 무척 좋아했고 자주 시술해주길 원했다. 실제의 효과는 차치하고 항상 예뻐지기 위해 무엇을 하고 있다는 사실에 위안을 받았다.

아버지는 어머니가 예뻐지려고 하는 이유가 자신에게 잘 보이기 위해서가 아니라는 사실을 잘 안다. 어머니 또한 그 사실을 숨기지 않고, 공공연하게 아버지 앞에서 떠벌린다. 두 분은 이구동성으로 서로가 서로에게 자신의 인생을 망친 사람이라고 불평한다. 하지만 불평과 무관하게 두 분의 섹스도 여전히 좋다는 사실도 잘 알고 있다. 사랑과 부부간의 밤일은 별개였다.

어머니는 첫사랑과 싸워 잠시 헤어졌을 때 홧김에 아버지를 가까이했다. 어느 날 어머니의 하이힐 뒷굽을 고쳐다 준 아버지에게 어머니는 잠시 마음을 열었다. 그날 어머니는 첫사랑이 너무 보고 싶어 낮술을 마시고 눈물을 줄줄 흘렸고, 어머니를 흠모하던 아버지가 눈물을 기꺼이 다 받아주었다. 아버지는 어머니에게 첫사랑 남자의 마음을 어머니에게 다시 돌려놓겠다고 굳은 약속을 했다. 그런데 그 약속이 어머니의 배 위에서 한 약속이었다. 첫사랑 남자와 어머니와의 영원한 사랑을 위해 도와주겠다고 굳게 장담할 때, 나는 만들어졌다. 나는 어머니에게도 그리고 아버지에게도 그리 축복받으며 태어난 인생이 아니었다. 단지 어머니에게 눈이 먼 아버지의 다급한 전술 때문에 내 인생의 씨앗이 뿌려진 것이다. 그렇게 우리 가족의 형태는 시작되었다.

* * *

초등학교 때였다. 어느 늦은 밤, TV를 보다가 부모님의 방에서 잠이 들었다. 오줌이 잔뜩 마려워 잠이 깼다. 하지만 일어날 수 없었다. 정적 속에서 꿈틀대는 소리가 심상치 않았기 때문이었다. 실눈을 떴다. 약간의 시간이 지나자 희뿌옇게 형체가 드러났다. 도둑이 아니었다. 다 익지 않은 생선의 비린내 같은, 날 것의 살들이 움직였다. 덩치가 좋은 아빠 밑에 가냘픈 엄마가 깔려 있었다. 나는 다시 두 눈을 꽉 감았다. 보아서는 안 될, 영원히 봉인되어 있어야 할 무엇이었지만, 뚜껑이 열려 있어 어쩔 수 없이 봐 버린 느낌…. 남자와 여자가 합체된 것을 난생처음 보았다. 오줌은 터질 듯이 마려웠고, 두 사람은 열기에 취해있었다.

"이렇게 해주는 것이 좋아? 아니면 아까 것이 좋아?"

아빠가 엄마에게 낮은 소리로 물었다.

"이것이나 저것이나 좀 천천히 해봐요… 서두르다 금방 하산하지 말고…."

아빠가 킥킥대자, 엄마도 실없는 웃음을 흘렸다. 기분은 꺼림칙하고 뭔가 이물감이 느껴졌으면서도 아랫도리로 뻐근하게 힘이 들어갔다. 발기였다. 그 발기가 죄스러웠다. 부모라는 이름의 남자와 여자의 합체, 그리고 발기된 자식의 성기. 내 머릿속은 라디오의 주파수가 맞지 않아 지지직거리는 불협화음으로 어지러웠다.

발기는 제어될 수 없다. 본능이라고 치부하고 모든 것을 덮을 수는 없다. 꿈속에서는 어머니와 섹스를 해도, 죄의식이 들거나, 발기한 성기를 벌하지 않는다. 눈을 뜨는 순간 발기에 대한 재판은 시작된다. 그날, 나의 발기는 오줌이 마려워 꼿꼿이 서버린 것인지, 어둠 속에서 본 영상이 본능적으로 자극을 했는지는 정확지 않다. 다만 커져버린 성기 때문에 무척 고통스러웠다는 것만은 확실했다.

잠이 드는 것만이 구원의 길인 것 같아, 주름지게 눈을 꽉 감았다. 잠… 자암… 자아아암… 귓속에서 매미가 울더니 겨우 잠 속으로 기어들어 갈 수 있었다. 아침에 일어났을 때. 팬티가 따뜻하게, 아주 흥건히 젖어있었다.

* * *

"오빠, 나 엄구철 때문에 죽겠어!"

고2, 나보다 무려 십 년 뒤에 태어난 여동생 신유아의 볼멘소리였다. 유아 또한 어머니가 심각하게 이혼 운운할 때, 아버지의 전술적

아이디어로 만들어진 아이였다. 아버지는 문학 서적을 출판하고 싶었지만, 냉정한 계산으로 학습 참고서 전문 출판사를 세워 입지를 다진 분이었다. 아버지의 판단은 늘 감성보다는 데이터와 경험이 우선이었다. 어머니의 입에서 이혼 소리가 안 나오게 하려면 임신만큼 좋은 게 없다는 게 아버지의 판단이었다.

어머니와 아버지의 관계는 첫 단추부터 서로 다른 곳을 바라보며 끼워졌다. 결혼 생활 내내 한 말 또 하고, 또 했던 말 다시 하고, 들은 말 지겹도록 다시 들어야 하는, 제자리만 맴도는 지하철 2호선 부부였다.

"구철이가 왜? 공부 잘하지. 잘 생겼지. 너만 죽어라 따라다니는데 뭐가 불만이야."

"이 새끼가 틈만 나면 만질라 그러잖아! 머리통 속에 든 게 몽땅 저질이야!"

"남자가 여자를 귀찮게 하고 그런 거 아주 정상인 거야. 오히려 여자 몸에 관심 없는 것들이 치료받아야 하는 거고. 사람이 몸뚱이를 가지고 태어난 이상, 당연히 욕정에 시달리는 거지, 욕정이 해소 안 될 때 자꾸 화가 나고 거칠어지는 거야. 몸은 그렇게 불완전한 것이 거든."

"어휴~ 오빠나 엄구철이나 똑같네 똑같아. 어쩜 그렇게 자신의 몸뚱이를 싸구려 취급할까. 난 절대 시집갈 때까지 남자랑 섹스 따위는 하지 않을 거야. 첫날, 그 밤에 모든 걸 내 사랑하는 남자에게 줄 거야."

"신유아, 너 엄마 인생 보고 많이 배웠구나."

"엄마처럼 사는 것도 미쳤다고 볼 수 있고, 아빠 같은 사람도 안 만날 거고!"

"아마… 엄마 아빠를 안 닮으려고 노력하면 할수록, 엄마처럼 살다가 아빠와 꼭 같은 사람을 만날 확률이 90프로지!"

"오빠!!! 제발 아아악~"

"누군가를 미워한다는 것은, 내 안에 그런 비슷한 성향을 가지고 있어서 그 잘못이 잘 보이는 것이거든? 유아 속에도 엄마 아빠의 미워하는 그 부분이 고스란히 살아있다는 뜻이지! 그러니 비슷한 행동과 판단을 할 확률이 무척 커지겠지?"

유아는 소리를 지르며 주먹을 쥐고 쫓아왔다.

유아는 유아대로 자신만의 길을 갈 것이다. 인생길은 자신의 의지로 만들어져가는 것 같지만, 몸이 만드는 경우가 더 많다. 그것도 의지 따위가 낸 길은 상대가 되지 않을 만큼 돌이킬 수 없는 길로. 특히 젊은 님프와 사티로스들은 '몸이 낸 길'에 운명이 허겁지겁 따라가는 경우가 많다.

*　*　*

폴라리스 합창단이 있는 건물 앞이었다. 어느새 울창한 벗나무들은 붉은빛을 띠고 있었다. 달큼 쌉쌀한 맛을 내던 버찌가 몽글몽글 열렸던 게 얼마 전이었다.

어린 시절, 우리는 여자의 성기를 버찌라고 불렀다. 남자의 성기 이름인 자지나 좆, 존나등의 단어는 거의 부사어처럼 빈번하게 사용했지만, 여자의 성기 이름은 아무래도 그냥 부를 수 없었다. 그래서 비슷한 음에 해당하는 은어인 버찌라는 말을 사용했다. 버찌는 영어로 체리라고 부른다. 숫처녀라는 숨은 의미를 지녔다.

붉은 버찌는 푸른 잎사귀와 만났을 때 가장 잘 어울린다. 붉음을 지나면 검붉은 색을 띠며 말랑말랑해진다. 그때 흙을 만나지 못하면 차가운 아스팔트 위를 붉게 물들이거나, 새들의 먹이가 된다. 흐무러지도록 잘 익은 버찌는 아주 조심스럽게 다루어야 한다. 조금만 방심해도 손가락 끝에서 톡 터지고 만다. 제 몸을 터트려, 자신을 따먹으려 한 이의 손가락과 손톱을 붉게 물들여버린다. 쌉싸래한 버찌를 먹은 자는 거짓말을 못 한다. 혓바닥을 온통 보랏빛으로 물들여버리므로.

한여름, 농익은 버찌를 한입 가득 물고, 보랏빛 입을 활짝 벌려 웃음을 터뜨리는 해인을 상상해본다. 그것만으로도 설레고, 숨통이 트이는 미소가 피어난다.

해인은 아직 사무실에서 나오지 않고 있다. 벚나무 아래서 공상에 빠진다. 얼마 전에 보았던 기사가 떠올랐다. 성관계를 위해 게코 도마뱀들을 우주로 보냈지만 모두 죽고 말았다는 기사였다. 러시아 연방우주청이 보낸 게코 도마뱀들이었다. 1마리의 수컷과 4마리의 암컷이었다. 이들은 인류에 이바지할 성스러운 섹스를 위해 위성에 실려, 마음에도 없는 우주 모텔로 들어가야 했다. 그들은 왜 엄청난 금액을 지원받고, 색다른 환경에서 제대로 한번 해보지도 못했을까.

아마 인간도 무중력 상태에서 성관계를 맺는다면 거의 슬로우 모션으로 허우적대며 박동을 해야 할 것이다. 그보다 중력을 실을 수 없기 때문에 특별한 체위가 아니고는 관계 자체가 불가능하다. 무중력 상태에서는 혈압이 낮아지고, 성기로 유입되는 혈액이 감소할 수밖에 없기 때문에 발기조차 어렵다. 가능하다 해도 아기를 임신하려면 온종일 시간을 소모해야 할지 모른다. 사출된 정액은 자칫하면 비눗방울처럼 방실방실 날아오를 것이다. 게다가 조금만 움직여도 우주 멀미가 심하기 때문에 두어 번 박동하고, 고개를 돌려 비닐 주머니에 구토를 해가며 일을 치러야 한다. 이 정도면 생식전쟁이다.

우주로 간 게코 도마뱀들은 발바닥에 천연 섬모를 가지고 있어 천장에서도 고정이 가능하다. 우주에서는 인간보다 도마뱀이 월등한 생식 능력을 갖추고 있다. 그러나 막상 우주로 날아간 게코 도마뱀은 인류의 성관계 발전에 기여하지 못하고, 모두 사망한 채 가십 기사로 생을 마감했다. 다행인 것은 함께 우주로 보내졌던 파리들은 모두 살아서 돌아왔고, 번식에도 성공했다. 지구에서 가장 천대받는 파리가 우주에서는 생식능력이 가장 탁월할 수 있다는 결과를 낳았다. 무중력 상태에서도 자손을 잉태할 수 있었던 파리의 능력에 경배를!

해인이 악보를 들고, 벚나무 아래에 서 있었다. 목을 가다듬느라 발성 연습 중이었다. 나는 주저 없이 다가갔다. 해인은 나를 보자마자, 찬바람 소리가 나게 뒤돌아섰다. 그리고는 연습실 쪽으로 빠르게 걸어갔다.

"한 가지만 물어보죠. 절 피하는 이유가 해인 씨를 성녀처럼 보는 게 부담스러운 겁니까? 그렇지 않으면 해인 씨를 쉽게 대하는 남자만 편해서 저는 어울리지 않는다는 겁니까?"

"그게 그거 아닌가요?"

해인은 반쯤 몸을 돌린 채, 한 손으로는 악보를 거칠게 말아 쥐었다. 나를 똑바로 바라보지도 않았다.

"많이 다르죠. 성녀처럼 보는 것은 저의 판단이니 고치면 되지만, 자신을 하찮게 생각하는 남자를 원하는 것은 해인 씨의 취향이잖아요. 개인의 취향 앞에서는 제가 노력하거나 들어 설 자리가 없지 않겠어요?"

말이 끝나기도 전에 연습실로 다시 총총 걷던 해인이 우뚝 멈추었다. 말린 악보로 자신의 허벅지를 불안하게 두드리며 고개만 돌린 채 말했다.

"오늘도 저… 기다리신 거 맞죠?"

"……."

"저를 왜 쫓아다니는데요? 제가 좋아요?"

"그건 오해입니다. 벚나무 단풍에 취해 저도 모르게 왔는데, 해인 씨도 마침 단풍나무 아래에서 연습 중이길래 우연히 만난 거죠."

내 농담에도 해인은 무표정했다. 정기 연주회 때 받은 팸플릿에 나온 연락처를 보고 이곳을 찾아왔노라고 이야기했지만, 해인은 건성으로 들었다. 예민하고 초조해 보였다.

"무슨 일 있어요? 어디 아파요?"

내 말에 해인은 잠시 생각에 빠졌다.

"……."

며칠 전, 내 가슴을 왈칵 밀어내던 당돌한 해인은 어디 가고, 불안한 눈빛이 가득한 여자아이가 내 앞에 서 있었다. 나는 해인을 벤치에 앉히고 근처 테이크아웃에서 가지고 온 따뜻한 모카 라떼를 건넸다. 해인은 라떼를 받아들면서도 여전히 다른 생각에 빠져있었다.

"병원에… 함께 가주실 수 있어요?"

병원? 나는 내심 놀랐지만 바로 고개를 끄덕였다. 나의 허락에 해인은 잠시 입술을 깨물더니 연습실로 들어가서 가방을 들고 나왔다.

해인과 나는 나란히 걸었다. 해인은 아무래도 임신이 된 것 같다고 조심스럽게 얘기했다. 임신 테스트기를 믿지 못했다. 불안해서 잠을 이룰 수 없다고 했다. 나는 잠시 혼란스러웠다. 자신에게 호감을 가진 남자에게 산부인과에 동행해달라고 말하는 여자. 하지만 그녀의 제안이 기분 나쁘지 않았다. 그녀가 뿌리는 소나기에 점점 젖어들어 가고 있었기 때문이다. 어쩌면 홍살문 앞에서 본, 단 한 장면만으로도 이미 흠뻑 젖어버렸는지 모른다.

나는 해인에게 내가 알고 있는 한의원을 가자고 권유했다. 해인은 거절했다. 임신 테스트를 끝내고 수술이 가능한 상황이라면 바로 끝내고 싶어 했기 때문이었다.

나는 자동차에 해인을 태우며 생각했다. 그녀는 같이 갈 남자가 없어서가 아니라, 산부인과를 가기에는 나 정도의 거리를 가진 남자가 가장 알맞다고 생각하였는지 모른다. 서로 관계를 가진 것도 아니고, 나이 차이로도 알맞게 위안 받을 수 있는 정도의 남자. 멀지도 가깝지도 않은, 인연이 계속될지도 안 될지도 모르는, 딱 그만큼의 남자였다.

해인은 여의사가 있는 병원을 가고 싶어 했다. 많은 남자와 침대 위에서 숱한 시간을 보냈다 해도, 차가운 의료 기구를 든 남자 앞에서 사무적으로 벗은 몸을 보여주기는 싫은 것이다.

해인을 차에 태우고 자유로를 달렸다. 해인은 말없이 한강만 바라보았다. 성산대교를 지나자 길 가장자리로 코스모스 군락이 보였다. 바람에 흔들리는 코스모스는 언제 보아도 사람들을 무장해제 시킨다. 긴장을 풀어버린다. 존재를 드러내지 않고, 뿌리 내린 자리에서 몸을 내주고, 바람길이 가자는 대로 하늘거리는 코스모스. 맑고 애틋하다.

"해인 씨는 코스모스보다는 해바라기에 가깝죠? 그것도 고흐가 그린 해바라기…."

해인은 여전히 창밖만 내다볼 뿐 아무 말이 없었다. 고흐가 그린 해바라기는 주저함이 없다. 느끼는 대로 질주한다. 그러나 태양을 향한 격정만큼이나 그림자가 짙다.

혼자 생각에 빠져 있던 해인은 방화대교를 지나고 나서야 입을 열었다.

"나는 아이를 많이 낳을 거예요. 아주 많이… 그렇지만… 살아서는 불가능하겠죠?"

해인이 차창을 열었다. 바람 때문에 눈매가 가늘어졌다.

"……."

"아이들만 있는 세상에서 살고 싶어요… 내가 아이들의 선생님이 돼도 좋고… 엄마가 돼도 좋고… 내가 사는 세상에서는 이루어지기 힘든 꿈이니까…. 만약 오늘 내 안의 생명과 헤어진다면 먼저 가서 날 기다리겠죠?"

해인은 손등으로 눈매를 쓸어냈다. 창밖에서 날아든 티끌 때문인지, 눈물 때문인지 알 수 없었다.

파주 금촌의 허름한 산부인과 병원이었다. 해인이 고3 시절, 임신 중절을 한 친구의 보호자가 되어 찾았던 병원이었다. 산부인과 벽면에는 탄생을 축하하는 글귀들이 적혀있고, 그 밑으로 앙증맞은 아기들의 사진들이 올망졸망 붙어 있었다.

우리는 병원으로 들어선 순간부터, 자연스레 부부 분위기가 연출되었다. 주눅이 든 해인을 위해서라도 한 편의 영화를 찍는 배우의 입장이 되기로 했다. 세상을 감독이나 연기자의 눈으로 살면 집착에서 어느 정도 자유로워진다. 치명적인 상황도 거리 두기가 가능해진다. 물컵에 아무런 공간도 없이 꽁꽁 얼어버린 얼음은 각박하다. 얼음도 아니고 컵도 아니다. 하지만 컵과 얼음 사이 공간이 있을 때는 숨통이 트이고, 얼음은 얼음대로 컵은 컵대로 자신의 본질에 충실할 수 있다.

해인이 테스트기를 들고 나왔다. 적자색 선이 한 줄이었다. 음성이다. 하지만 해인은 여전히 불안한 표정이었다. 해인은 초음파를 하고 싶다며 여의사에게 강하게 원했다. 의사는 만류했다. 나는 해인을 의자에 앉히고, 의사만 따로 불러 이야기를 나누었다.

"지금 제 처가 임신을 너무 원하고 있습니다. 상상 임신 증상이 나타나고 있는 것 같아요. 아직 제 집사람이 어리거든요. 선생님이 초음파를 통해 확실하게 눈으로 보여주세요. 그래야만 수긍할 겁니다. 부탁드립니다."

나의 간곡한 부탁에 여의사도 하는 수 없이 고개를 끄덕였다. 테스트기가 의심스러울 때는 일주일 후에 다시 테스트 하는 경우는 있어도, 초음파까지 하는 경우는 없다. 아직 육안으로 보이지 않는 단계였다. 그러나 지금은 해인의 안정이 우선이었다. 돌부처가 아이를 낳는다 해도 해인이 원하는 대로 하는 게 최선이었다.

초음파를 준비하는 동안, 나는 임산부의 남편들처럼 괜히 초조해져서 담배 생각이 간절했다. 그러나 밖으로 나가지 않았다. 부인이 초음파를 하는 동안 남편은 곁에 있어주는 것이 구박받지 않는 법이다. 나는 검사실로 함께 들어갔다. 해인이 의사가 들리지 않게 낮은 목소리로 말했다.

"선재 씨는 들어 올 필요 없어요."

나는 의사가 들으라는 듯 큰 목소리로 외쳤다.

"오케이! 아무 걱정 마, 꼭 붙어 있을게!"

해인은 깜짝 놀라 눈을 흘겼다. 나는 해인의 움츠려진 기분을 펴주고 싶다. 그녀는 해바라기처럼 강렬하지만, 생명의 잉태 앞에서는 겁먹은 작은 새에 불과했다.

해인이 검사실에 누웠다. 해인의 블라우스가 올려지고, 작은 구슬 하나가 들어갈 만한 배꼽이 드러났다. 복부 주위로 젤을 바르고 초음파 검사가 진행됐다.

* * *

초등 6학년, 졸업을 얼마 안 남겨두고 반장 여자애를 사귀었다. 그 아이를 무척이나 좋아했다. 간혹 청소 당번으로 남을 때면, 그 아이가 앉았던 자리는 먼지 한 올 나오지 않게 열 번이고 스무 번이고 쓸고 닦았다. 그 아이가 앉았던 빈 의자에 앉아 있으면 황홀했다. 그 아이의 몸이 닿았을 책상 위를 손으로 쓰다듬고, 온기를 만져보았다. 그렇게 그 애의 체취를 느껴 보려고 애썼다.

마지막 학교 행사였던 꿈나무 축제가 끝나고, 축제 때 사용했던 음향기기를 그 아이의 집에 옮겨주게 되었다. 그날, 그 애의 집은 비어 있었고, 그 애와 소파에 앉아 양파링을 먹었다. 바삭거리는 양파링 씹는 소리가 유난히 크게 들렸다. 그럴수록 집에는 두 사람밖에 없다는 사실이 의식됐다. 고요했지만 그 아이와 나는 투명한 신경 줄로 연결된 느낌이었다. 정적이 주는 묘한 분위기가 힘겨웠다. 묘한 분위기가 불편했던 나는 벌떡 일어나 정적을 깨버리기로 했다. 음향기기를 연결했다. 학교에서 연주됐던 비발디의 사계 중 겨울이 흘러나왔다. 양파링은 빈 봉지가 되었고, 스피커에서는 눈발에 휘날리는 겨울의 냉기를 쏟아냈다. 하지만 비발디의 눈보라도 우리의 신경 줄을 얼리지 못했다. 팽팽했던 신경 줄이 더는 견딜 수 없어졌을 때, 우리는 누가 먼저랄 것도 없이 서로 부둥켜안고 어설픈 키스를 나누었다.

소파 위에 누운 그 애의 배 위로 올라갔다. 청바지를 입은 채 서로의 성기를 문지르며 달아올랐다. 서로의 표정을 훔쳐보았다. 양파링 향기가 나던 여자애는 이내 얼굴을 한쪽으로 돌려버렸다. 청바지가 두 사람 사이의 경계를 만들어 놓았지만, 한창 몸에 눈을 뜨기 시작한 우리는 숨은 그림을 찾기라도 하듯 서로의 몸 여기저기를 탐색했다. 신기했다. 시각과 촉각은 또 다른 세계였다.

우리는 열기에 몸을 떨었고, 잊을 수 없는, 애틋한 추억 하나를 몸 어디쯤 새겼다. 세월이 흘러도 어느 순간, 몸은 기억해낼 것이다. 양파링의 바스락거림과 향은 그 아이의 몸을 불러내 올 것이고, 비발디의 사계는 청바지의 냉기 어린 뻣뻣함으로 살아날 것이다.

그 아이는 다음날부터 나를 벌레 보듯 피하기 시작했다. 이유를 알 수 없었다. 키스까지 했으면 더 친해질 줄 알았는데, 오히려 냉랭해진 것이다. 오래지 않아 그 애의 친구를 통해 이유를 알게 되었다. 그 애는 임신을 걱정하고 있었다. 그 말을 들은 나도 가슴이 철렁 내려앉았다. 그 아이와 나 사이에는 청바지가 두 겹으로 굳게 가로막고 있었지만, 마음에 자꾸 걸리는 것이 있었다. 가슴은 떨리고 흥분은 지나쳐 그만 나도 모르게 사정을 해버렸다는 사실이다. 나의 팬티가 젖었으므로 정자가 미세한 에너지 형태로 두꺼운 청바지를 뚫고, 그 애의 질 속으로 들어간 것은 아닐까. 아니면 무척 흥분했던 그 애가

오묘한 성기의 능력으로 정자를 쭈욱 빨아들여 버린 것은 아닐까. 정자를 직접 눈으로 본 적이 없었기 때문에, 그 녀석이 어떤 기상천외한 매직을 부릴지 알 수 없는 일이었다. 현미경으로 보아야만 겨우볼 수 있는 올챙이가 사람의 형상이 되지 않는가. 이 얼마나 기적적이고 불가사의한 일인가. 무슨 일이 생길지 걱정이 안 될 수가 없었다. 게다가 TV에서는 손만 잡고 불이 꺼지거나, 키스만 하고 옆으로 쓰러져 누워도, 다음날 여자들은 헛구역질을 하고, 아이를 가져 버렸다. 입으로는 설마설마 했지만, 모든 것이 다 불투명하고 두려웠다. 나는 그 아이를 불러서 심각하게 이야기했다.

"내가 다 책임질게."

보통 사고 치는 남자들이 단골로 하는 멘트였다. 그 말에 여자들은 진심의 비난은 아니지만 보통 코웃음을 쳐주거나 샐쭉거리며 면박을 준다. 무슨 수로? 뭐, 이런 대사를 날린다. 그 아이도 나를 별꼴이 반쪽이라는 표정으로 쏘아보았다. 여자의 임신은 왜 남자가 죄인이 되어야 하는 걸까. 둘 다 같이 좋아했으면서…. 그 부당함을 이해할 수가 없다.

* * *

진료를 마치고 병원 화단에 앉아 해인을 기다렸다. 의사가 해인과 따로 이야기를 나누기 원했기 때문이었다. 담배를 두 개비째 피웠을 때 해인이 나왔다. 해인이 화단 곁으로 다가와 앉았다. 해인은 화단 가장자리에 잡초처럼 몰래 피어있는 야생화에 금방 눈을 빼앗겼다. 야생화에 시선을 던져둔 채 골똘하게 생각에 잠긴 표정이었다.

"잘 됐어요?"

"… 그런 셈이죠."

해인의 목소리에 힘이 없었다.

"그런 셈이라니요? 무슨 문제 있어요?"

해인은 아무 대답도 하지 않았다. 가만히 야생화의 턱을 검지로 들어 올렸다.

"이놈 좀 봐요… 손톱만해가지고… 살려고 애쓰는 거… 아유 어떡해… 어쩌면 좋니…."

해인은 새끼손가락 손톱 반만 한 크기의 야생화에서 눈을 떼지 못했다.

"꽃을 좋아하지는 않는데… 작아도 너무 작은 이 녀석들을 보면 아주 미치겠어요. 저를 부끄럽게 만들어요… 얘네들이…. 나중에 아주 낡은 운동화에 흙을 채우고, 손톱만 한 야생화들만 잔뜩 심어서 창틀에 올려놓고 두고두고 보면 참 좋겠어요."

'야생화가 피는 신발'이야기를 하던 해인이 어느새 쾌활한 웃음을 지었다.

"고마웠어요. 남편 노릇!"

언제 그랬냐는 듯 예전의 해인으로 다시 돌아와 있었다.

여름 하늘의 소나기처럼 변덕스러운 위태로움이나 태양 빛에 물든 해바라기의 샛노란 열정. 해인은 극단, 충동, 야생, 날것, 슬픔, 멈출 수 없는 웃음 등을 품고 있는 여자였다.

해인을 태우고 자유로에 접어들었다. 차창 밖, 녹슨 철조망 사이로 어느새 노을이 지고 있었다. 구름이 있어 더 애잔한 다홍빛이었다.

짙지만 산뜻한 다홍빛의 거대한 손짓을 본다. 액셀레이터가 바닥에 닿을 때까지 힘껏 밟아 노을 속으로 질주하고 싶다. 두세 번의 강한 부딪힘을 받아내고, 한강 위로 튕겨 날아오른다. 핏빛 입자가 내 몸으로 왈칵 젖어든다. 노을이 삼킨 소실점 하나….

액셀레이터 위에 얹혀 있던 발이 긴장됐다. 더는 못 견디고 세상의 이방인 연기를 멈추고 싶은, 더께처럼 눌어붙은 뻔한 삶의 공식을 걷어차 버리고 싶은, 이 순간 아주 사소하게 소멸해버리고 싶은…. 아마 해인도 기꺼이 그 질주를 즐기리라. 옆에 앉아있는 해인의 옆모습을 바라보았다. 천진한 생기. 액셀레이터 위에 있던 발이 브레이크 페달로 옮겨졌다.

불쑥 솟는 소멸의 욕구는 달팽이처럼 내 안을 언제나 서성거린다. 모범적인 외피에 감추어진 달팽이는 천천히 그러나 쉬지 않고 꿈틀댄다. 아무도 달팽이를 품고 있는 나를 알아채지 못한다. 해인이 내 마음을 읽기라도 한 듯 담배 한 개비를 내 입에 물려주었다.

자동차 극장 입간판을 보고 핸들을 틀었다. 해인과 색다른 시간을 보내기에는 매력적인 곳이었다. 자동차 극장은 어둠이 깔려야 상영을 시작한다. 남는 시간에 식사하기로 했다. 나는 떡볶이를 그다지 좋아하지 않았지만, 그녀는 단호하게 떡볶이를 먹어야 한다고 우겼다. 그녀는 떡볶이를 좋아한다고 했다. 어려서부터 눈물이 날 만큼 힘들 때면, 아주 매운 떡볶이가 위안이 돼 주었다는 것이다.

"고춧가루 세 숟가락, 카레가루와 후추는 한 숟가락씩, 그리고 청양고추 3개 정도를 넣고 국물이 자작해지도록 졸여요. 한입만 먹어도 슬펐던 헌 눈물은 쏙 들어가고, 어느새 후끈한 새 눈물이 눈가에 맺혀요. 그 눈물을 찍어 먹어보면 아주 맛있어요."

우리는 주변을 여러 바퀴 돌았지만 떡볶이를 구할 수 없었다. 포기하려고 할 때쯤에 이동용 푸드 트럭이 도로에 진입하는 것을 발견했다. 해인은 꺄악 비명을 질렀고, 한달음에 달려가 떡볶이와 튀김을 구할 수 있었다.

자동차 극장 입구에서 입장료를 내면 주파수 카드를 주었다. 카드에 씌어진 대로 FM 라디오 주파수를 맞추면 영화를 볼 수 있었다. 해인은 영화도 시작하기 전에 아이처럼 떡볶이를 입안에 욱여넣었다. 내가 입가에 고추장을 닦아주자, 그제야 나를 의식하고 쑥스러운 미소를 지었다. 해인의 표정이 아릿하다. '백치 아다다'의 표정이 꼭 그랬으리라 생각됐다. 백치 아다다는 오래전 읽은 계용묵의 단편 소설에 나오는 인물이다. 아다다는 첫 번째 남편이 돈이 많아지자 버림을 당하고, 두 번째 남편과 살림을 차렸으나 돈이 다시 많아지자, 사랑을 잃게 될까 두려워 돈을 바닷가에 휘이휘이 뿌려버린다. 허공에 뿌려진 돈을 본 남편은 아다다를 발길로 차서 바닷가에 빠트린다. 물 위로 다시 떠오르지 못했던 여자, 아다다. 사랑받고 싶은 마음 외에는 그 무엇도 중요치 않았던 백치. 아다다의 순진한 눈은 끝내 비극을 낳았다. 백치 아다다는 그 후로도 오랫동안 내 안의 어딘가에 살고 있었다. 문득문득 살아나서 댁은 안녕하시냐고 묻는다.

자동차 안은 따뜻했고, 백치 아다다의 표정을 가진 해인은 편안해 보였다. 커다란 스크린에서는 미국 배우들이 최첨단 무기로 쏘고, 죽었다가 다시 살아나고, 도시를 폭파 중이었다. 돌비 스테레오는 차 안을 전쟁터로 만들었다. 그 전쟁터 안에서도 해인은 잠이 들었다. 얼굴 위로 달빛이 내려앉았다. 창백했다.

스크린 속의 지성적인 여배우가 겁에 질려 있었다. 해인은 백치 아다다처럼 입까지 슬쩍 벌린 채 잠에 빠져 있다. 여배우가 폭발물을 피해 남자 주인공과 뛰기 시작한다. 해인의 입가에 덜 닦인 떡볶이의 빨간 흔적이 보인다. 물티슈를 꺼내 들었지만 깰까 봐 그만두었다. 가슴골을 드러낸 채 눈부신 드레스를 입은 여배우가 스크린 안에서 관능적으로 유혹한다. 해인은 낡은 청바지를 입었을 때 가장 그녀답다. 알맞은 키에 이목구비가 뚜렷하고, 삭발 비구니의 모습을 한 그녀는 스크린의 여배우보다 매혹적이었다.

영화 상영 중간에 그녀가 깨지 않도록 조심스럽게 차를 뺐다. 다시 자유로로 진입할 때까지 그녀는 잠을 깨지 않았다.

자유로를 지나 강변대로를 달렸다. 그녀의 집을 알지 못한다. 난지한강공원 입구에 차를 세웠다. 그녀가 깰 때까지 기다려 물어보는 수밖에 없었다. 시디플레이어에서 척 맨지오니Chuck Mangione의 칠드런 오브 산체스Children of Sanchez가 흘러나왔다. 그의 연주를 들으면 산체스 가의 아이들처럼 보냈던 시절이 떠오른다. 모두 힘겹게 사는 동네였지만, 흐트러진 질펀함이 있고, 서로 싸우면서도 해학이 넘치던 시절이었다.

그 당시 나의 몸뚱이는 서서히 남자가 되어가고 있었다. 성에 대한 관심으로 꽉 차서 흘러넘쳤다. 여자는 저 먼 별나라의 아프로디테들이었다. 아프로디테는 정결한 향을 피우며, 더없이 순수한 지혜를 가진 청아한 모습으로 다가오지만, 한편으로는 그윽한 알몸으로 황홀을 꿈꾸는 팜므 파탈들이었다.

해인이 잠에서 깨어났다.

"여기가 어디죠?"

해인은 순간적으로 허리를 일으켜 세우며 당황했다.

"한강입니다."

나의 말에 해인은 안도하며 다시 등을 시트에 털썩 내려놓았다.

"오랜만에 푹 잤어요. 계속 불면에 시달렸었는데….."

"집까지 바라다 드릴게요."

"아니요. 여기서 내려주세요. 제가 알아서 갈게요."

해인은 혼자 걸어가겠다고 고집을 부렸다. 나는 강변대로에 혼자 둘 수 없다고 목소리를 높였다. 해인도 막무가내였다.

나는 도어 록을 걸었다. 무작정 달렸다.

우리는 말이 끊겼다. 해인의 뜬금없는 고집이나 나의 일방적인 강권이나 서로 피장파장이었다.

"여기서 내려주세요."

양화대교를 지나 합정역 근방이었다. 도롯가에 차를 세웠다.

"오늘 도와주신 건 고마웠고요. 선재 씨도 원하던 대로 저와 함께 시간을 보냈으니, 우리 서로 쌤쌤이죠?"

그녀는 차에서 내려 홍대 방향으로 걸었다. 나는 병원에서 차트에 기록되어있던 해인의 전화번호로 전화를 걸었다. 차창 밖으로 점점 작아져 가는 해인이 전화를 받았다.

"접니다, 선재. 떡볶이 생각날 때는 연락주세요."

휴대폰 속의 해인은 말이 없었다. 통화는 일방적으로 끊어졌다. 해인은 틈을 주지 않았다. 마음도 열지 않았다. 가까이 다가서면 딱 그만큼 멀어졌다.

홍대 쪽으로 사라지는 그녀는 이름도 묻지 않고, 대답도 들을 필요 없는 남자를 만나러 가는 걸까. 오늘 밤도 울적했던 하루를 잊기 위해 어느 모텔의 침대 위, 아프로디테의 관능으로 남자를 적시게 될까.

어린 수컷들의 학교

해인을 안 보는 일은 쉬운 일이 아니었다. 일부러 인사동 쪽을 멀리하고 일산의 마두도서관을 이용했다. 해인과 떨어져 있는 시간이 필요했다. 보고 싶은데 보지 못하는 것은 힘겨운 일이다. 그러나 그것은 또 다른 방식의 만남이고 기쁨이다. 심연에서는 그녀를 못 보는 만큼의 안개 같은 쾌감이 느껴졌고, 좀 더 깊은 곳에서 그녀를 그립게 만들었다. 보지 못하는 시간만큼 그녀는 다시 그려질 것이다.

해인이 생각날수록 닥치는 대로 책을 읽었다. 조금이라도 관심이 가는 분야는 깊이 파고들었다. 아직 내 생을 다하여 헌신할 일을 정하지 못했다. 처음 국문학을 전공했을 때는 아버지의 사업을 물려받는다는 막연한 기분으로, 아버지의 권유를 따랐다. 고교 시절 내내 무엇을 공부하겠다거나 어떤 직업을 가져야 하겠다거나 하는 일 따위에 관심이 없었다.

국문학과에 들어가서는 경영과는 전혀 상관없는 공부를 했다. 아버지도 그 사실을 누구보다 잘 알고 있었다. 그는 학습 참고서 출판사를 하며 승승장구했지만, 애초에 문학 출판을 꿈꾸었던 분이다. 그런 자신을 돌아보며 항상 목말라했다. 출판의 꽃은 문학이라는 생각을 버리지 않았다. 아버지가 국문학을 권유한 이유는 당신이 벌어놓은 자본을 바탕으로 손해가 날 것이 뻔한 문학 출판을 해보라는 의도였다. 국문학을 전공하면 기획은 물론 좀 더 전문적으로 작가들의 글을 출판할 수 있다고 생각한 것이다. 그러나 나는 아버지의 바람과는 상관없이 경영은 적성에 맞지 않았다.

중학교 시절에는 작가의 꿈을 가진 적도 있었다. 하지만 성인이 되자 헛된 꿈이라는 사실을 깨달았다. 엄두를 못 냈다는 표현이 어울렸다. 문학은 자기 인생을 송두리째 걸어야 할 무엇이었다. 그렇지 않고는 주변인으로 떠돌다가 그럴듯하게 소비되고, 자신마저 속는 아바타 인생이 될 뿐이다. 나는 그것을 이길 치열함이 보이지 않았다. 나는 내 안에서 소멸을 꿈꾸는 달팽이와 싸우는 것도 힘겨웠다.

* * *

중학교 시절, 뒷산 해골 바위에서 충동적으로 몸을 던졌다. 대낮이었다. 해골 바위는 커다란 눈이 두 개가 뻥 뚫려있었고, 입 부분도 일그러진 치아 모양을 하고 있었다. 누가 보아도 해골의 형상이었다. 해골 바위의 눈구멍은 기도처였다. 사람들은 바위의 눈 속으로 들어가 병을 낫게 해달라거나 자식의 성공 등을 염원하는 기도를 했다. 해골의 눈 안에는 항상 불을 밝히고 있는 서너 개의 초가 타고 있었고, 벌레가 둥둥 떠 있는 막걸리가 놓여있었다.

그날은 친구들과 길이 엇갈렸다. 친구들을 찾을 마음이 없었다. 나는 통일 동산 바위 아래에서 약수로 허기를 채우고, 홀로 해골 바위를 찾아 나섰다. 나는 그날 해골 바위의 검은 눈동자쯤 되는 곳에 앉아 어떤 기도를 하려 했다. 그러나 아무리 머리를 굴려도 기도 할 건덕지가 없었다. 다행히 성적은 별 노력 없이 상위권을 유지하였고, 부모님의 이혼 위기 따위도 만성이 되어서 기도할 가치가 없었다. 아무것도 빌 것이 없었다. 산에서 내려가면 쓸데없이 복잡한, 의미 없는 물음과 불편한 대답들이 지겨웠다. 왜 모든 일에 이유가 있어야 하는지…. 왜 자신감 있고 똑똑하게 살아야 하는지…. 모든 게 별로였다. 별로.

가을이라 바람이 많이 불었다. 해골 바위 눈꺼풀에 발을 걸치고 바깥을 내다보았다. 하늘은 구름 한 점 없이 파랬고, 바삭하게 물기 마른 단풍은 붉은 눈송이가 되어 해골의 동공 속으로 날아들었다. 단풍잎은 참으로 가볍게, 바람이 불면 가지에 떼쓰지 않고 속절없이 몸을 날렸다. 바람결에 저항하지 않았다. 아주 사소한, 거창한 의미 없이 스스로 그러한, 집착 없는 비상飛上.

나는 의식할 새도 없이 하늘에 몸을 맡기는 낙엽이 되었다. 수 미터 되는 해골 바위 눈꺼풀 밑, 벼랑으로 몸을 날렸다. 단풍잎 몇 개와 부딪혔고, 나뭇가지 몇 개가 내 몸무게를 못 이겼고…. 둔중한 정전.

낙엽 위에 낙엽이 되었다. 정신을 잃었다. 얼마나 시간이 흘렀는지 모른다. 기도하러 온 어느 할머니가 나를 발견하고 깨웠다. 해골 바위에서 뛰어내렸다는 사실은 모른 채, 낙엽 더미 위에 쓰러져 자고 있는 아이라고만 생각한 것 같다.

나는 정신이 들고 한동안 이빨을 딱딱 부딪치며 부들부들 떨었다. 시린 한기가 몸속을 파고들었다. 낙엽을 덮고 잔뜩 웅크리고 누웠다. 낙엽이 내 주위로 한 잎 한 잎 떨어져 내렸다. 나는 의심할 바 없는 낙엽이었다.

얼마 떨어지지 않은 곳에서 청설모가 쳐다보았고, 후둑후둑 알 수 없는 열매들이 간간이 떨어졌다. 세상의 소리가 선명했다. 이대로 세상은 완전했고, 아무것도 바랄 게 없었다. 어느새 옆구리의 통증도 느껴지지 않았다.

오줌만 마렵지 않았다면… 그냥 그대로 소실된다 해도 좋았다. 온기가 스며드는 연통 난로 옆에서 자울자울 잠이 쏟아지던, 그 나태한 편안함이 몰려왔다. 흙 위의 낙엽도, 두 발을 들고 서 있는 청설모도, 서늘한 바람도, 나라는 생각도 없어진 낙엽 같은 아이도, 모두 살랑대는 가벼움이었다. 땅과 눈높이가 같았던 그날, 주위의 모든 사물이 아무런 틈도 없이 그야말로 나의 팔이 되고 다리가 되었다.

오줌을 싸고 나니 한기가 다시 몰려왔다. 부스럭부스럭 낙엽이 많이 쌓여 있는 곳만 골라서 밟으며 산에서 내려왔다. 집에서는 충동적으로 투신했다는 사실을 모른다. 말을 하면 이유를 물을 것이고, 나는 대답할 말을 가지고 있지 못했다. 그 이후로도 아주 사소하게 소멸하고 싶은 욕구를 견디기 힘들었다.

* * *

살기 위해 무엇인가를 잡고 싶어 하던 대학 3학년 봄부터 가을까지 전국을 떠돌았다. 나를 미치게 할 만한, 내가 살아야 할 이유를 줄 수 있는 무엇을 찾아 헤매다녔다. 그때 눈에 띈 것이 침술이었다.

어느 바닷가 마을이었다. 노인은 새까만 얼굴에 구부정했다. 노인은 아버지 때부터 2대째 마을의 의사 노릇을 해오고 있었다. 마을 사람들에게 내리는 처방은 단순했다. 맑은 물을 하염없이 끓이고, 또

식히기를 반복하여 만든 맹물 백비탕, 뜨거운 물을 팔팔 끓여 찬물과 반반의 비율로 섞어 만든 생숙탕, 혈자리를 찍어주고 뜸을 뜨라거나 창문을 열어 머리는 차게 하고, 군불을 때서 하체는 데우라는 식의 처방을 내렸다. 도시 사람들은 코웃음을 칠 일이었지만, 2대째 내려오는 치료법으로 효과를 본 마을 사람들의 믿음은 절대적이었다. 돈을 들이지 않고도 얼마든지 자가 치료가 가능한 치유법이었다.

노인은 사암침이라는 침법으로 환부와는 전혀 엉뚱한 곳에 침을 놓는데도 효과는 탁월했다. 이웃 마을에서까지 사람들이 몰려들었다. 십 수 년간 팔을 못 들던 사람이 두 번째 손가락 상양혈 한 곳에 침을 맞고 팔을 들어 올리거나, 하지 무력으로 보행이 거의 불가능한 사람이 폐정격 2~3회와 알 수 없는 혈자리 몇 곳의 시술로 걸음을 걸었다. 기적 같은 일들이 일어났다.

그 노인은 환자들이 눈물을 흘리며 고마워해도 촌스러운 웃음만 지었다. 집에서 스스로 할 수 있는 처방을 일러주고 찾아오지 말라는 말만 되풀이했다. 노인은 틈만 나면 물고기를 잡으러 나가버리거나 뙤약볕이 내리쬐는 밭으로 환자를 피해 줄행랑쳤다. 나는 근방에 텐트를 치고 머물며, 노인의 주위를 어슬렁거리며 환자를 치료하는 것을 지켜보았다. 노인의 물 흐르듯 환자를 대하는 편안함이나 치료가 된 환자들이 기뻐 날뛰는 모습은 내게 오랜만에 활력을 주었다. 노인의 밭일을 도와주며, 눈치껏 처음 침도 잡아보았다. 몇 가지 혈자리도 흉내 내어 내 몸에 자침을 하기도 했다.

그 마을을 떠나며 침술에 신기함에 푹 빠져 한의학을 정식으로 공부해 보기로 결심했다. 공부는 쉽지 않았다. 그러나 불쑥 나를 휘감아오는 소멸 욕구를 달래기 위해서라도, 진학이라는 새로운 목표를 세워야 했다. 다니던 대학을 졸업하고 군대에서까지, 그야말로 내가 나에게 놀랄 만큼 미친놈처럼 공부했다. 그리고 이루었다. 하지만 막상 한의학과에 입학은 하였으나 다시 가슴에서 치밀어 오르는 답답증에 시달려야 했다. 기본을 다져야 한다는 명목 아래 다시 따분한 물음과 대답 속으로 들어가야 했다. 견고했다. 그것을 못 견뎠다. 다시 예전처럼 숨통이 막혔다. 차라리 내가 배우고 싶은 것을 세상의 돌팔이 스승들에게 직접 배울지언정, 효율 높은 시스템적인 구조 속에서는 버티기 힘들었다.

휴학을 하고 처음부터 다시 나를 탐색하기로 했다. 남들은 스물여덟 살의 나이에 어렵게 들어간 학교에서 왜 고민을 하느냐고 했지만, 날 세상에서 사라지게 할 달팽이가 기어 다닌다는 사실은 아무도 몰랐다. 오래 묵은 달팽이가 나의 생기를 다 파먹어버리기 전까지, 나는 숨 쉬고 살 무엇인가를 찾아야 한다. 그중에 하나가 해인이었다.

* * *

"야, 너 여자 생겼니?"

동필이 형이 내 소주잔에 잔을 채우며 물었다.

"여자는 무슨!"

나는 필요 이상으로 목소리를 높여 반발했다.

"너 되게 괜찮은 애 사귀는구나?"

동필이 형은 여자에 관한 한 전설적인 존재였다. 나보다 네 살이 많았지만 여자에 대해서는 넘볼 수 없는 경지였다. 동필이 형은 겉으로 보기에는 소심하고 순진하게 보인다. 그래서 그런지 여자들은 동필이 형 앞에서는 여자 특유의 경계를 풀어버린다. 여자들은 동필이 형 앞에서 십 여분 가량 밀고 당기기를 하다가 이내 힘을 빼고, 있는 그대로 자신을 드러낸다. 여자를 무장해제 시키는 힘도 능력이었다.

지금은 대학교 강사직을 던져버리고, 모바일 RPG 게임을 개발하는 벤처기업을 운영한다. 인생은 게임이라는 지론으로 마이웨이형 인생을 사는 선배였다. 초등학교 시절부터 알고 지냈기에 서로를 너무 뻔히 들여다볼 수 있는 불알친구기도 했다.

남자의 심벌이 무르익어 갈 무렵, 자위를 가르쳐 준 사람이 동필이 형이었다.

어느 여름날, 샤론 스톤으로 불리는 동네 누나가 일찍 퇴근하는 것을 조무래기들이 발견했다. 짧은 반바지를 즐겨 입는 새침한 누나였다. 동필이 형의 신호로 우리는 그 누나가 사는 집의 부엌으로 숨죽여 다가갔다. 올망졸망한 머리통들이 부엌 유리창에 더덕더덕 붙었다. 동네 누나는 늘 퇴근을 하자마자 바로 샤워를 한다는 사실을 형은 알고 있었다.

들여다 볼 수 있는 시간은 고작 2초 정도에 불과했다. 뒤에서 몸이 단 녀석들이 뒤통수 머리카락을 잡아당기는 통에 쾌적한 감상은 무리였다. 한쪽 창을 어린 수컷들이 교대로 사용했고, 한쪽 창은 동필이 형의 독점이었다. 얼마간의 시간이 흐르고 형은 창문에서 눈을 떼고 돌아섰다. 등을 벽에 기댄 채 주루룩 미끄러지며 털썩 주저앉았다. 숨죽여 한마디 했다.

"우와, 싸겠다."

"뭘? 오줌 마려?"

형보다 두 살에서 네 살까지 어렸던 우리는 흥분해서 오줌을 싸겠다는 소리인가? 했다. 그 이상은 상상할 수 없었다. 형은 우리를 가소롭게 쳐다보고는 땅에서 발기한 콘크리트 모양의 전봇대 뒤쪽으로 향했다.

"딸물이라도 뽑아야지."

그건 또 뭐야? 우리는 형이 있는 전봇대 쪽으로 우루루 몰려갔다. 형은 너무 급해서 주체를 못했다. 우리가 있으나 없으나 신경 쓸 겨를도 없이 등을 돌린 채, 자신의 일에 몰두했다. 우리는 동필이 형의 혈기 넘치는 등짝을 똘망똘망하게 지켜보았다. 견갑골에서 시작해 팔뚝 부위에 이두박근 삼두박근이 맹렬하게 꿈틀댔다. 태어나서 처음 보는 희한한 광경이었다. 고개를 앞으로 꺾고, 결승선을 코앞에 둔, 숨 막히는 스퍼트. 어느 누구도 범접지 못할 몰입의 진면목. 잠시 후, 악문 이 사이로 새어나오는 것은 신음이었다. 고통스러운 신음. 그때까지도 우리는 무슨 일인지, 어떤 상황인지 전혀 감을 잡을 수 없었다. 옆모습을 슬쩍 훔쳐보았다. 왜 저런 고통을 사서 하나 싶은, 그런데 일그러진 표정과는 다른 몽롱한 눈빛. 그냥 우리와는 경지가 다른, 경외감과 존경을 보내도 좋을 진기한 형의 몸짓이었다.

"쌌다."

끝내 다 이루고야만 형의 말은 짧았다. 우리는 형의 발끝에서 오줌을 포함한 모든 액체를 찾아 둘러보았다. 이상한 액체는 형의 발끝에서 30센티 정도 떨어진 곳에 있었다. 희멀건 한 점액질. 흐르지 않기에 왠지 흉측해 보였고, 끈적임이 느껴졌다. 우리는 믿을 수 없었다. 직접 보지 않고는 저 점액질의 존재를 인정할 수 없었다. 혹시 콧물을 흘린 것은 아닌가 하는 의심. 우리의 몸에서는 오줌 이외에는 저런 액체를 본 적이 없다. 생명을 잉태하기 위한 물질 따위와는 아예 연결시키지도 못했다.

이 엄청나고 충격적인 현실. 어떻게 저런 게 있을 수 있는지, 그것이 다른 곳도 아닌 성기에서 뿜어져 나온다는 사실을 도저히 믿을 수가 없었다.

"형, 돌아서지 말고 한 번만 보여줘. 그거 나오는 거."

"뭐? 미쳤냐?"

"그거 코 푼 거지?"

나는 의심했고, 형은 무척 억울해 했다.

"아휴~ 니네들이 사정을 알겠냐!"

"형, 진짜면 한 번만 더 보여조바바… 딱 한 번만!"

동필이 형은 갈등했고, 마침내 우리 중 나를 포함한 세 놈만 데리고 친구 집 마당으로 갔다. 친구 집 마당에는 직물 기계를 보관하고 있는 대형 천막이 있었다. 그곳은 우리의 아지트 같은 곳이었다.

형은 밥을 한 그릇 먹어야만 또 나오게 할 수 있다며 위세를 부렸다. 친구가 부리나케 집 안으로 들어가 대접에 밥과 그 위에 케첩을 뿌려서 나왔다. 동필이 형은 무지하게 맛있게 케첩밥 한 그릇을 뚝딱 해치웠다. 그리고는 무슨 대단한 격투기 선수처럼 팔굽혀 펴기를 하고 알통을 확인했으며, 성룡의 취권 흉내까지 내가며 폼을 잡았다.

우린 체험 학습을 앞둔 어린 수컷들이었다. 남자가 되고 싶은 어린 수컷 세 명과 시범조교는 나란히 누웠다. 세 명은 왼쪽으로 누웠고, 조교는 오른쪽으로 누웠다. 칼잠을 자는 형태였다. 모두 제 물건을 꺼내놓고, 능숙한 조교의 시범을 따라 했다. 조교의 성기는 표피가 벗겨졌고, 나머지는 포경과 반포경이 섞여 있었다.

조교는 역시 능숙했다. 자위를 시작한 지 얼마 되지 않아, 하얀 액체가 물총처럼 발사되었고, 마지막 몇 방울은 담쟁이넝쿨처럼 꿀럭꿀럭 귀두를 타고 흘러넘쳤다. 우리는 영원히 그의 부하가 돼도 좋을 만큼 존경스러운 눈으로 그를 바라보았다. 그는 어른이었다. 우리도 형의 가르침을 받잡고 열심히 성기의 표피를 잡고 흔들었다. 무슨 금맥이나 유전을 캐는 심정이었다.

"어어~ 나온다!"

황금을 본 심정으로 한 친구가 외쳤고, 우리는 고개를 옹기종기 들이밀고 영광스러운 순간을 함께했다. 부러움 섞인 경탄으로 축하해 주었다. 나와 또 한 친구는 샘이 나서 더욱더 용맹스럽게 매진했으나, 아랫배만 빡빡하게 아플 뿐이었다. 긴 시간 동안 단 한 방울의 황금 액체도 구경할 수 없었다.

흰 물질을 뿜어낸 형과 친구는 남자였고, 노란 오줌밖에 가진 게 없는 또 한 친구와 나는 풋내 나는 꼬마에 불과했다. 시범 조교인 형은 우리에게 실망하지 말고 꾸준히 노력하면, 언젠가는 분명 터지는 날이 올 거라며 희망을 주었다.

* * *

동필이 형이 소주 한 잔을 훌쩍 털어 넣고 입을 열었다.

"선재야, 너는 남자가 여자를 왜 좋아하는 거 같니?"

"… 살려고…."

"왜, 여자가 없으면 죽냐?"

"음양론으로 말해 줘? 양은 홀로 살 수 없고, 음도 마찬가지로 혼자서는 존재할 수 없어. 우주의 모든 것은 짝을 이루게 되어있거든. 음이 있는 곳은 양이 따라가게 되고, 양이 있는 곳은 음이 항상 따라 붙게 되어있어. 태어나는 순간부터 함께 할 수밖에 없는 운명이지. 산봉우리에 해가 비치면 한쪽은 양지고 한쪽은 음지인 이치지."

"야, 함께 할 운명이라면 남자와 여자가 왜 싸우고 헤어지고 난린데?"

수없이 여자와 만나고 헤어져 본 동필이 형의 푸념이었다.

"독사와 돼지를 보면 알 수 있지. 독사가 바글바글 한 무인도에 힘 없는 돼지 몇 마리 풀어놔 봐. 몇 달 후에 가보면 독사는 흔적도 없고, 투실투실 살찐 돼지만 살아있거든? 독사의 뜨거운 독을 가진 이빨로는 돼지의 피하지방을 뚫지 못해. 돼지의 차가운 성질 앞에서는 맥을 못 추거든. 서로 정반대의 성질을 가지면 한쪽이 다른 한쪽의 밥이 돼버려. 남자나 여자나 상극 관계에서는 상대의 밥이 돼버릴까 봐 두려워서 도망가는 거지. 과거에 상대편에게 밥이 될 뻔하다가 도망 나온 기억이 있는 사람은, 차라리 우주 질서에 역행하더라도 혼자 살아버리는 거지. 두려움 때문에. 자유를 울부짖는 사람은 속박이라는 음의 성질을 뼈저리게 경험해 본 사람이거든."

"상생 관계가 아니면 피하라는 이야기냐?"

"그런데 중요한 것은 엄청나게 중한 병에는 상극의 약을 썼을 때 가장 큰 효과를 본다는 거야. 천적天敵도 같은 거야. 자기를 괴롭히는 천적이 없으면 좋을 것 같지만 그렇지 않아. 천적이 있어야 살려고 더 발버둥 치는 법이거든. 운명적인 필요악이 바로 천적이야. 그래서 나를 도와주고, 순종해주는 사랑도 좋지만 크게 성공하려면 날 잡아먹으려는 천적을 사귀는 것도 나쁜 것만은 아니라는 거지. 천적을 잘 만나면 자기 혼자서는 꿈도 꾸지 못할 성취를 이룰 수도 있고, 전혀 새로운 길로 접어들 수도 있는 거야. 물론 항상 달달 볶이느라 마음 편할 날은 없겠지만 말이야."

"그런데 넌 왜 이렇게 좋은 날씨에 여자나 만나서 음양화평지인이나 되시지 도서관 구석에 처박혀있니?"

"천적이라서… 내가 잡혀 먹을까 봐… 흐흐흐"

나는 해인이 떠올라 쑥스럽게 웃었다.

"가끔 형 같으면 어떻게 했을까 싶더라구…."

은근한 칭찬에 동필이 형의 혀가 돌기 시작했다.

"야, 남녀 관계는 음양이 아니야. 그냥 피 튀기는 현실이지. 남자는 비전이 있어야 돼. 미래 없는 남자는 꽝이야. 스펙이 있으면 좋지만 그게 없으면 하여튼 없는 비전이라도 만들어서 보여줘야 돼. 거기다 화려한 그래픽까지 따라주면 더 좋고…."

"비전이라… 그거 한 근에 얼마나 하는지 모르겠네."

"잘 들어 인마. 그리고 이것도 하나 기억해둬. 포용력! 능력 없는 남자의 포용은 구질구질한 굴복이고, 능력 있는 남자의 포용은 여자들이 그냥 녹아나는 거야. 웬만하면 여자는 무조건 포용해라. 특히 큰 실수나 엉뚱한 요구를 할 때 일단 다 받아주고, 들어주구. 여자하고는 비전과 포용, 이 두 가지만 잘 구사되면 상극이고 천적이고 나발이고 다 내 편 되고, 아주 오래오래 남자를 못 잊게 하는 여자 만들 수 있는 거야. 귀에 좀 쏙쏙 집어넣어라. 쫌!"

크크크… 나는 속웃음이 나왔다. 비전이나 포용은 나에게 너무 안 어울리는 단어였다. 꿈이나 미래 따위에 속아 사는 인생들을 많이 보아왔다. 미래나 과거를 경험해 본 사람이 있을까. 현재마저도 단어로써 현재일 뿐, 실제 존재하지 않는 것을 언어로써 표현했을 뿐이다. 그럼에도 우리는 과거니 미래니 하는 것으로 분리하고, 실제 있는 것인 양 여기며 의기양양하게 살아간다. 시간관념은 문명이 편의상 만들어 놓은 약속일뿐이다. 희망찬 미래는 실제 하지 않는다. 내일의 나는 당연히 없다. 머릿속 망상에서 피워내는 현란한 양귀비꽃일 뿐.

여자에게 비전을 보여준다는 것은 지금의 나는 내가 아니고, 네 머릿속에 몽롱한 그림 하나 그려 넣으라는 것에 불과하다. 시간이 흘러 미래가 어느 날 오는 것이 아니다. 여자가 남자에게 지겨움을 느낄 때, 그때가 미래가 온 것이다. 여자가 왜 헛된 비전으로 날 속였느냐고 하지만 그것은 처음부터 몽롱한 그림이었고, 미래 따위는 지겨움이 겹겹이 쌓여서 견딜 수 없게 되었을 때 미래가 온 것이라고 스스로 착각하는 것이다. 미래는 애초에 오지도 존재하지도 않는다. 동필이 형의 비전이니 꿈이니 하는 것들은 서로에게 달콤하게 취하자는 것일 뿐, 실상은 안개처럼 허망한 것이다.

포용 또한 마음을 먹어서 되는 것이 아니다. 내가 그려 놓은 포용이라는 억지 그림이 아닌, 상대가 어떤 모습을 보이든지 나 먼저 분별없는 '본심本心'에 닿아서 상대를 바라보았을 때, 상대가 자연스럽게 받아들여지고 인정된다. '본심'은 신이라고 해도 좋고, 생명력이라고 해도 좋고, 에고Ego가 자각되어 순수하게 존재하고 있는 상태라고 해도 좋다.

여자의 모든 것을 그냥 포용하자는 것은 모든 것을 덮어놓자는 의미일 뿐이다. 덮어놓는다고 서로 간의 이기적인 욕망이 숨죽여 주지 않는다. 기기묘묘한 에고가 들썩거리며 일어나고 먼지를 폴폴 피워댈 것이다. 포용은 포용하려 하지 않을 때, 여자의 깊은 속에서 숨 쉬고 있는 '본심'과 나의 '본심'이 닿았을 때, 서로가 서로에게 허락되고 고양된다. 그것을 굳이 이름 붙이자면 사랑이라고 할 수 있겠다. 나는 동필이 형의 비전과 포용을 스킬로써만 고맙게 받아들였다. 지금은 자위를 배우는 중이 아니므로….

"아, 형은 스킬만 쓰니까 맨날 여자가 바뀌는 거야. 형이야말로 여자를 구구단부터 다시 시작해야 돼."

"이 짜식, 딸딸이 가르쳐놨더니 대가리 많이 컸네. 진실한 사랑이니 뭐 어쩌구 하는 거 위기의 순간에 싹 무너지는 거야. 짐승 된다구. 내가 한 서른 명 정도 거쳐 본 임상결과거든? 이 새끼 아직 사랑분야에서 인간처럼 굴라 그러네."

동필이 형과 나는 오랜만에 하나마나한 말놀음과 폭죽 같은 감정을 누리고 즐기며 밤새도록 통음했다.

청색 뒤주를 쫓으며

목이 탔다. 얼음을 꺼내 우두둑 씹었다. 좀 살 것 같다. 해인을 알고 나서 부쩍 늘은 것이 술이었다. 어제만 해도 1차에서 끝낼 일을 해인이 이야기가 나오면서 폭음하게 되었다. 본래 술을 즐기지 않았다. 그런데 그녀가 술을 불렀다. 그녀가 생각나면 혼자 주점을 찾기도 하고, 잠들기 전 홀로 몇 잔을 먹어야 감정이 누그러졌다.

"아들! 엄마 케어 좀… 콜록… 쿨럭… 해줄래요?"

어머니의 기침 소리는 아들에게 하소연할 게 있다는 완강한 요구였다. 나는 침을 들고 어머니의 방으로 향했다.

"아들, 요즘 엄마가 아랫배에 부쩍 살이 오르네. 엄마 어때? 늙어 보여요?"

요즘 부쩍 당신의 존재를 확인하려 했다.

"뭐… 별로….."

"이그, 아들이라고 하나 있는데 엄마에게 그렇게 관심이 없어요? 이거 봐요. 이거 봐. 아들이 이 안에 들어 있다가 나오면서 늘어져 버린 이 살들 좀 봐."

어머니는 늘어진 뱃살을 두 손으로 집게처럼 잡고 흔들었다. 너는 내 자식임을 잠시도 잊어서는 안 된다는 되새김의 압력이었다.

"살 빠지는 침 좀 놔 줘 봐요. 아들 키워서 어따 쓸건대… 나는 우리 아들이 케어 해 줄 때가 제일 행복하드라."

"어제 아버지랑 다투셨어요?"

어머니의 살을 뚫고 족삼리와 곡지, 은백과 대돈에 자침을 하며 물었다.

"다투기는… 니 아빠가 나하고 싸울 위인이나 되니? 깜이 돼야 싸우기나 하지."

"어머니가 자꾸 그런 식으로 아버지를 무시하니까 아버지도 자신을 방어하느라 자꾸 못할 소리가 튀어나가는 거예요."

"무시는 무슨! 그리고 무시 받아도 싸지 니 아빠는! 완전히 속여서 날 빼앗으면 이 정도 죗값은 치러야지. 내 인생이 완전히 개차반이 됐잖니!"

어머니의 수십 년 묵은 옹이진 대사가 또 튀어나오기 시작했다. 분노에 몸서리치는 눈빛으로 변화하는데 1초면 긴 시간이다. 스타트 라인에 늘 대기하고 있다가 살짝 건드리기만 해도 폭발적인 질주가 시작되는 응어리진 분노. 오랜 세월이 지나도 그 한순간만을 붙잡고 곱씹으며 살아가는 가련한 집착. 그 집착의 끈적임은 나는 물론이고 동생 유아에게도 고스란히 전해졌으리라.

"… 그런데 아들… 이제 다 컸지요? 엄마하고 아빠하고 각자 자기 길을 가도 흔들리지 않고 아들 살길 찾아갈 수 있지요?”

“저야 걱정할 것 없고 문제는 유아죠.”

“유아가 빨리 대학교에 가야 할 텐데. 왜 이렇게 기니… 뱃살은 늘어가는 데 그때까지 언제 참니. 내가 할머니 되면 어느 남자가 날 좋아하겠어… 휴우….”

첫사랑 있잖아요! 라는 말이 입 밖으로 튀어 나올 뻔했으나 가까스로 참았다. 어머니의 몸뚱이는 쟁취했지만, 평생 보이지 않는 어머니의 첫사랑과 사투를 벌이며 살아야 했던 아버지. 아버지가 미워 보일수록 어머니의 첫사랑은 편의에 따라 신사가 되고, 재벌이 되고, 꽃중년으로 미화되어갔다. 쟁취한 사랑보다 볼 수 없는, 이루지 못한, 사랑이 지독했다.

어머니의 바람 빠진 풍선 같은 한숨 소리에 귀를 막고 싶었을 때, 문자가 왔다.

'납치 중 살려줘'

해인이었다. 나는 용수철처럼 튀어 일어났다. 납치? 여섯 글자를 읽고 또 읽었다. 휴대폰의 문자가 제대로 눌러지지가 않았다. 손가락이 가락가락 제 맘대로 움직였다.

“니 아빠 신백철 씨가 엄마를 뺏을 때 뭐라고 한 줄 아니? 그 남자를 아니 자기 같은 학번 동기였으니까 장호 씨가 친구였지. 자기 친구를 목을 걸어서라도 다시 나와 이어 주겠데… 그러면서 자기 친구 장호는 진짜 사나이고 뭐 어쩌고 하면서 막 칭찬하는 거 있지. 내 몸뚱이 위에서 태연하게 말이야.”

'신고할게요. 조금만 기다려요'

막 신고 버튼을 누르려는데 다시 다급하게 문자가 왔다.

'신고하지 마세요. 아무 소용없어요'
'왜? 그럼 내가 갈게요. 어디?'

"아들, 엄마는 니들만 아니면 아무 데고 막 떠나고 싶어요. 다시 새롭게 살아보고 싶다니까. 아들이 두 살 때 도저히 이대로 살 수 없을 것 같아서 무작정 서울역으로 갔거든? 근데 니 아빠가 어떻게 알고, 너를 안고 역까지 찾아온 거 있지. 아주 징그런 귀신이에요. 그것도 내 숨통을 휘휘 감고 나만 쳐다보고 있는 물귀신!"

잠시 해인의 문자가 끊겼다. 난 초조해져서 액정만 들여다보았다.

"아들! 삶은 신중하게 살아야 해요. 아무리 사소한 것도 세 번은 생각하구요. 나같이 사는 건 사는 게 아니에요. 니 아빠랑 깊어진 날, 그날 내 구두 뒷굽만 안 부러졌어도 니 아빠랑 이렇게 안 되는 거였는데…. 글쎄 내 뒷굽에 껌이 딱 붙으면서 미끄러졌지 뭐야. 뒷굽은 딱 뿌러지구… 그때 니 아빠가 부러진 뒷굽을 주워주면서 나한테 엉겨 붙은 거지 뭐. 어쩌면 내 뒤를 몰래 쫓아오다가 횡재한 기분으로 뒷굽을 주었을 거야… 난 그때 무지하게 첫사랑에게 화난 상태였었거든? 다 뒷굽 탓이지 뭐. 껌 때문이었나? 아냐 뒷굽만 아니었어도 촌티 나는 니 아빠는 언감생심 나한테 말도 못 붙였겠지. 내가 받아주지도 않았을 거고…. 하여튼 내가 학교 진입로 어디쯤 앉아 있고, 니 아빠가 어디론가 뛰어가서 헐레벌떡 뒷굽을 붙여다 줬지… 하여튼 그놈의 뒷굽 때문에!"

사마귀는 해인의 하이힐 뒷굽에 깔려 짓이겨졌다. 해인은 사마귀가 죽은 것이 자기 잘못이냐고 나에게 물었다.

"아들, 니 아빠가 내 생일에 딱 한 번 선물을 빠트린 적이 있거든? 그때가 언제냐면 내 친구를 통해서 첫사랑 강장호 씨의 소식을 들은 날이거든… 근데 니 아빠가 그걸 알고 그랬는지 모르고 그랬는지 생일선물을"

다시 해인의 문자가 날아들었다.

'서해대교 행담도 휴게소'

"니 아빠 너무 소심한 반항아냐?… 아들! 아들! 너 어디가! 침 빼고 가야지! 아들!!"

지하주차장으로 향했다.

차를 몰고, 강변대로를 달렸다. 그녀가 날 찾았다. 나에게 도움을 요청했다. 살려달라고 했다.

그녀를 살리기 위해 죽어도 좋을 만한 속도로 고속도로를 질주했다.

'휴게소 나옴. 예산 수덕사로'

행담도 휴게소를 빠져나온 모양이었다. 생각보다 휴게소에 머문 시간이 길었다. 그녀가 반항했을 수도 있고, 탈출하다가 잡혔을 수도 있다. 추측은 자유였지만 정확한 것은 아무것도 없다. 다행히 시간을 번 것에 만족해야 했다. 나는 속도를 잊기 위해, 시디플레이어에서 나오던 샌프란시스코 베이Sanfrancisco Bay라는 곡의 볼륨을 최대한 높였고, 내비게이션의 볼륨을 무음으로 했다. 포스트잇으로 속도 계기판까지 가렸다.

'누가 납치? 몇 명?'

문자를 날렸다. 한동안 해인의 답이 없었다. 불안감이 핏줄을 타고 흘렀다.

Hey la la la la la da da Hey Hey San Francisco bay
헤이 라라 라라다다 헤이 헤이 샌프란시스코 만灣
La la la la da da Hey Hey It's San Francisco's way
라라 라라다다 헤이 헤이 그게 샌프란시스코 방식이에요

문자가 올 때까지 라라다다 헤이헤이 부분만 수없이 따라 했다. 별의별 생각이 다 들었다. 해인은 늘 소나기를 몰고 다니는 여자였다. 어떤 놈들에게 납치당했는지 도저히 가늠되지 않았다. 내가 해인에 대해 아는 것이 너무 없다. 그녀는 신고를 왜 거부했을까? 많은 남자들을 놔두고 왜 나에게 도움을 청했을까? 그녀를 구할 수 있을까? 물음이 깊어갈수록 헤이헤이 샌프란시스코 베이를 부르는 목청도 커졌다.

'아버지'

아버지? 해인의 문자는 세 글자였다. 나는 무슨 말인지 이해할 수가 없었다. 아버지를 불러달라는 뜻인지, 누가 납치했는가의 답인지, 급한 마음에 잘못 보낸 문자인지 감을 잡을 수 없었다. 아버지…아버지… 아버지… 라니.

'아버지가 납치?'

나는 다시 한 번 문자를 넣었다. 답 문자는 다시 끊겼다.

* * *

"선재야, 불알은 울퉁불퉁하고 못생긴 것일수록 좋은 거야!"
아버지의 말씀이었다. 초등 5학년, 한겨울의 어느 새벽. 그때 나는 눈송이가 마루 안으로 몰아치는 추위에도, 문을 활짝 열고 머리가 쭈뼛거리는 찬바람을 맞고 서 있었다. 한 손으로 팬티를 잡아 내리고, 또 한 손으로는 발기한 성기에 부채질을 했다. 잔뜩 성이 나 팽창한 성기의 화를 풀어주느라 엄동설한 찬바람을 맞고 서 있었던 것이다. 포경수술 때문이었다. 성기는 칼로 살을 잘라내고 실로 꿰매 놓았기 때문에 발기하면 살이 찢어지는 고통을 느껴야 했다. 성기는 실밥 한두 땀이 터졌고, 피가 흘러 엉겨 붙었다.
발기는 고통이었다. 눈물이 찔끔 났다. 마치 음란하게 발기한 자에게 죄를 묻고, 형벌을 가하는 느낌이었다. 자다가도 벌떡벌떡 일어나 어기적거리며 찬바람을 맞으러 가야 했다. 아, 나의 성기가 이렇게 죄 많은 살덩이였다니…. 발기는 눈물이었고, 실시간으로 죗값을 치러야 했다.

추워서 온몸이 벌벌 떨렸다. 그러나 한 번 성이 난 성기는 찬바람 쯤에는 쉽게 굴복하지 않는다. 화가 난 녀석을 풀이 죽게 하기 위해서 슬픈 생각을 떠올렸다. 부모님의 죽음? 성기는 끄떡도 없다. 나의 죽음? 별로. 성적이 꼴찌? 전혀. 이놈은 슬퍼할 줄 모른다.

마당을 향해 오줌을 싸 본다. 오줌 줄기가 서너 갈래로 갈라져 분수가 된다. 귀두가 부어서 오줌마저 내 의지대로 나가지 않았다. 성기는 저 마음대로였고, 내 것이 아니었다. 내 몸뚱이에서 가장 돌출된 만큼 성질도 사나웠다. 눈치를 보고 살살 달래야 했고, 그러지 말라고 애원해야 했다. 어찌 보면 애처로운 소통불능의 문제아였다.

고군분투하고 있는 아들 때문에 잠이 깬 아버지가 뒤에서 점잖게 말씀하셨다. "실밥이 터져서 나무의 옹이처럼 상처가 뭉개지고, 울퉁불퉁해져도, 오히려 그건 못 생길수록 좋은 거야. 남자는⋯." 수술을 안 하겠다는 나를 협박하여 억지로 끌고 간 것이 아버지였다.

성기는 못 생길수록 좋다니, 그것도 남자는⋯. 목욕탕은 어떻게 가고, 징그럽다고 놀리면 어떡하라고⋯ 그런 말도 안 되는 말씀을 하시는 걸까, 했다. 그러면서도 왜 못생긴 것이 좋은지는 정확히는 몰랐지만, 길게 여운을 남긴 '남자는⋯'이라는 말에서 사내들끼리의 비밀스러운 음란함이 느껴졌다. 그 충고 덕분인지 터진 실밥 옆으로 살이 비어져 나오고, 피가 맺혔지만 견딜 만했다.

* * *

서평택을 지나고 있었다. 그녀를 납치한 차는 충청남도 예산을 향해 달리고 있을 것이다. 긴장될수록 샌프란시스코 베이의 헤이! 헤이! 는 효과가 있었다. 태평양 어디쯤으로 날 데려다 주고 있었다.

'오빠 어디야? 침을 꽂아놓고 도망가면 어떡해. 엄마 울었어. 자식 다 필요 없데!'

유아의 문자였다.

'아버지가 납치'

연이어 해인의 문자가 왔다. 아버지? 납치한 범인이 아버지? 머리가 혼란스러워서 도저히 운전할 수가 없었다. 갓길에 차를 세웠다. 운전대에 머리를 쿵쿵 처박아 보았다. 딸을 왜 납치한다는 거지? 도저히 가늠되지 않았다.

해인은 워낙 예감할 수 없는 여자였다. 분명한 것은 그녀가 살려달라고 애원하고 있다는 사실이다. 그것만 생각하기로 했다. 사람이 독화살을 맞았을 때, 이유 불문하고 독화살을 잡아 빼는 것이 급선무다. 그 독화살이 어디서 날아왔는지, 무슨 독인지, 무슨 이유로 자신을 쏘았는지 따지는 동안 독은 온몸에 퍼지고 만다. 이유를 알아낸다 해도 그때는 이미 돌이킬 수 없다. 더는 따지지 말자. 그는 아버지가 아니라 해인을 납치한 납치범일 뿐이다. 해인부터 구해야 한다.

'무조건 시간을 벌어 봐요. 내가 먼저 수덕사에 도착할 수 있도록'
'행담도 휴게소 탈출 시도. 경찰 출동. 딸이라는 이유로 돌아갔음'

예상대로 해인은 행담도 휴게소에서 탈출을 시도했었다. 하지만 부녀지간이라 경찰도 손을 쓰지 않은 것이다.

'수덕사에서 전화해 주길'
'휴대폰 빼앗김. 지금 세컨드 폰. 문자만 가능'
'차종과 색깔은?'
'청색 지프'

차창을 모두 열고, 가속페달을 힘껏 밟았다. 질주. 해인을 향해 가지만, 나는 질주 안에 있다. 해인도 이미 질주 속에 들어와 있다. 나도 해인도 그 속에 완전하게 녹아있다. 질주가 해인이고, 질주가 나라는 사실. 이 필연적인 축제를 기획한 것은 해인이며 나이지 않을까?

마음속, 어느 구석에서 꿈틀거리던 달팽이가 질주 본능에 게게게 웃음을 흘리고 있다. 미친 질주는 오픈 게임에 불과하다. 본 게임은 길의 끝. 길의 끝은 두꺼운 콘크리트 벽. 심호흡 두어 번하고 폭발적인 스타트를 한다. 바람벽을 머리카락으로 가르고, 옷의 파찰음이 몸에 전해질 때, 호흡은 아직 충분해야 한다. 그래야 길의 끝에게 면목이 선다. 밥과 허기진 욕망, 헛된 꿈 등과 가계약으로 만들어진 허술한 몸뚱이가 얼음 같은 콘크리트와 열정적으로 만나 산산이 분해되는 꿈. 주저하지 말아야 한다.

벽은 낭떠러지 따위보다 인간적이고 싶은 자들의 결말이다. 달팽이가 게게한 웃음을 뚝 그칠 것이다. 콘크리트 벽을 향해 질주하는 나에게 나는 끝없이 시달린다.

고속도로는 질주의 끝을 모르는 차량들로 분주하다. 그들에게는 더운 김이 솔솔 올라오는 휴게소의 우동 냄비가 기다리고 있을 것이다.

'톨게이트에서 구조 요청. 실패. 오히려 충고. 정신병자라는'

해인이 톨게이트 요금을 낼 때 직원에게 구해달라고 소리쳤을 것이다. 직원들이 나와서 부녀를 대면했더라도 아버지는 내 딸임을 밝혔을 것이고, 정신병 때문에 딸을 요양소로 데려가는 중이라고 했을 것이다. 직원들도 의심스러운 눈초리를 보냈겠지만, 머리를 박박 깎은 딸의 행색과 정신병 운운하는 말을 듣고 오히려 아버지를 동정했겠지. 직원들은 '빨리 낫기를 바란다.'거나 해인에게 '아버지 말씀 잘 들어야 한다.'고 충고까지. 해인이 문자로 경찰에 신고했을지라도, 정신병임을 강조하는 대한민국 아버지를 이길 자는 아무도 없다.

'조금만 참아요. 지금 당신 가까이'

해인이 톨게이트에서 시간을 벌어준 덕에 청색 지프를 곧 따라잡을 수 있을 것 같다. 속도를 내보지만 다른 차량들의 속도도 맹렬하다. 모두 납치 차량을 쫓고 있을까? 스프링 팍이라는 아프리카 영양이 떠오른다. 한번 뛰기 시작하면 밟혀 죽지 않기 위해서라도 뛰어야만 하는 운명. 서거나 속도를 늦추는 순간이 곧 죽음인 달리기. 수만 마리의 스프링 팍은 사막이 끝나고, 어느 바닷가 절벽에 가서야 죽음으로 멈춘다. 해마다 절벽 아래에는 스프링 팍의 시체들로 가득하다. 달리기의 시작은 앞쪽에 있던 영양이 풀을 먹어치웠기 때문이다. 뒤쪽의 영양은 풀을 뜯기 위해 좀 더 앞쪽으로 다가갔을 뿐이다. 어느 순간 수만 마리의 멈출 수 없는 질주가 시작된다. 나도 스프링 팍이 되어 해인을 쫓는다.

고속도로 갓길에 서 있는 청색 지프를 발견했다. 나는 속도를 늦추며 바깥 차선으로 급하게 차선을 변경했다. 지프 옆으로 지나가며 내부를 탐색했다. 삭발 머리가 언뜻 비쳤다. 해인이었다. 지프 안에는 중년의 한 남자가 뒷좌석으로 몸을 돌려 격하게 말을 하고 있었다. 남자의 손동작이 큰 것으로 보아 해인을 윽박지르고 있는 것 같았다. 지프를 지나쳐 어느 정도 거리를 유지한 채 갓길에 차를 세웠다. 사이드미러를 주시했다. 잠시 후, 청색 지프가 출발했다. 나는 놓치지 않고 따라 붙었다.

'옆'

해인에게 문자를 넣었다. 내 차의 운전석과 해인이 앉아있는 좌석이 서로 나란해지도록 속도를 조절했다. 보조석 뒤편에 앉아있던 해인이 오른쪽으로 고개를 돌렸다. 해인과 눈이 마주쳤다. 해인이 깜짝 놀라는 표정이 역력했다. 자신이 납치당하고 있다는 사실을 잠시 잊고 해바라기처럼 웃었다. 아주 짧은 순간이었다. 수시로 훔쳐보고 있을 아버지의 백미러에 들키면 큰일이다. 해인에게 손가락으로 쉿! 사인을 보내고, 나는 다시 속도를 늦추어 다른 차선으로 넘어갔다.

'또'

해인의 문자였다. 다시 한 번 옆으로 와 달라는 뜻으로 보였다. 이번에는 아까와는 달리 반대편 차선으로 가서 속도를 맞추었다. 아버지의 의심을 따돌리기 위해 맞은편에서 해인의 차를 추월하는 다른 차량이 있을 때, 청색 지프에 차를 밀착시켰다. 시선을 분산시키기 위해서였다. 이번에는 해인이 왼쪽으로 고개를 돌렸다. 그녀는 자연스럽게 차창을 열었다. 한시라도 빨리 벗어나고 싶어 하는 것 같다. 해인이 나와 다시 눈을 맞추었다. 나를 향한 해인의 눈빛이 반짝 빛났다. 이번에도 역시 짧은 순간이었다. 그녀의 눈빛에서 '어린 소녀 꿈을 꾸듯~ 춤이라도 춰 볼까~ 춤이라도 춰 볼까~' 세이렌의 노랫소리가 들린다. 세이렌의 노래에 유혹당하지 않는 사람은 없다. 깊은 심연의 바닷물로 끌어당기는 님프, 세이렌의 노래. 그 노래를 들은 사람은 그대로 그 사람의 장송곡이 되고 만다. 내 귀에 세이렌의 노래가 떠나지 않는다.

청색 지프가 도색한 뒤주처럼 보인다. 생각 같아서는 지프를 들이받아 세운 뒤에, 뒤주의 지붕으로 올라가 도끼로 뚜껑을 쪼개고, 음울하고 깊은 뒤주 속에서 그녀의 두 손을 잡고 훌쩍 끌어올리고 싶다. 그 충동을 털어내기 위해 다시 헤이! 헤이! 를 외쳤고, 머리를 수차례 운전대에 찧어야 했다.

청색 지프가 도착한 곳은 수덕사 아래 식당이었다. 아버지는 해인을 앞세우고 식당 안으로 들어갔다. 일이 분의 시차를 두고 나도 따라 들어갔다. 해인은 혼자 앉아 있었다. 해인의 테이블에서 한참 떨어진 곳에 아버지와 한 사내가 이야기를 나누고 있었다. 나는 아버지 쪽과 최대한 가까운 곳에 자리를 잡았다. 해인은 나를 힐끔 보더니 긴장하는 눈치였다.

"최 선생, 내가 저 아이 찾느라고 얼마나 고생한 줄 아나. 이번 기회에 꼭 고쳐야 해."

해인의 아버지는 앞에 앉은 사내보다 머리통 하나는 더 커 보였다. 많이 흥분했는지 사각의 턱선이 각지게 움직였다. 완강해 보였다.

"교수님, 안심하시고요. 일 차로 딱 2개월만 시간을 주십시오."

뾰족한 턱을 가진 사십 대 사내가 눈빛을 빛냈다.

"정말 2개월이면 저 아이의 병이 고쳐지겠나?"

해인의 아버지가 목소리를 낮추고 주위를 둘러보았다. 나는 메뉴판으로 얼굴을 가리고 산채 비빔밥을 주문했다.

"귀신 병은 장담을 못 합니다. 하지만 치료에 성공한 전례가 여러 건 있으니 노하우가 있습니다. 너무 걱정 마시고요. 일단 2개월만 집중적으로 치료하면 효과를 볼 수 있을 겁니다."

사내가 말을 하는 중에도 아버지는 서치라이트처럼 해인을 향해 규칙적으로 눈빛을 굴렸다.

"내가 정신과 병원에도 쟤를 두 번이나 입원시켜봤어. 그런데 소용없더라고. 내가 후배 소개로 여기까지 왔지만 지금 지푸라기라도 잡는 심정이네. 그 보살은 믿을만한가?"

"교수님, 저… 저기… 애인이라고 했던가요?"

사내는 해인 쪽을 바라보며 이름이 헷갈려 더듬거렸다. 그때 해인의 아버지가 발끈했다.

"쟤는 내 딸이라니까! 애인이 아니고 내 딸!"

벌컥 화를 내는 아버지에게 사내는 서둘러 말을 정정했다.

"아니 이름 말씀입니다. 이름이 애인이냐고요. 애인 씨같이 음란증인 분은 객귀가 붙어서 그러는 겁니다. 그 보살님이 객귀 잡고, 음란마귀 잡는 데는 아주 유명한 장군이십니다. 최영 장군이 도와주시거든요. '황금 보기를 돌같이 하라.' 아시죠? 아마 앞으로 남자 보기를 돌같이 할 겁니다. 걱정마시구요."

사내가 웃음을 흘렸다. 해인의 아버지는 정색하고 말했다.

"최영 장군이든 이순신 장군이든 종합병원에서도 못 고치는 걸 고쳐만 준다면 무슨 상관인가. 그리고 저 아이는 애인이 아니고 해인이네 해인이. 이응이 아니고 히읗, 해인! 또 음란증이 뭔가! 뭐가 음란하다는 말이야. 젊은 아이가 판단이 좀 흐려져서 그렇지!"

제 분에 겨워 목소리가 높아진 해인의 아버지 앞에서 사내는 찔끔했다. 해인의 아버지는 너무 소리를 친 게 아닌가 싶었는지 주위를 빠르게 살폈다. 나는 산채 비빔밥을 한입 가득 물고 고개를 돌려 맵다는 시늉을 하며 입을 손부채로 부쳤다. 그 사이에 해인과 함께 두 남자가 식당을 빠져나가고 있었다.

태양을 향해 몇 마디 했지

　그들이 도착한 곳은 수덕사 근방, 덕숭산 골짜기의 외딴 집이었다. 대문도 없는 집이었다. 허술한 담벼락에 대나무를 세워두었고, 그 꼭대기에서는 붉은 깃발이 펄럭였다. 집 뒤편으로는 대나무 숲이 울창했다. 집 옆 공터에는 검은 비닐하우스 한 동과 쇠창살에 갇힌 개들이 있었다. 개들은 보신탕용으로 인기가 좋은 도사믹스와 진도믹스 견들이었다. 믹스 견들은 인적이 드문 곳에서 사람을 발견하자, 창살 사이로 얼굴을 들이밀고 미친 듯이 짖어댔다.
　주위는 황량했다. 인적이 드문 산속에 혼령들의 옷깃이 스치는 듯한 대나무 잎 부딪는 소리와 펄럭이는 붉은 깃발, 개들이 자지러지게 짖어대는 모양새가 괴기스러웠다. 이런 곳에 해인이 있어야 한다는 게 끔찍했다. 치료가 아니라 사육에 가까운 여건이었다.
　해인을 구하기에도 여러모로 사정이 좋지 않았다. 인적이 드물어 가까이 다가가기에도 조심스러웠고, 게다가 개들이 짖어대는 통에 의심받기 쉬웠다. 무엇보다 보살 집으로 들어간 뒤부터 해인의 문자는 아예 끊겼다. 아마 세컨드 폰마저 빼앗기지 않았을까 하는 의심이 들었다.

집의 뒤편 대나무 숲 언덕에 몸을 숨겼다. 붉은 깃발 집이 한눈에 들어왔다. 멀리서 해인의 아버지와 보살, 그리고 턱이 뾰족한 사내의 모습이 보였다. 본채와 마당을 사이에 두고 10미터는 떨어진 곳에 가건물이 자리 잡고 있었다. 그곳은 아예 환자를 격리시키기 위해 만들어진 공간으로 보였다.

해인과 아버지가 격렬하게 승강이를 벌이고 있었다. 잠시 후, 아버지는 해인을 달래는지 해인의 등을 다독거리며 가건물로 해인을 인도했다. 해인이 실내로 들어가고, 남은 세 사람은 손짓해가며 심각하게 이야기를 나누었다. 이윽고 보살이 들고 있던 자물쇠가 해인의 아버지에게 건네지고, 아버지가 해인이 들어간 문에 자물쇠를 채웠다. 열쇠는 다시 보살의 손에 넘겨졌다. 아버지가 흰 봉투를 꺼내 보살과 사내에게 각각 사례금을 찔러 넣어주었다. 아버지는 해인이 갇혀 있는 방의 작은 창을 통해 해인에게 마지막 인사를 하는 것 같았다. 아버지가 청색 지프에 오르고 출발하자, 사내가 차의 꽁무니에 대고 구십 도로 허리를 숙였다.

* * *

초등학교 앞, 뽑기 장사를 하던 할머니. 신산한 삶으로 인해 한순간에 확 늙어버려 할머니처럼 보이는 아줌마였는지도 모른다. 머리는 산발이고, 여름에도 두꺼운 스웨터를 입었다. 쪼그라진 곶감처럼 초라했다. 할머니의 딸은 지적장애가 있었다. 십 대 후반의 딸은 매니큐어를 바르고 다녔고, 손톱 위의 매니큐어는 항상 칠이 벗겨져 있었다.

교문 앞에서 우리가 연탄불 앞에 쪼그리고 앉아 뽑기를 하고 있을 때면, 딸도 우리 옆에 앉아 함께 뽑기를 했다. 국자에 설탕을 넣고, 나무젓가락으로 슬슬 저으며 녹기를 기다린다. 설탕이 다 녹은 순간 소다를 살짝 넣고 나서는, 아주 빠르게 저어야 했다. 그래야만 타지 않고 소보로빵처럼 잘 부풀어 오른다. 그때 뽑기 할머니의 주문은 늘 우리를 깔깔 웃게 만들었다. 우리가 소다를 넣으면, 할머니는 귀청이 터져라 소리를 지르며 독촉했다.

'미친년 대가리 젓듯 빡빡 저어! 저어!'

올림픽에 출전한 선수를 독려하는 코치 같았다. 그 주문이 미친 사람이 헤드뱅잉 하듯 그렇게 하라는 뜻인지 뭔지는 몰라도, '미친'이 주는 어감에 따라 그야말로 온 힘을 다해 저었다. 그 주문은 힘이 있었다. 할머니 입에서 주문이 떨어지면 딸도 세차게 도리도리를 해가며 손으로 빠르게 저어댔는데, 늘 진분홍색만 바르던 딸의 칠 벗겨진 매니큐어도 함께 돌았다. 뱅 뱅 뱅. 할머니의 주문을 가장 잘 따라 하는 딸이었다. 손톱의 칠 벗겨진 매니큐어는 불결하다기보다는, 삼켜서는 안 될 물건이 목에서 꼬올딱 넘어가고 있는 이물감 같은, 섬뜩하면서도 불편한 무엇이었다. 딸이 저으면 내 눈도 빙빙 돌았다. 칠 벗겨진 매니큐어는 애처롭고 두려웠다. 손톱만 보면 나의 뽑기 국자는 미친년 대가리처럼 저어지지 못해, 부풀지 못하고, 풀이 죽은 뽑기가 되고는 했다.

우리가 깔깔대며 재미있어 하면 할머니는 더 신이 나서 '미친년 대가리'를 신비한 주문처럼 자꾸 외쳤다. 우리를 뽑기 통 앞으로 불러

모으는 힘은 그 주문 때문일 것이다. 우리는 할머니의 주문대로 미치게 젓다가도, 힐끔힐끔 진짜 '미친' 딸의 모습을 훔쳐보고는 했다. 그러다가 오랫동안 칠 벗겨진 매니큐어를 볼 수 없었다. 당연히 우리도 뽑기가 예전같이 신이 나지 않았고, 은근히 딸이 나타나기를 기대했다. 딸이 없는 할머니의 주문은 우리에게 힘을 주지 못했다.

한여름 땡볕이 쬐던 어느 날, 딸이 나타났다. 긴 머리를 늘어뜨린 채, 소다를 잔뜩 탄 뽑기처럼 부푼 배를 하고 있었다. 짧아진 반소매 면티 밑으로 배꼽이 드러나 보였다. 오랜만에 나타난 딸은 부쩍 어른스럽게 보였다. 언제부터인가 할머니가 열쇠 목걸이를 목에 걸고 다녔다. 동네 사람들은 딸의 배가 부른 후부터 할머니가 바깥에서 문을 잠그고 다닌다고 했다. 소 잃고 외양간 고치는 격이라고 수군댔다.

딸을 본 할머니는 당황했다. 방문을 자물쇠로 채우는 것을 깜빡한 것이다. 할머니는 딸을 타박하지 않고, 늘어진 아지랑이 같은 목소리로 왜 나왔느냐고 딸에게 물었다. 나는 그녀의 부푼 배를 보고, 찢어지게 가난했던 할머니가 소다를 타서 밥을 먹이는 것은 아닌가 했다. 배 속에는 들어있으면 안 될 어떤 이물질이 들어있는 것 같았다.

그녀의 배는 뽑기가 아니었다. 차라리 뽑기였으면 좋았을 것이다. 잘은 모르지만 미친 듯 뽑기를 잘 젓던 딸의 배는 함부로 불러서는 안 되는, 칠 벗겨진 매니큐어를 한 손톱을 가진 여자의 배는 특히나 불러서는 안 될 것 같은 불안감이 있었다. '미친년 대가리 젓듯'의 신명은 딸의 부른 배를 본 이후로, 탈피한 매미의 빈껍데기처럼 사그라져버렸다.

뽑기 할머니는 애지중지하던 뽑기 통도 놓아둔 채, 딸의 허리를 받치고 집 쪽으로 향했다.

"나… 뽑기 할래…."

배가 부른 딸은 자꾸 뽑기 통 쪽을 돌아보며 안 들어가려 했다. 딸을 달래느라 등을 다독거리며 멀어져가던 할머니. 그 모녀의 뒷모습을 보며 그녀는 소다 탄 밥을 너무 많이 먹어서 저러는 것이라고 생각하기로 했다. 할머니는 딸을 보고 '미친년 대가리 젓듯'이라는 주문을 만들었고, 딸은 할머니의 주문을 너무 좋아했던 탓에, 부푼 배를 가지게 된 것이다. 그녀의 부푼 배 위에 별모양, 눈사람 모양의 뽑기 틀을 꾹꾹 눌러 찍으면, 아기는 그대로 별이 되고, 흰 눈사람이 되어 세상에 나올 것이다.

* * *

대나무밭에 벌렁 누웠다. 댓잎은 짙은 녹색 잎사귀부터 황록색, 황색까지 각자가 버틴 세월대로 탈색되어 흔들리고 있었다. 여름부터 쌓였을 댓잎 위에서 이리저리 몸을 굴렸다. 골똘히 궁리했다. 해인을 빼내 와야 한다. 이번에는 붉은 깃발을 꽂은 뒤주였다.

대숲은 어두웠고, 적막했다. 바람에 댓잎 부딪는 소리만 으스스했다. 귀기鬼氣 어린 대숲의 바람 소리는 사람의 마음을 침잠시킨다. 벗은 몸 위로 얼음이 미끄러져 가듯 스산하다. 대숲에 웅성거리던 영혼들이 말을 건다.

대숲에는 떠도는 영혼이 많아, 그들을 쫓는 폭죽爆竹이 많다. 대나무의 마디마디를 잘라 불에 태워, 대나무 살이 터지는 소리로 귀신을 쫓는다. 대나무의 속은 비어 있기 때문에 불이 붙으면 공기가 팽창하면서 파열음을 낸다. 폭죽이다.

나는 숲길에 숨겨둔 차로 뛰어갔다. 대학 때부터 전국을 떠돌기를 좋아했기에 트렁크에는 항상 캠핑용품이 가득했다. 언제든 가슴에서 바람 소리가 나면 길 위에 서야 한다. 낯선 것에 눈을 빼앗겨야 내 속의 달팽이가 치근덕대지 않는다.

트렁크에서 쓸 만한 장비들을 찾았다. 절단도구와 지난여름 바닷가에서 비 때문에 사용하지 못하고 처박아 두었던 폭죽 몇 통, 고물이 된 화로대까지 챙겨 언덕으로 돌아왔다.

대나무를 베었다. 적당한 크기로 잘라 모았다. 생 대나무는 화력이 좋아 불만 붙으면 펑펑 소리가 고막을 울린다. 화로대 주위로 예닐곱 마디 대나무를 둘러 꽂아 원뿔형으로 세우고, 화로대 위에는 잔솔가지와 두세 마디짜리 대나무를 잔뜩 올렸다. 그 옆으로 30연발 로망캔들 폭죽 두 개를 땅에 꽂아 그 집을 향해 조준했다.

밤이 오기를 기다렸다. 날이 저물고 있다. 해가 지는 '시민박명'대의 시간이면 세상은 서서히 하루를 마감한다. 밝지도 않고, 그렇다고 어둡지도 않은 박명의 시간이 지나가고 있다. 30여 분 정도가 지나면 '항해박명'의 시간대다. 하늘에 밝은 별 몇 개가 고개를 내밀 것이다. 하지만 이 시간대에도 움직이기에는 이르다. 해가 지고 한 시간 반 정도가 지나면 '천문박명'의 시간대다. 대부분의 별을 볼 수 있다. 본격적인 밤이 펼쳐지고 부엉이가 날기 시작할 것이다. 천문박명의 시간대면 실행에 옮길 것이다. 아직은 지평선이 보일만큼의 빛이 남아 있다. 사위는 조용하고 대숲의 바람 소리는 어느새 익숙해져 별처럼 아늑하게 들린다.

완전히 밝지도, 그렇다고 어둡지도 않은 박명의 시간이 좋다. 완전한 지혜의 태양이 일출하지 않은, 빛이 이제 막 뿌리내리기 시작하여 서서히 번지는 시간이거나 해는 졌지만 빛을 완전히 잃지 않은 시간, 박명薄明. 완전히 밝아진 지혜로운 위인보다는 적당한 속물 끼와 자각해야 할 인간적인 에고를 가진, 약간의 어둠이 섞인, 하지만 빛을 끝내 잃지 않는 박명의 인간이 사랑스럽다.

'침은 유아가 뺐다. 못된 놈. 아빠 중국 출장 가셨다. 엄마 너무 외로워'

문자였다. 역시 해인은 아니고 어머니였다.

'지금 여행 중. 장식장의 꼬냑이 애인!'

별들이 보인다. 화로대에 불이 잘 타고 있다. 움직일 시간이다. 헤드 랜턴을 쓰고 예닐곱 마디 정도 크기의 대나무 몽둥이를 들어쥐었다. 스산한 바람이 등을 민다. 믹스 견들이 갇혀있는 철창으로 향했다. 발걸음 소리를 들은 개들이 게걸스럽게 짖어댔다. 갇힌 것들은 바깥 것들을 부러워하면서도 동시에 적의를 가진다. 송곳니 쪽 입술을 씰룩거리며 적의를 보인다. 철창과 거리를 두고 대나무 몽둥이의 끝으로 잠금쇠를 밀어 올렸다. 개들이 탈출하는 사형수들처럼 쏟아져 나왔다. 네 마리였다. 앞장서서 으르렁대는 놈의 대가리를 후려쳤다. 놈의 기세는 순식간에 꺾였고, 나머지 세 마리도 저만치 물러났다. 남은 하나의 철창도 열어젖혔다. 놈들은 해방감에 날뛰었다. 제자리에서 껑충껑충 뛰기도 하고, 원을 그리며 무조건 달리는 놈도 있었다. 두어 마리는 끈질기게 따라 붙으며 짖어댔다. 적막한 산중에 개 짖는 소리는 아주 멀리까지 울려 퍼진다. 지체할 여유가 없다. 나는 다시 언덕으로 튀었다. 개 두어 마리가 끈질기게 쫓아오며 시비를 걸었다. 개들은 대숲 앞에 이르더니 귀기를 느꼈는지 제풀에 꺾여 돌아갔다.

시간이 없다. 언덕에 다다를 때쯤, 대나무 폭죽이 터지기 시작했다. 단발 폭죽을 화로대에 쏟아 넣고, 연발 로망 캔들에 불을 붙였다. 폭죽이 날아올랐다. 집 마당 쪽으로 날아가 불꽃의 꽃망울을 터뜨렸다. 개들이 더욱 흥분하여 껑충거리며 짖어댔다. 보살과 사내가 화들짝 놀라 밖으로 뛰쳐나와 개들의 철창 앞에서 우왕좌왕하는 모습이 눈에 들어왔다. 욕지거리를 해대며 개들을 잡아넣느라 분주했다. 나는 언덕에 접해있는 그 집의 담을 뛰어넘었다. 해인이 있는 가건물에 몸을 붙이고, 다급하게 문을 두드렸다.

"해인! 해인!"

방범창이 붙어있는 쇠창살 창문 사이로 눈이 동그래진 해인이 얼굴을 내밀었다. 해인은 그 와중에도 불꽃놀이에 정신이 팔렸다.

"진짜… 예쁘다."

대나무 폭죽은 펑펑 터져나가고, 그 소리에 놀란 믹스 견들은 자지러지게 짖어대고, 하늘에는 로망 캔들이 빵빵 터지며 포탄 지원 사격을 해주었다. 수돗가 옆에 있던 절굿공이를 집어 들었다. 거의 내 정신이 아니다. '미친년 대가리 젓듯'자물쇠를 쿵, 쿵, 내리찍었다. 자물쇠를 걸었던 경첩이 아예 통째로 빠지면서 땅바닥으로 굴렀다. 급한 마음에 발길로 문짝을 차 넘어뜨렸다. 폭죽의 요란한 소리 때문에 웬만한 소음은 주위가 분산됐다.

해인이 뛰어나왔다. 해인은 마당에 나와서도 하늘의 불꽃에서 눈을 떼지 못했다. 해인의 옷소매를 잡고 뛰기 시작했다.

"잠깐만요!"

해인은 도망치려다 말고, 내 손을 뿌리치고 보살의 방으로 뛰어들어갔다. 속이 탔다. 해인을 따라 방으로 뛰쳐들어갔다.

"내 휴대폰!"

해인은 세컨드 폰을 찾았다. 옷걸이에는 울긋불긋한 선녀와 장군 옷들이 요란하게 걸려있었고, 방 곳곳에는 삼지창이니 월도니 하는 무구들이 즐비했다. 휴대폰은 보이지 않았다.

"전화해 봐요!"

해인은 다급하게 방 안의 불을 껐다. 빛 한줄기 없는 어둠이었다. 전화를 걸자 구석 쪽 허공에서 불빛이 반짝였다. 무음 모드인 휴대폰의 불빛이었다. 휴대폰의 액정에 '행궁 비명'이라는 글자가 선명했다. 해인은 나를 '행궁 비명'이라고 저장해 놓은 것이다. 뒤주 안에서 질렀던 250여 년 전의 비명 소리를 들은 여자였다. 나는 '비명'이었다.

불을 켜니 최영 장군의 조각상에 휴대폰이 있었다. 장군의 칼 손잡이에 걸려있던 휴대폰을 들고 황급히 마당으로 나왔다.

"야! 이 씨발놈아!"

쉬이이익 펑! 대나무 폭죽이 있던 언덕 위에서 보살과 사내가 우리를 발견하고 소리를 질렀다.

"빨리!"

무조건 뛰기 시작했다. 우리의 뒤통수로는 폭죽이 펑펑 터지고 있었고, 믹스 견들은 그새 주인들에게 붙잡혀 철창 안에 갇힌 신세였다. 사내가 담을 넘어 우리를 쫓았다. 해인과 나는 왕의 무덤에서 소나기를 피해 뛰었던 것처럼 힘을 다해 달렸다. 시동을 미리 걸어놓은 내 차 안으로 슬라이딩하듯 몸을 날렸다. 쫓아오던 사내 뒤로 귀신을 쫓는다는 대나무 폭죽이 거의 마지막 단말마를 지르고 있었다.

비포장도로였지만 속도를 높였다. 차로 추격당할지 모르는 일이다. 속도를 조금만 높여도 해인의 몸이 짐짝처럼 통통 튀어 올랐다.

"불꽃놀이 또 보고 싶다."

언제 위험한 순간이 있었느냐 싶게 해인은 태연했다.

"몸은 다친 데 없어요?"

나의 물음에 해인이 미소 지으며 짧게 대답했다.

"쌩쌩! 씽씽!"

나 또한 오랜만에 피가 쌩쌩 돈 하루였다. 그녀가 웃으면 내 마음에도 스파클라 폭죽이 스파크를 일으킨다.

"우리도 공통점이 있네요?"

나의 말에 해인이 돌아보았다.

"공통점?"

"저도 불꽃놀이 좋아해요. 화약을 발라놓은 철사가 티티틱 타들어 가면서 스파크를 일으키는 폭죽 있어요. 스파클라라고. 불꽃이 크리스마스 트리 정도의 밝기쯤 될까?"

"아, 이름도 쓰고 아이들 가지고 노는 거."

해인이 아는 척을 했다. 해인의 머리카락이 많이 자라있었다.

우리는 어디로 가야 할지 모른다. 오늘 밤은 어디서 걸음을 멈춰야 할지 아무런 계획도 없다. 다만 해인과 불꽃놀이를 함께 벌인 설렘만 차오를 뿐이다.

국도로 접어들었다.

"머리카락이 많이 자랐네요?"

"이 머리… 아버지 작품이에요."

해인이 짧은 머리를 쓰다듬으며 말했다. 아버지 이야기가 나오자 우리의 말은 끊겼다.

여자의 머리카락은 남자와 달리 여린 생명 같은 것이다. 하지만 아버지의 삭발은 딸에게 행할 수 있는 최고의 단죄 표현이다. 아버지들은 극에 다른 분노의 표현으로 딸들의 머리를 훼손한다. 머리카락은 여자들의 성지다. 머리카락 훼손은 낙인이다. 구타보다 굴욕적이다.

"어디로 갈까요?"

해인에게 물었다.

"아버지가 못 찾을 곳이라면!"

해인의 목소리가 높아졌다. 해인의 탈출 소식은 아버지에게 전해졌을 것이다. 해인이 자신의 원룸으로 돌아간다면 아버지가 들이닥칠 일은 뻔한 일이다.

"아버지를 피해서 생활한 지가 벌써 5년이네요. 철이 들면서부터 아버지와 떨어져 살고 싶었거든요. 우리 집은 가평에 있는 축령산 아랫자락이에요. 아버지와 떨어져 살려면…."

해인은 말을 잇지 못하고 차창 밖으로 고개를 돌렸다. 차창 밖은 낯설었다. 지금 어디로 가고 있는지, 무엇 때문에 가는지 우리는 알지 못한다. 길이 나오면 달릴 뿐이다. 길은 끊기지 않았다. 새 길을 자꾸 끌어다 주었다.

"… 서울에 있는 대학 가서 기숙사로 들어가는 수밖에 없더군요. 성적이 바닥이었는데 목표를 세우고 나서부터는 죽어라 공부하고, 실기시험에 합격하려고 목에 결절이 생길 때까지 노래 연습했죠. 그래서 이루었죠. 소원…."

"아버지가 해인 씨를 겨우 찾았다고 하시던데…."

"아버지는 내가 어디에 있던 귀신처럼 찾아내요. 무서워요. 컴퓨터 공학을 전공하셔서인지 해킹으로 제 메일은 물론 인터넷 상의 흔적까지 다 들여다보고 계셨더라고요. 저는 이제 SNS 같은 것은 하지 않아요. 이번에는 어떻게 날 찾았는지 모르겠어요."

"어머니에게라도 도움을 청하시지…."

어머니…. 해인을 돌아보지 않아도, 나에게까지 서늘한 기운이 훅, 끼쳐왔다.

"어머니는… 죽였어요."

터널이었다. 일렬로 설치된 오렌지색 전등이 빠르게 지나갔다. 터널 깊숙이 들어갈수록 전등도, 깊어지는 어둠에 따라 두 줄, 세 줄로 늘어났다. 차의 속도를 높이자 전등의 오렌지 꼬리가 궤적을 만들었다. 비현실적인 풍경이다. 피곤이 몰려온다.

"누가… 요?"

'죽었어요'가 아니었다. 해인은 대답을 하지 못했다.

"미안합니다… 대답하지 않아도 돼요."

터널을 벗어나니 더 큰 어둠이 기다리고 있었다. 시골 길의 국도는 고장 난 가로등이 많다. 졸음을 쫓기 위해 차창을 열었다. 밤바람이 차 안으로 세차게 밀려 들어왔다.

"제가요…."

바람 소리에 섞여 해인의 목소리가 들리지 않았다.

"네?"

해인을 돌아보았다. 해인의 얼굴이 어두워진 것인지, 도로의 어둠인지 분간이 되지 않았다.

"제가 죽였어요!"

그녀는 또 구름을 몰고 온다. 언뜻언뜻 구름 사이의 빛 내림처럼 잠시 자신의 얼굴을 드러낼 뿐, 언제나 장막 뒤에서 예감할 수 없는 소나기를 뿌린다. 천둥소리도 들린다. 나는 젖을 뿐이다. 내 안의 달팽이도 그녀 앞에선 걸음을 멈추고 주춤거린다.

대화는 다시 무자비한 회자수의 칼날에 잘려나갔다.

절벽. 지나간 그녀의 끔찍한 시간의 골짜기를 타고 오를 만한 용기가 없다. 우리는 서로 고개를 돌려 각자의 풍경에 눈을 던졌다.

라디오를 켰다. 주파수가 맞지 않았다. 지지직거리는 기계음을 헤집고 유쾌한 영화음악이 흘러나온다. 주파수를 다시 맞출 필요는 없다. 그 상태로도 음악은 어느새 해인과 나의 머리에 비를 뿌리고, 우리는 수라간 처마 밑으로 뛰어가고 있으니까.

Those raindrops are falling on my head They keep falling
빗방울이 내 머리 위로 떨어지네 빗방울이 계속 떨어져
So I just did me some talking to the sun
그래서 난 태양을 향해 몇 마디 했지
And I said I didn't like the way he got things done sleeping on the job
일을 하면서 꾸벅꾸벅 조는 그대의 태도가 마음에 안 든다고

태양이 졸음에 겨워한다. 꾸벅꾸벅 조는 사이 소나기는 땅 위의 인간들을 매질하고, 태양이 잠을 털어내면, 소나기는 다시 구름 속으로 숨어들어가 시치미를 뗀다. 하지만 가끔 태양이 있는 면전에서도 도도하게 비를 뿌려버리는 앙탈은 생기롭다.

부모님의 지긋지긋한 싸움. 이슬 한 방울도 지탱할 수 없는 거미줄 같은 예민한 신경으로 나는 잠을 잃었다. 잠 속으로 숨지도 못하던 십 대의 시절. 가슴에는 태양 한 조각 가지지 못했고, 차갑고 침침한 응달 방에 누워 불면과 싸웠다. 한 번씩 몸을 뒤척일 때마다 몽상에 빠졌다.

　한 여자를 옆에 태우고, 자동차로 무작정 달려 남태평양 어느 바닷가에 닿으면, 파란 눈동자를 닮은 바다를 앞에 두고, 왕골로 만든 나무 의자에 반쯤 누워 거만한 노을을 보리라. 붉은 노을은 그대로 자신의 품속으로 뛰어들어 오라고 손짓하고, 그 밑으로 엷게 번진 주황빛 노을은 집이 있는 안락한 곳으로 회귀하라고 속삭인다.

　진한 초코 케이크 사이로 싱싱한 딸기를 끼워 넣은, 조각 생크림 케이크를 안주 삼아 왼손에 들고, 오른손에는 라벨의 상표만 화려한, 싸구려 양주를 틀어쥐고 병째 들이킨다. 이제야 노을이 날 것의 이야기를 시작한다. 붉음은 더 붉어지고, 붉음을 가로 지르던 새들은 불에 그슬려 퍼덕이고…. 붉은 물이 들어버린 몸뚱이는 속절없이 노을의 숨통을 향해 달린다.

　노을박명의 시간이 지나면, 컴퓨터 바탕화면 같은 풍경을 깨고, 서울의 마천루로 숨어든다. 하늘과 가까운 곳에서 보는 창밖은 네온사인으로 어지럽고, 자동차들은 맹렬하게 달려야 어울린다. 사방이 유리로 된 벽면에 자줏빛 커튼을 치고, 나의 그녀와 밤을 지새운다.

　네이키드. 맨살들이 푸득거리고, 지독한 짐승의 에고로 가득 찬, 여과되지 않은 말들이 허공을 떠돌고, 모든 문명의 이기들은 발 디딜 틈 없이 바닥에 나뒹구는, 오직 그녀와 이 층 탑이 되어 칠성판 크기만큼만 누울 수 있는, 널 한 짝의 공간. 몇 번의 아침이 지나가고, 몇 번의 생의 의지가 반짝 밀물처럼 밀려오고, 그럼에도 숨 쉬는 것 이외에는 다 놓아버린, 기꺼운 탕진.

어쩌면 지금 해인과 몽상 속을 달리고 있는 것은 아닌가. 소나기 여자는 내 옆에 앉아있고, 그 어느 바닷가에만 당도하면 노을은 기다리고…. 해인을 처음 보았을 때 느꼈던 기시감은 오랜 세월 몽상 속에서 꿈꾸었던 그 여자의 향기를 느꼈던 때문이 아닐까.

삶의 심연을 더듬어볼수록 몽상은 현실과 다를 바 없고, 현실은 언어에 속고 에고에 취해 망나니 춤으로 비틀거렸음을 감지한다. 몽상은 살아나고, 현실은 현실이라 이름 붙여진 허깨비만 둥둥 떠 있다. 노을은 붉지도, 타지도 않는 나의 피조물일 뿐.

여자라는 불의 먹이는 남자

수덕사에서 여기까지 어디로, 어떻게 온 지 모른다. 잠시 차를 세우고 허름한 시골 가게에 들러 담배를 샀고, 해인이 풀숲에 앉아 방뇨를 한 것 외에는 무작정 달렸다. 표지판이 수없이 갈 곳을 지정해주었지만 가지 않았다. 화살표가 두려웠다. 이왕이면 작은 길로 구불구불, 직선이 아닌 곡선으로 달렸다.

길 같지 않은 길. 가다 보면 더는 새 길을 이어줄 것 같지 않은, 심술궂은 모래언덕이 버티고 있을 길로 들어선다. 막다른 길을 찾아야만 오늘을 쉴 수 있다. 킁킁 냄새를 맡는 개처럼 차는 어느 해변가 이면도로를 헤맸다. 길은 끝나있고, 상향등에 비친 나무 표지판에는 '돌아가시오'라고 쓰여 있었다. 해인은 돌아갈 곳이 없었고, 길은 더 이상 새 길을 내주지 않았다.

파도소리가 온몸을 훑고 지나갔다. 땅의 끝, 길에서 이어진 새로운 바닷길이 우리를 붙들었다. 우리는 새로 시작하는 바닷길, 길목에서 주저앉았다. 아마 대천과 무창포 해수욕장을 지나 어느 바닷가 마을 이었다. 그 흔한 펜션도 보이지 않았다. 민박을 청하기에도 너무 늦은 시간이었다.

허기가 몰려왔다. 손전등을 켜고 발등까지 덮인 누렇게 바랜 솔잎과 은행나무 낙엽을 걷어냈다. 키 작은 소나무에 가스랜턴을 걸고, 생수로 물을 끓였다. 해인은 하늘에 뿌려진 별빛에서 눈을 떼지 못했다.

"별들이 백설기 가루를 뿌려놓은 것 같아요."

"내 눈에는 밤하늘의 주근깨 같은데요?"

어떤 별들은 흐릿하다가 다시 밝아지기를 반복하며 숨을 쉬었다. 별빛에 취해 있는 사이에 물이 끓었다. 양송이 수프 분말에 물을 부었다. 차에서 먹다 남은 마늘빵과 침낭을 꺼냈다.

"마늘빵 좋아해요?"

"떡볶이, 빵, 라면… 모든 밀가루 음식은 다 좋아해요!"

해인이 마늘빵으로 양송이 수프를 듬뿍 찍어 한입 가득 채웠다. 자동차극장에서 먹었던 떡볶이만큼이나 탐스럽게 먹었다. 해인과 같이 살면 요리를 잘하지 못하는 나 같은 남자도 점수를 딸 수 있겠다는 생각이 들어, 슬며시 웃음이 새나왔다. 해인은 수프를 먹으면서도 하늘의 별을 바라보았다.

"양송이가 쏙쏙 씹히는 게, 별 수프도 이런 맛일 것 같아요."

"저는 달을 볼 때마다 달걀 노른자가 떠올라요. 달 보며 프라이를 먹으면 토끼 맛도 날까요?"

크크큭… 해인과 오랜만에 함께 킥킥댔다.

"그런데 왜 별과 달은 왜 계속 저를 따라다닐까요?"

해인이 물었다.

"멀고, 크니까요. 아주 멀고, 너무 크면 항상 곁에 있게 돼요."

"가끔 무서워요. 하늘에 떠 있는 것들이….."

하늘에는 많은 것들이 그들만의 세계를 이루고 있다. 무정하다. 한 치의 배려 없이 그들의 세계를 운영할 뿐이다. 홀로 떠도는 것들은 아무런 끈도 보이지 않지만, 그물코처럼 주도면밀하게 연결되어 있다. 어느 것 하나라도 어긋나지 않게 서로를 받쳐준다. 가끔 별똥별 하나가 이탈하며 농담을 던진다.

해인과 바다가 보이는 언덕을 향해 걸었다. 해인과 함께 있는 것만으로도 가을밤의 파도소리는 뭉클했다.

"오늘 밤 여기서 보내고 가도 되겠죠?"

흰 포말을 밀어 올리는 파도를 보며 해인에게 물었다.

'아들, 엄마 취했어. 넌 내가 싫어? 뭘 잘못했지? 뭘?'

어머니의 문자였다. 휴대폰이 필요 없다고 생각한 나에게 강제적으로 기계를 안겨준 사람이 어머니였다. 어머니는 나와의 연결을 조심한다. 휴대폰으로도 모자 관계로도….. 나는 어머니를 싫어하지 않는다. 정확히 말하면 애증愛憎이다. 사랑과 미움이 혼재된 사이. 젊었던 엄마는 자신의 감정을 우선시했다. 어릴 적 이불 속에 갇혀 질식할 것만 같았던 공포, 당신의 삶이 위태할 때마다 휘둘렀던 지나친 체벌, 송곳 같던 부모님들의 싸움으로 새겨진 상처. 성인이 되어 이제는 다 잊은 듯 했지만, 불현듯 기억이 솟구치면 길 잃은 어린아이가 되어 허둥댄다. 힘든 세월을 살았던 젊었던 부모들의 시행착오였음을 안다. 이해한다고 하지만 잊히지는 않는다. 부모와의 거리는 치명적이다. 부모와 밀착하지 못한 사람은 그 누구와도 그 이상의 관계를 쉽게 허용하지 못한다. 인간에 대한 불신은 뿌리를 내렸고, 타인은 경계한다. 외롭다.

'아무 잘못 없어요. 사랑해요. 일찍 주무세요'

문자를 보냈다. '사랑한다'는 말은 생크림 케이크 위에 얹어진 오래된 체리 같은 것이다. 먹기에도, 그냥 버리기에도 마땅치 않은, 시들어버린 열기. 상대에게 놓아주는 신경 안정제. 사랑은 사랑한다고 말하지 않을 때, 제 길을 간다.

해인은 대답을 하지 못했다. 발로 잔솔가지만 툭툭 차고 있었다.
"지겨워질 때까지 아예 이 바닷가에서 머물다 갈까요?"
다시 한 번 해인에게 제안했다.
달빛에 희미하게 펼쳐진 풍경이었지만, 이곳은 사람의 손을 타지 않았다. 정비도 되지 않아 거친 자연 상태 그대로였고, 해수욕장이라고 하기에는 규모가 작고 소박했다. 방치된 해변이었다.
"약속 몇 가지만 지켜주세요."
해인이 어깨를 세우고 목을 움츠리며 말했다.
"약속? 약속은 늘 위험한 거랜데….."
어느새 구름을 빠져나온 달이 해송海松들을 밝히고 있었다. 추워 보이는 해인을 차 앞으로 데려가 앉히고, 급한 대로 버너에 불을 붙였다. 낡은 RV 차량이었지만 바람벽의 용도로 든든했다. 침낭을 펴서 해인의 어깨에 덮었다.

잔솔가지와 나무를 모았다. 마른 나무는 지천이었다. 바위에 비스
듬히 세워놓고, 발로 힘껏 밟으면 경쾌한 소리로 부러졌다. 돌을 모
아 화로대 대신 둥그렇게 돌담을 쌓았다. 우물 정井자로 쌓은 나무토
막에 불을 붙였다. 돌담 주위로 기다란 나무 세 개를 원뿔형으로 세
워 삼각대를 만들었다. 하나의 꼭짓점으로 모인 원뿔을 묶고, 줄을
늘어뜨려 주전자를 매달았다. 등 뒤로 파직! 소리가 들렸다. 해인이
나를 흉내 내어 마른 나무를 주어다가 발로 밟는 중이었다. 해인에게
엄지를 치켜세웠다. 차량 옆으로 텐트를 치고, 해인을 불렀다.

"커피!"

모닥불 위, 나무 삼각대에 대롱대롱 매달려 끓고 있는 주전자에 커
피가루를 넣었다. 해인이 돌담 앞에 주저앉으며 생기롭게 말했다.

"여기 온 뒤로 머리가 너무 시원해졌어요."

스테인리스 컵에 커피를 채워서 해인의 손에 쥐여 주었다. 해인은
따끈하게 데워진 컵을 볼에 대고 빙긋이 웃었다.

"아까 말한 약속이란 게 뭐죠?"

내가 물었다. 해인이 뜨거운 커피를 한 모금 마시고 입을 열었다.

"세 가지만 지켜 주세요. 첫째는 저를 성녀聖女처럼 대하지 말아
주세요. 저는 테레사 수녀도 아니고, 화면 속의 여배우도 아니에요.
저를 하찮게 대해도 좋아요. 오히려 그것이 마음이 편해요."

"그 다음은요?"

"절대 육체적으로 가까이 하지 마세요. 선재 씨와 관계 맺고 싶지
않아요. 저를 힘으로 어떻게 해 볼 생각이면 차라리 말로 하세요. 제
가 당신의 하녀가 되어드릴 테니까. 하지만 잊지 마세요. 지금까지

제가 다른 남자와 섹스를 한 기분을 묻는다면 한마디로…"

모닥불의 불길이 너무 셌다. 포개져 타고 있던 나무토막들을 집게로 들어내 옮겼다. 제각각 떨어트려 놓으니 나무토막의 불길이 차츰 잦아들었다.

"죄수가… 독방에 갇혀 먹을 게 없어서, 곧 죽을 것 같을 때… 바퀴벌레를 잡아 씹어 삼키는 기분 같은 거…."

해인이 입에 바퀴벌레라도 물고 있었던 것처럼, 무의식적으로 모닥불에 침을 뱉었다. 자신의 말에 스스로 취해갔다. 입속에 있으면 의식하지 못하지만, 입에서 뱉고 나면 묻지 않으려고 피하는 침처럼 끈적이는 넋두리….

"사는 게 어느 경계를 넘어서면… 바퀴벌레도 고맙죠… 살아야 하니까… 물론 허기가 가시면 구토가 나오고… 온몸을 거친 돌로 박박 문질러 씻어내 버리고 싶지만… 사람들은 아사 직전의 들개가 코를 처박고, 쓰레기를 먹는 기분을 알리가 없지요…."

해인의 커피가 식었다. 주전자를 기울여 뜨거운 커피를 다시 채워주었다.

"마지막은 뭡니까?"

"세 번째는 공동으로 필요할 때만 함께 하고 나머지는 서로에게 투명인간이 되기로 해요. 함께하면 규칙이 생겨요. 그냥 자고 싶을 때 자고, 먹고 싶을 때 먹고, 입고 싶을 때 입고, 저는 선재 씨를 투명인간으로 생각할 거예요. 여기까지 와서 도시에서처럼 살면 갈매기에게 미안하고, 메뚜기, 소라, 이끼, 미역 뭐 이런 애들한테도 미안하지 않겠어요?"

해인이 불쏘시개로 장작을 들추자 불꽃 가루들이 휘날렸다.

"이… 불꽃들 지금 잘 타는 중이지요?"

"그럼요. 왜요?"

"아… 아니에요. 혹시 지금 안개가 낀 건가요?"

"아니요. 별에 바람이 스치는 것까지 보일 정도로 아주 맑습니다."

"……."

해인은 아무 말 없이 손등으로 눈을 씻어내고, 불쏘시개로 장작불을 툭툭 쳐서 불꽃 가루를 일으켰다. 반딧불이 같은 불꽃들이 주변을 날아다녔다.

"회사는 어떡할 겁니까?"

"후훗… 산다는 게 원래 대응의 영역 아니던가요? 사람들이 계획적으로 살고 있다고 믿는 건 착각 같아요. 걱정 마세요. 살아오면서 이렇게 다 팽개치고 저질러 보는 건 처음이니까요. 까짓거 욕 좀 먹죠 뭐. 남에게 물 한 방울 안 튀기며 사는 것도 너무 삭막하잖아요?"

생각보다 상쾌한 해인의 정리였다.

"그런데 해인 씨의 조건이 너무 까다롭군요."

"?"

"감정도 운전이 될까요?"

"선재 씨도 저를 투명인간으로 생각하세요."

해인이 내건 조건을 지킬 자신은 없었지만 동의할 수밖에 없었다.

"… 투명인간이… 돼보죠."

해인을 처음 보았을 때, 그녀에게서 나와 비슷한 종류의 향기를 느꼈다. 뒤주 안과 밖을 서성이며 비명을 지르고, 그것에 귀를 기울이고, 뒤주를 떠나고 싶어 하지만, 끝내 끌어안고 살아갈 수밖에 없는 존재. 해인과 나는 각자의 벼랑에 서 있다.

"그런데 이 해변을 뭐라 부를까요? 푯말도 없고 사람도 없는데…."

해인이 졸린 눈으로 대답했다.

"그냥 뭐… 여기 와서 처음 먹은 음식이 양송이 수프니까… 양송이 해변으로 해요."

양송이 해변을 뒤로하고 해인을 텐트로 안내했다. 2인용 텐트라 작고 아늑했다. 해인은 침낭으로 들어가더니 순식간에 곯아 떨어졌다. 벌써 난 투명인간이다.

해인을 재우고 밖으로 나와 모닥불에 불을 더 지폈다.

* * *

할아버지는 불을 무척 좋아했다. 나이가 드실수록 불에 대한 집착이 심해졌다. 할아버지를 찾으려면 집 뒤 곁으로 가는 것이 빨랐다. 그곳에는 항상 장작이 어마어마하게 쌓여있었고, 갖가지 종류의 불이 타오르고 있었다. 할아버지는 불에도 영혼이 있다고 믿었다. 몸과 마음을 씻는 데는 불 만한 것이 없다고 말씀하셨다. 벌거벗은 채로 디딤돌 위에 올라가 가랑이를 벌리고, 그 아래로 연기를 크게 피워 몸을 씻고 머리를 감으셨다. 장작불을 피워놓고 오래도록 기도를 하기도 하셨다. 또 크게 속상한 일이 있을 때는 허벅지만 한 장작으로 큰불을 일으켰고, 기분이 무료할 때는 나무젓가락만 한 작은 나뭇가지로만 꺼질 듯 꺼지지 않게 작은 불꽃만을 만드셨다. 아이들이 있을 때는 낙엽만 태워, 그 냄새와 함께 시소처럼 사르륵 타올랐다 잦아드는 불을 구경시켜 주셨다. 할아버지는 나중에 당신 발로 불 속으로 걸어 들어가, 몸뚱이를 완전 연소시켜 세상과의 인연을 마감할 것이라고 하셨다. 나는 무서웠지만 그 말씀을 믿었다.

할아버지는 책이나 성인들의 경전보다 불을 보고 세상의 모든 이치를 깨우쳤음을 자랑하셨다.

할아버지는 나에게 말씀하셨다.

"선재야, 남자는 불장난을 많이 해봐야 한다."

할아버지는 다섯 명의 부인과 사셨고, 비공식적으로는 숫자를 헤아릴 수 없을 만큼 많은 불장난을 하셨다.

돌아가시기 얼마 전, 할아버지는 세상이 다 불장난 같았다며 지난날을 더듬으셨다.

"불에도 여러 가지 색깔이 있다. 파란색, 보라색, 노란색, 다홍색, 검은색… 사람들은 불을 제대로 보지도 않고 불을 말하고, 손을 대보지도 않고 뜨겁다고 방정을 떤다. 나는 지금까지 촛불 같은 여인도 만났고, 용광로 같은 여자, 번갯불 같은 여자, 성냥불 여인도 다 만나봤다. 모두 불꽃처럼 허망하게 내 곁에서 사라졌지만, 그것 또한 불이란 게 원래 그런 것이니 아쉬울 건 없다. 불은 모두 뜨겁게 날 태워줬다. 나는 불 속에서 한 번도 다 타지 못한 적이 없어. 여자와 일을 치를 때도 진액 한 방울까지 다 나누어 주었고, 빚을 내서라도 여자들에게 돈 걱정하지 않게 해주었지. 사내가 불장난을 시작했다면 다 태워버려라. 여자라는 불의 먹이는 남자다. 남자가 다 타주지 않으면 여자가 추워진다."

할아버지는 그 말씀을 하시고, 한 달도 못되어 돌아가셨다. 세상과의 불장난을 끝내셨다. 큰 장작불 앞에서 정신을 놓고, 그대로 불 속으로 쓰러지셨다. 전신을 다 연소시키지는 못했지만, 마지막으로 불의 먹이가 되어 불이 되셨다. 할아버지 말씀 중에 '불 중에는 물로 끌

수 없는 불이 있다. 그럴 때는 맞불밖에 없다.'는 말씀이 머릿속에서 떠나지 않는다. 맞불은 자신의 먹이를 다 먹은 후, 함께 소멸하는 것이다.

* * *

추웠다. 새벽까지 불을 피우다 차에 들어와서 잠이 든 것 같다. 얼굴에 내려앉은 아침 햇살이 풋풋했다. 바깥으로 나가 기지개를 켰다. 지퍼 열린 텐트가 입을 벌리고 있는 것이 눈에 들어왔다. 해인이 보이지 않았다. 침낭 속은 해인이 들어있던 흔적 그대로 남아 있었다. 투명인간이 되자고 하더니, 진짜 투명인간이 돼버린 건 아닌가하고 침낭 속을 더듬어보았다. 머리가 있던 둥근 자리, 엉덩이와 다리에 눌려 푹 꺼진 흔적까지….

해인이 떠났다. 온몸에서 힘이 쭉 빠졌다. 가슴에 구멍이라도 난 듯 허탈했다. 담배를 피워 물고, 백사장과 연결된 언덕 가에 섰다. 바다는 햇살을 싱싱하게 받아내고 있었지만, 해변이 낯설게만 보였다. 새 담배에 다시 불을 붙이고 대각선으로 고개를 돌린 순간, 바닷가 가장자리 갯벌에 한 여자가 웅크리고 앉아 있었다. 해인이 같았다. 가슴으로 다시 밀물처럼 빛의 바다가 들어온다. 명멸하는 빛의 바다였다. 눈이 부셨다. 뛰기 시작했다. 마치 낮잠을 자고 일어난 아이가 아무도 없는 집에서 무섬증에 시달리다, 시장에 다녀온 엄마를 만난 기분이었다.

"왜 그렇게 급하게 달려오세요?"

해인이 심드렁하게 물어보았다.

"아니, 아무 말도 없이 여기 있으면 어떡합니까?"

"지금 저 보이세요?"

"네?"

"내가 왜 선재 씨에게 일일이 보고를 해야 하죠? 저 투명인간이에
요."

망연히 서 있는 나를 보던 해인이 주전자를 내 앞으로 끌어다 놓았
다. 지난밤, 커피를 끓였던 주전자 안에는 조개가 한가득 담겨있었
다.

"오늘 아침밥!"

해인은 다시 조개 잡기에 빠져들었다. 모래땅을 잘근잘근 밟으면
조개들이 쑥쑥 올라왔다. 해인은 주워담기 바빴다.

"얘들이 바닷물이 들어오는 줄 아나 봐요. 착각인데…."

나는 모랫바닥을 두 손으로 파기 시작했다. 해인이가 잡는 착각 조
개보다는 뭔가 대단한 것을 잡아 놀라게 해주고 싶었다. 파다 보니
갯지렁이 몇 마리 외에 아무것도 나오지 않았다. 남자의 오기가 발동
했다. 조금만, 조금만 더… 어느새 어깨까지 쑥, 들어갈 깊이가 됐다.
구덩이에 몸뚱이의 반은 집어넣을 수 있을 것 같았다. 손톱은 아리
고, 팔은 부르르 떨렸지만, 손으로 이 정도 깊이를 팔 수 있다는 사실
이 흐뭇했다. 해인의 목소리가 들렸다.

"구덩이 파서 어따 쓰시게요?"

"……."

"나 먼저 들어갈게요. 배 엄청 고프거든요."

착각 조개가 가득 든 비닐과 주전자를 양손에 들고, 해인은 총총히
언덕 쪽으로 걸어갔다. 멋쩍은 기분에 구덩이에 몸을 집어넣어 보았

다. 빠듯한 공간에서 웅크렸다가 일어서기를 반복했다. 멀리서 해인의 뒷모습이 보였다가 안 보였다 했다. 해인이 멀리서 나를 보면 영락없는 인간 조개가 따로 없었다.

"거그서 뭐 하시우?"

할머니였다. 동그란 스티로폼 방석을 허리에 묶고, 대야를 줄로 이어 질질 끌고 갯벌에서 나오던 중이었다. 대야에는 주꾸미며 골뱅이 맛조개까지 갖가지 해산물이 들어차 있었다. 동네 토박이 할머니였다.

"조개 좀 잡으려고요."

"그냥 위에서 슬슬 파가면서 잡는 게 조개지. 무슨 물개라도 잡을라고? 참 얄궂어라."

할머니는 다시 대야를 달달달 끌며 가던 길을 가셨다. 구덩이를 빠져나와 할머니와 나란히 걸었다. 할머니는 몇 걸음 못 가 멈춰 서서 허리를 펴고, 또 몇 걸음 가다 쉬기를 반복했다.

"사람들이 모래밭에 죄다 맛소금을 뿌리고 해서, 갯벌이 성이 났어. 우리야 굵은 소금으로 살살 먹을 것만 캐오니까 일없지."

"누르스름한 조개 이름이 뭡니까?"

해인이 잡은 조개 이름이 궁금했다.

"그거이… 명주조개. 피란 시절에 동네 사람 다 살렸지. 먹을 게 없을 때 소 쟁기로 모래밭을 들들들 파 올렸으니까. 다 그거 먹고 연명했지 뭐."

언덕에 이르러서 할머니는 대야를 머리에 얹으려고 했다. 아이구야! 할머니의 비명이 터졌다. 허리를 삐끗한 할머니의 대야에서 와그르르 해산물이 땅으로 쏟아졌다. 허겁지겁 조개를 쓸어 담고, 할머니를 업었다.

허리 부위와 위중혈을 사혈하고 요퇴점을 악 소리 나게 자극했다. 명문혈과 신유혈에도 뜸을 떠주었더니 할머니의 표정이 한결 환해졌다.

"내 나이 여든 다섯이유. 허리에 복대를 칭칭 감고, 이래 조개 줍는 맛이라도 보고 살았는데… 이젠 그것도 튼 모양이요. 내가 그래도 복이 있는지 이렇게 한의사 양반을 만나서 다행이지 안 그랬으믄 뻘뻘기다가 어디서 쓰러져 황천길 갈 삔 봤소."

"아직 한의사 아닙니다. 학교 다니기 전에 야매로 배운 겁니다. 돌팔이지만 걱정하지는 마세요."

"내 인생도 돌팔인데, 연애도 하고 할 것은 다 해봤수."

내가 웃으며 방광정격을 놓아드리자 할머니 눈에 졸음이 몰려왔다. 해인이 걱정스러운 눈으로 할머니를 내려다보았다.

"할머니, 텐트라 불편하지만 잠깐이라도 눈 좀 붙이세요."

"나는 염려 마시우. 아까 보니 뭘 끓이던데 어여들 가서 밥 먹우."

할머니는 이내 자울자울 하시더니 선잠이 들었다. 해인과 나는 서로 마주 보다가 누가 먼저랄 것도 없이 끓고 있는 라면 앞으로 튀어갔다. 배가 무지 고팠다. 해인이 명주조개를 잔뜩 넣고 끓인 것이라 군침이 돌았다. 연기가 폴폴 나는 라면을 그릇째 입으로 가져갔다. 그런데 한 입 크게 넣은 라면이 심상치 않았다. 자그락, 자그락, 자그락~ 젓가락질을 멈추고 해인을 바라보았다. 해인도 인상을 찌푸리고 나를 바라보았다. 서로 거울로 자신의 표정을 보는 것 같았다. 말 그대로 모래 씹은 표정이었다.

"흙… 맛이야!"

해인의 말에 잠든 줄 알았던 할머니가 한마디 거들었다.

"해감을 안 시키면 뻘 라면이 되지. 흙이 버석버석 씹혀서 우째 먹
나?"

조개를 해감 시키지 않은 탓이었다. 조개들이 냄비 안에서 그대로
모래를 뱉어낸 것이다. 우리는 뜨거운 커피만 석 잔씩이나 마셔가며
허기를 달래야 했다.

"할머니 고맙습니다."

"고맙기는… 언제 송장 될지 모르는 늙은이 봐줄 사람이 있어서
내가 고맙지."

할머니를 차로 집까지 모셔다 드리고, 우리는 그 집에 짐을 풀기
로 했다. 양송이 해변에서 10여 분 떨어진 할머니의 집은 바닷가 오
두막이라는 표현이 잘 어울리는 집이었다. 양송이 해변 근처에 민가
라고는 할머니 집을 포함해서 서너 집에 불과했다.

집에 들어섰을 때, 창호지 여닫이문만 바람과 놀고 있었다. 우리
가 묵을 방의 창호지 문은 아이 주먹만 한 구멍이 네 군데나 뚫려있
었다. 여름에만 잠깐씩 오는 할머니의 수양아들이 쓰던 방이었다. 흙
벽에는 지푸라기가 튀어나와 있었고, 마당 가장자리로는 이끼가 화
석처럼 내려앉아 있었다. 누렇게 마른 잡풀들은 당당하게 마당 한자
리를 차지하고 있었는데, 그 사이로 볏을 꼿꼿이 세운 닭들이 비스듬
히 서서 우리를 경계했다. 툇마루 아래에는 수양아들이 해놓았을 장
작이 빼곡히 들어차 있었다. 거미줄이 빨랫줄처럼 늘어진 집이었지
만 감사할 따름이었다. 길 끝에서 만난 인연이었다.

"그래도 이 방은 연탄 아궁이도 있고, 장작 아궁이도 있으니까 골라서 때면되우."

할머니는 연탄광을 가르쳐 주고 나서 한 주먹의 식은 밥덩이와 신문지를 가져다주었다. 해인과 나는 어리둥절해서 할머니를 바라보았다. 할머니가 빨리 받으라는 시늉을 했다. 뻘 라면 때문에 배가 고플까 봐 주나 보다 해서 주섬주섬 받아들었다. 맨손으로 주셔서 당황했지만 연세가 드셔서 그런가 보다 했다. 주먹밥이라고 생각하고 한입 크게 베어 물고, 일부러 활짝 웃어 보였다. 시골 인심을 거절할 수는 없었다. 해인에게 맛있다는 말과 함께 남은 밥덩이를 넘겨주었다. 할머니는 우리를 황망하게 쳐다보더니 손을 허우적대며 말렸다.

"움머? 그걸 왜 묵나… 그걸 발르라고… 구멍에."

구멍 난 창호지를 막으라고 가져온 것이었다. 신문에 밥풀을 이겨 바르라는 뜻이었다. 해인이 웃음을 터트렸다. 머쓱했다.

"귀가 먹어 잘 안 들리니까. 이 방에서 무슨 짓을 한들 난 몰러. 난 신경 쓰지들 마시우."

할머니는 한 손으로 귓속의 보청기를 빼서 다시 끼더니, 사라졌다. 젊은 청춘들을 배려해 주시는 말씀이었지만, 구덩이에 뻘 라면에 신문지 밥풀까지… 차라리 안 듣고, 안 보는 게 속 편하실 것 같았다.

해인과 나는 양송이 해변을 온 이후로 많이 홀가분해졌다. 해인의 아버지는 해인을 찾기 위해 혈안이 돼 있을 것이다. 이곳에서 얼마나 머물지 알 수 없다. 해인과 나는 도시에서 알 수 없는 허기에 시달리고, 헐떡였다. 해인은 해인대로 이곳으로 내몰렸고, 나 또한 해인이라는 강한 자력에 이끌려 길의 끝까지 온 것이다. 우리는 길을 받아들였을 뿐이다.

해인과 나는 차를 몰고 J시로 나갔다. 필요한 물품을 사기 위해서였다. J시는 이름 난 해수욕장의 배후 도시답게 번화했다. 볼거리, 먹거리 상점이 잘 구획 지어 있었고, 천변으로는 숙박업소들이 즐비했다. 우리는 재래시장에 들러 간단한 옷가지와 생필품을 샀다. 해인은 흥정을 하지 못해 부르는 대로 값을 지불했다. 해인에게 재래시장은 흥정하는 재미가 매력이니까 한 번 시도해보라고 채근했다. 해인은 마음을 다잡고, 고구마를 사고 흥정을 시도했다.

"좀 깎아 주세요."

"물건 좋은 것 좀 봐. 이 가격이면 거저지 뭐. 고구마를 산 사람이 깎아야지 날더러 깎아주라고 하면 어떡해! 고구마는 직접 깎아 먹어야 맛있어!"

행상 아줌마의 농담에 해인은 흥정할 의욕을 잃고 배시시 웃기만 했다.

"거저래요. 거저."

거저라는 말에 냉큼 값을 지불하고 흐뭇해했다. 시장에서 열 번을 넘게 계산을 했음에도 번번이 쑥스러워하며 단돈 백 원도 깎지 못했다.

우리는 차에 물건을 가득 채우고, 마지막으로 시장 좌판에 앉아 떡볶이를 실컷 먹었다. 해인은 매운 떡볶이 국물에 삶은 달걀을 으깨고, 군만두를 푹 적셔 먹으며, 감탄을 연발했다. 이 순간만큼은 세상에서 제일 행복하다며 감동에 젖었다.

***

　중학교 시절, 내 몸의 주인은 내가 아니었다. 목소리는 변했고, 시도 때도 없는 발기와 성적인 공상은 게슴츠레한 눈빛을 만들었다. 몸은 애처롭게도 기껏 솜털밖에 나지 않은 애송이었다. 그런 애송이가 22살 처녀를 흠모했다. 그녀는 문방구 집 딸이었다. 문방구는 학용품 말고도 한쪽에서 매운 떡볶이를 팔았다. 학교 앞에서 한참 떨어진 그 문방구를 처음 가게 된 것은 같은 반의 털 많은 친구 때문이었다. 그 친구는 까만 털이 여자에게도 난다는 믿을 수 없는 말을 했다. 순전히 나를 놀리려는 수작으로 생각했다. 그때까지 그 흔한 포르노 한 번 보지 못한 무지 탓이었지만, 여자는 털도 나지 않는 줄로만 알았다. 그 녀석은 이미 자신의 아랫도리도 무성하다고 자랑했다. 나는 내 또래의 아이들에게서 솜털밖에 보지 못했기에, 그 말도 믿지 않았다.

　그 친구와 떡볶이 내기를 했다. 기껏해야 거뭇한 정도겠지 했다. 친구와 화장실을 가서 아랫도리를 확인하고 난 후, 입을 다물지 못했다. 곱슬하고 무성했다. 동갑의 친구 몸이 저렇게 무성한데 난 도대체 뭐냐는 낭패감. 솜털 남자의 비애였다. 그러나 저런 아마존의 밀림이 여자에게도 있다는 말은 도저히 받아들일 수 없었다. 내기에 진 나는 그 친구가 이끄는 대로 매운 떡볶이를 파는 문방구로 가게 되었다.

　문방구 집 누나는 상냥했다. 털이 많던 친구가 갑자기 고마워졌다. 녀석의 털 덕분에 이렇게 예쁘고 마음씨 좋은 누나를 볼 수 있게 된 것이다. 누나에게 무엇인가를 사야 할 것 같았다. 엉겁결에 산 것이 원고지였다. 아마 아버지의 영향으로 조금은 인상적으로 보일 수 있는 물품이라 생각했던 것 같다.

게걸스럽게 떡볶이를 먹고 있는 친구의 뒤통수를 보면서, 나는 머리를 흔들었다. 생각을 털어내기 위해서였다. 친구의 아랫도리와 그 누나의 몸이 오버랩 되어, 역삼각형의 아마존 밀림이 눈앞에 오락가락했다. 열 번, 스무 번을 생각해도 인정할 수 없었다.

털은 음침한 욕망을 더욱 부풀게 해주는 최고의 장식물이다. 야만적이고 불손하다. 나는 끝까지 진실을 추적하느니 외계인이 있느냐 없느냐와 같은 물음으로 남겨두기로 마음먹었다. 내가 외계인을 직접 만나기 전까지는 있어도 그만 없어도 그만인 웃고 즐기는 '썰'에 불과한 이야기일 뿐이다. 그렇게 결정을 내리고 나니 누나를 보는 마음이 가벼워졌다.

그날 이후로, 누나를 보기 위해 문방구에서 원고지를 사기 시작했다. 한 가지만 집중적으로 사다 보면 수많은 솜털 조무래기 중에 눈에 띄겠지 싶었다. 대여섯 번째 원고지를 사러 갔을 때, 문방구 집 누나가 먼저 말을 걸어왔다.

"글 쓰니? 왜 컴퓨터로 안 쓰고, 원고지에 쓰는 거니? 참 드문 애다 너…."

드디어 햇살이 비쳤다. 그녀의 말에 의하면 나는 평범한 솜털 애송이가 아니고 드문 애였다. 드문 애! 성숙한 여자가 드물다고 생각하는 남자.

"직접 손으로 꾹꾹 눌러써야 좋은 글이 나와요. 유명한 작가들은 다 손으로 쓰죠."

나는 짐짓 별것 아니라는 투로 대답했다.

내 방에는 원고지가 쌓여만 갔다. 글을 쓰겠다는 마음은 애초에 없었다. 그런데 빈 원고지가 눈에 띌 때마다 빚진 기분이 들기 시작했다. 그야말로 할 수 없이 원고지가 아까워 글을 쓰기 시작했다. 어느덧 원고지가 다 채워져 가면 그녀를 당당하게 볼 수 있다는 생각에 가슴이 설렜다.

그녀는 내가 원고지를 더 자주 사러 가면 글쓰기가 잘 되는 것 같다며 기뻐해 주었다. 나는 그녀의 칭찬을 듣기 위해 더 많이, 더 빨리 글을 써댔다. 그때 쓴 이야기가 아마 솜털 성기에 대한 반동으로 무지하게 큰 성기와 무한대로 자라나는 털 때문에 고생하는 남자 이야기를 썼던 것 같다. 그녀를 보고 온 날은, 상상의 글감이 흘러넘쳐 무섭게 쭉쭉 써지고는 했다. 잠도 자기 싫었고, 쓰는 내내 몽실몽실한 구름 위에 앉아 둥둥 떠가는 기분이었다. 그 글을 쓴 이후로, 하얀 변기 위에 붙어있는 까만 한 가닥 털이 더는 초라하게 보이지 않았다. 의미심장한 철학 덩어리였다. 털이 그러할진대 세상의 어떤 것이 찬란하게 보이지 않겠는가. 다행히 그 글을 본 아이들은 내 글을 읽고, 웃겨 죽는 줄 알았다며 다음 이야기를 기다렸다. 어떤 녀석은 잔돈푼을 주며 제일 먼저 자기에게 보여 달라고 간청했다.

빈 원고지를 미쳐 다 소모하지 못했는데도 그녀가 보고 싶어 못 견딜 때는 떡볶이만 사먹으러 문방구에 갔다. 그럴 때는 괜히 솜털 애송이 수준으로 떨어지는 것 같아 내키지 않았지만 할 수 없었다. 사실 떡볶이는 내 체질에 맞지 않았다. 열이 많아서인지, 알레르기인지 모르지만 떡볶이를 먹으면 등에 열꽃이 피고는 했다. 그래도 열꽃을 꾹 참아가며, 매운 떡볶이를 먹었다. 원고지만 사면 그녀와 몇 마디 나누지 못했지만, 떡볶이를 먹는 동안에는 그녀의 모습을 아주 오랫동안 바라볼 수 있었다. 없는 용돈에 원고지를 사고, 떡볶이까지 먹을 수 있는 날은 행복해서 미칠 지경이었다.

그녀는 나의 편집장이었고, 내 글 속의 여주인공이었다. 막대한 원고지 값은 그녀가 내 글에 출연해준 데 대한 출연료였다. 그때 친구의 털과 그녀의 원고지가 없었다면 나는 작가의 꿈은 아예 꾸지도 않았을 것이다. 중편소설 분량이 다 되어갈 즈음에 결심했다. 만약 내가 노벨상을 받는다면 수상소감으로 털과 원고지에 대한 감사함을 꼭 전하리라고…. 모든 영광을 다 돌리리라고…. 문방구 집, 원고지를 팔던 그녀는 애송이를 문학의 세계로 인도한 뮤즈였다.

* * *

해인은 창호지 문에 붙일 한지를 잘랐다. 신문지 대신 주먹만 한 구멍을 메우기 위해서였다. 해인은 마당으로 나가 단풍나무, 은행나무 잎과 이름 모를 잎사귀들을 한 장 한 장 정성스럽게 주웠다. 그중에 편편하게 펴진 잎사귀들만 따로 골랐다.

해인은 낡은 창호지 여기저기에 물풀을 발라 잎사귀들을 조심스럽게 붙였다.

"이거 똑바로 붙은 거 맞아요?"

해인은 나뭇잎을 한 장씩 붙일 때마다 바르게 붙여졌는지를 물었다. 나는 해인을 도와 한지와 잎사귀에 물풀을 발라 해인에게 건넸다. 구멍이 잘 나는 손잡이 쪽과 네 군데 구멍 난 쪽은 따로 창호지를 잘라붙이고 그 위에 잎사귀를 밀착시켰다. 잎사귀들 위로 다시 새 창호지를 덧대서 발랐다. 마지막으로 시장 창호지 가게에서 가르쳐 준 대로 물을 머금고 살짝 뿜어주었다. 잎사귀 부분이 불쑥 튀어나오고 제멋대로 보였지만, 어설픈 대로 단풍나무 창호지 문이 완성되었다.

"이제 이 방안은 계속 가을이에요. 어때요?"

해인이 흡족한 표정으로 말했다.

해가 지고 있었다. 어두워지는 방안이 무덤 속 같았다. 방문에 붙어있는 단풍잎은 붕대 대신 흰 창호지로 말아놓은 미라가 연상됐다. 시간을 붙잡아 놓으려는 단풍잎 미라.

해인이 창호지 문을 마무리하는 동안 아침에 잡은 조개로 칼국수를 끓였다. 명주조개는 해감을 시켰다. 해감 시킬 때 쇠붙이를 넣어야 조개들이 뻘을 퉤퉤, 잘 뱉어 낸다는 할머니의 조언을 듣고 동전과 수저를 꽂아 넣었다.

칼국수는 담백했다. 밀가루 음식을 좋아하는 해인은 진하게 우린 국물과 탱탱한 면발을 후후 불어가며 두 그릇이나 먹고, 벌렁 누워버렸다.

참·좋·다

해인의 짧은 한마디였다.

볼록하게 처진 얼룩진 천장을 멍하니 바라보던 해인이 노래를 흥얼거렸다.

그리워도 뒤돌아보지 말자 작업장 언덕길에 핀 꽃다지
나 오늘 밤 캄캄한 창살 아래 몸 뒤척일 힘조차 없어라
진정 그리움이 무언지 사랑이 무언지 알 수 없어도~

어떤 노래건 해인이 부르면 쓸쓸하게 뒤돌아선 찬 어깨를 보게 된다. 몸을 돌려세우라고 말 붙일 수 없는 뒷모습. 그녀는 자꾸 허물어지고, 쓸려 내려가는 모래산에서 서성인다.

"무슨 노래죠?"

"몰라요… 엄마가 나처럼 누워서 가끔 부르던 노래였으니까요."

해인의 눈빛이 흔들렸다. 몸을 모로 돌려세워 태아처럼 웅크렸다.

"술 한잔 할까요?"

내 말에 기다리기라도 했던 것처럼 해인이 벌떡 일어나 앉았다.

첫날이다, 해인과.

나란히 한 공간에서 누워 잘 것이라는 생각을 하면 맨정신으로는 잠이 올 것 같지 않다. 나를 투명인간으로 생각하는 해인의 기분은 어떤지 가늠되지 않는다.

해인이 맥주병과 소주병을 양손에 들고, 병 주둥이를 대접에 맞대고 술을 콸콸 따랐다. 해인과 나 사이에 술잔 하나가 덩그러니 놓였다.

"제가 먼저 마실까요? 아니면 선재 씨가?"

"합환주?"

내 말에 해인이 웃음을 터트렸다. 해인이 옆으로 쓰러져 배를 잡고 웃었다.

"아~ 웃겨! 여태까지 들은 말 중에 제일 들을만 했어요!"

해인이 웃음을 참아가며 잔을 들었다. 한 모금을 마시고 나에게 잔을 내밀었다.

"자요~ 한방을 쓰는 친구에게 주는 방짝주!"

친구. 해인에게 나는 친구였다. 아무 상관없다. 개념을 잡고, 거기에 이름을 붙이는 일은 놀이에 지나지 않는다. 실감實感과는 무관한 '말놀이'라는 것을 안다.

해인이 준 술을 바닥이 드러날 때까지 마셨다. 해인을 알고부터 술이 달다. 술은 나를 달콤하게 잠식한다. 내가 어쩌지 못하는 깊은 속에서는 달팽이를 취하게 하여 소멸의 결단을 내리게 유도하고 있는지 모른다. 섬세하게, 하지만 돌이킬 수 없는 방법으로.

취기가 돌았다. 해인은 뿌리 없이 춤을 추는 웃음을 흘리거나, 눈에 띄게 침울한 표정을 지었다. 해인이 웃음을 흘릴 때 나는 사내다운 표정을 지었고, 해인이 침울할 때 술잔을 비웠다.

해인이 스파클라 불꽃 막대를 꺼내 들었다. 나는 천장에 매달려있는 가장자리가 까만 형광등의 불을 껐다. 해인이 내민 철사 끝에 불을 붙여주었다. 불꽃이 아기의 자지러지는 울음처럼 사방으로 퍼진다.

명멸明滅. 빛과 소멸이 동전의 양면이 되어야만 이룰 수 있는 절정. 그을음으로 휘발되는 절정의 끝은 완전한 연소. 타야 할 것은 뒤돌아 볼 것을 남기지 말아야 한다. 어느새 불꽃은 화장한 뼈처럼 까만 재만 철사에 남긴 채, 한 방울의 불티도 남기지 않고 완전한 사정을 끝냈다.

어느때고 명멸 앞에서는 넋을 잃는다. 허공에 불꽃놀이가 그렇고, 바람 앞에 흔들리며 서 있는 은사시나무의 은빛 찰랑거림이 그렇고, 해풍에 얼비치는 눈부신 물비늘이 그렇다. 흔들리지 않으면 명멸하지 않는다. 해인이 은사시이고 물비늘인 것은 흔들리기 때문이다.

"불꽃은 잘 보여서 참 좋아했는데… 이제 쌀알이 툭툭 튀는 거 같아…."

해인이 스파클라 불꽃을 보며 중얼거렸다. 그리고는 다 타버린 철사로 단풍잎 창호지 방문을 푹 쑤셨다. 펜싱 칼로 심장을 뚫는 포즈였다. 애써 구멍을 메운 곳에 다시 작은 구멍이 생겼다.

"숨구멍!"

해인의 한마디에 우리는 동시에 웃음이 터졌다. 게걸스럽게 한참을 웃었다.

'아들, 재미있어? 오늘도 취했어. 네 아빠 여자 생긴 것 같아'

어두운 방, 구석에서 어머니의 문자가 보챘다.

'엄마 보다 예쁠 것 같니? 자니?'
'아들, 술 좀 더 사다 줘'

한 말 또 하고, 다시 또 되새김질하는 주정처럼 어머니의 문자는 계속 도착했다. 어머니의 술은 늘 술을 불렀다. 첫 잔은 마중물이다.

'제 방 침대 밑에 잭 있어요'

답 문자를 보냈다. 어머니는 꼬냑을 주로 마시지만, 잭 다니엘도 좋아했다.

* * *

어머니는 술에 취해 처음으로 아버지를 받아들였고, 지금도 술을 마셔야 그나마 아버지를 남편으로 봐주었다. 아버지는 술을 마셔야 어머니의 감정이 누그러진다는 사실 때문에 음주를 묵인했다. 때로 어머니가 사나워지면 어머니에게 술을 권했다.

어느 날, 술에 취한 어머니가 아버지와 크게 싸운 날이 있었다. 어머니는 아버지를 첫사랑을 농간한 도적놈으로 취급하며 몰아붙였다. 늘 반복되는 레퍼토리와 뻔한 대사가 오가는 싸움이었지만 그날은 어머니의 술이 과했다. 어머니는 제분에 겨워 아버지를 향해 접시를 원반던지기로 날렸고, 압력 밥솥을 투포환처럼 집어던졌다. 아버지는 숙련된 솜씨로 피했고, 차마 정당방위로 어머니에게 맞대응하지 못하고, 신속하게 도망쳐버렸다. 대상을 잃어버린 어머니의 분노는 처절하게 울어대는 어린 나에게 향했다. 중대장의 위엄으로 '셋을 셀 동안 뚝! 그치라'는 말과 함께 하나! 둘! 셋! 을 세었다. 하지만 처참한 부모의 싸움을 본 눈에서는 눈물이 그치지 않았다. 그놈의 하나, 두울, 셋은 오히려 공포를 자극했다. 눈물 딸꾹질과 함께 으흑, 으흑 소리는 멈추지 않았다. 두려움을 틀어막을 방법이 없었다.

하나 두울 셋에 뺨을 맞고, 또 하나 두울 셋에 발길질을 당하고, 다시 하나 두울 셋에 뒤통수를 가격당했다. 통증 때문에 새 눈물은 다시 터졌고, 또다시 카운트는 세어졌다. 어머니는 너까지 날 무시하느냐며 자존심의 배수진을 친 모습이었다.

수 없이 세어지는 하나 두울 셋에 완전히 그로기 상태로 쓰러져 일어날 수 없을 때, 어머니는 새 술을 마시러 들어갔다. 아버지는 늦도록 들어오지 않았고, 술에 곯아떨어진 어머니는 깊은 잠에 빠졌다.

나는 부어터진 얼굴로 주전자를 들었다. 주전자 안에 오줌을 누었다. 잠든 어머니 앞에 섰지만, 두려워서 손이 떨렸다. 잠이 깨면 어머니는 다시 카운트를 셀 것이다. 하나 두울 셋. 나는 숨죽여 주전자를 기울였다. 한 번 찍~ 두 번 찌익~ 세 번 찍 찌이익~ 주전자가 오줌을 누었다. 어머니의 무방비하게 벌어진 가랑이 사이로···.

주전자의 물줄기를 줄여 어머니의 아랫도리를 조용히 적셨다. 어머니는 아무 일도 기억하지 못할 만큼 취해있었다. 바닥 이불과 어머니의 바지가 푹 젖은 것을 확인한 나는 어머니의 옆에 누워 잠을 청했다.

아침이었다. 아직 자고 있는 어머니를 흔들어 깨웠다.

"엄마가 오줌 쌌어!"

어머니가 눈꺼풀을 겨우 열고 비몽사몽 간에 말했다.

"네가 싸놓고 왜 그래…"

TV에서 흔하게 보던 따뜻한 엄마의 목소리로 돌아가 있었다. 나는 엄마의 바지를 더듬었다.

"엄마 바지가 다 젖었네!"

일부러 큰 소리로 외쳤다. 엄마의 눈이 번쩍 떠졌다. 당황하는 표정이 역력했다. 소심한 복수였지만 내가 할 수 있는 유일한 반항이었다.

"엄마가 오줌 싼 거네!"

엄마가 오줌 쌌다는 말을 하는데 목이 메었다. 복수가 시원하지 않고, 오히려 목울대가 아팠다. 어머니가 다시 하나 두울 셋을 셀까 봐 힐끔힐끔 눈치를 살폈다. 그날 '엄마가 오줌 싼 거네!'는 단 한 번 밖에 외치지 못했다. 목울대가 뜨거워서….

돌이킬 수 있는, 돌이킬 수 없는

"어머니가 좀 취했어요."

나는 묻지도 않은 말을 변명하듯 했다.

"우리 엄마는… 술을 한 잔도 못했어요. 술 같은 노래에만 취할 줄 알았죠."

해인이 말했다. 좀 전에 해인이 누워서 흥얼거리던 노래가 떠올랐다. 그 자세, 그 목소리로 그렇게 누워있었을 해인의 엄마.

"정말 엄마를… 죽였어요?"

형광등을 켜며 물었다. 그러나 해인이 비로 형꾕등을 꺼버렸나. 흘러들어온 달빛이 창호지 문의 단풍잎을 까맣게 만들었다. 내가 다시 촛불을 켰다. 작은 불빛에도 달빛은 창호지 문밖으로 물러났다.

"……."

해인이 손가락으로 뜨거운 촛농 테두리를 불꽃 속으로 밀어 넣었다. 넘어진 촛농은 금방 녹았고, 다시 촛농의 벽은 세워졌다. 촛농을 밀어 넣는 해인의 손가락은 누군가에게 그 얘기를 하고 싶어 하는 것 같다. 꼭 내가 아닌 누군가에게라도. 오랫동안 가슴 항아리 속에 묵어서 발효된 응어리. 그 응어리가 더는 견딜 수 없어, 뚜껑을 들썩이며 숨을 쉬어야만 하는 이야기.

"아빠가 엄마를 미친 사람처럼 좋아했어요. 아빠와 결혼 전에 엄마는 무슨 공단을 다녔는데… 그때는 그렇게 불렀대요. 공순이라고…. 엄마는 노래를 잘해서 노조의 노래패였는데… 아빠가 무슨 사상교육 강연을 하러 갔다가 엄마가 노래하는 것을 보고 반해버린 거죠. 공순이한테… 젊은 교수님이… 하여튼 유난스럽게 아빠가 좋아했나 봐요… 엄마를…."

해인의 목소리에는 회한이 섞여 있었다.

"아빠가 학비를 도와줘서 엄마가 성악을 공부하게 되었대요. 그런데 엄마는 아빠랑 성향이 많이 달랐어요. 매일 데모하는 노래만 부르고 해서 아빠랑도 많이 다퉜대요. 그래도 아빠는 아이도 낳지 말고, 엄마와 둘이서만 그렇게 평생 살자고 했는데 엄마가 저를 임신한 거죠. 엄마가 기어코 저를 낳았고, 처음에는 아빠도 엄마를 똑같이 닮은 저를 예뻐했대요."

"돌아가신 엄마 대신 해인 씨에게 집착하고 계신 거군요."

해인은 불꽃의 중심부를 엄지와 검지로 빠르게 잡았다, 놓기를 반복했다.

"안 뜨거워요?"

내가 물었다. 그러고 보니 지금까지 해인은 촛불하고 이야기하고 있었다. 촛농과 불꽃에서 한 순간도 눈길을 떼지 않았다.

"노스트라다무스가 세상이 멸망할 거라고 했던 해였죠… 저의 세계는 멸망했으니까 예언이 맞은 셈이죠. 저는 아홉 살이었고… 크리스마스 날 아침… 전날 산타에게 받은 선물이 휴대폰이었는데… 저는 마음에 안 든다고 투정을 부렸죠. 아빠가 말렸는데도 내가 기어코 엄마를 끌고, 내가 찍어놓은 선물을 사러 서울에 있는 백화점에 가는 중에… 백화점 사거리에서…."

해인이 말을 잇지 못하고, 집게손가락으로 뜨거운 촛농을 꾹 누른 채 꼼짝하지 않았다. 나는 해인의 손목을 잡아 촛불에서 떼어 놓았다. 손가락에 들러붙은 촛농을 떼어주며 물었다.

"무슨 선물을 가지고 싶었는데요?"

"… 마·술·상·자…."

마술 상자를 한 글자씩 떼어 말하는 해인은 아홉 살로 돌아가 있었다. 얼이 빠진 표정이었다. 다른 잔을 들어 해인 앞에 놓인 잔에 챙 소리가 나도록 술잔을 부딪쳤다. 그제야 해인이 정신을 차렸다.

"마술이 참 좋았어요… 특히 신체가 분리되는 마술은 꼭 내 몸이 분해되는 것 같았어요. 분리되었다가도 레고처럼 맞추면 또 살아나고… 돌이킬 수 없는 일도… 마술로는 되돌리는 게 가능하죠."

"그래서 마술 상자는 선물로 받았어요?"

"… 아니요… 그날 이후로 아직도 선물을 받지 못했어요. 선물을 주어야 할 사람을… 이 손으로…."

해인이 촛불의 새파란 불꽃 심지를 잡았다. 촛불이 꺼졌다. 촛불이 밝혔던 자리에 달빛이 번졌다.

"그날 운전하던 엄마의 눈을 가려버린 것은 저였어요. 늘 하던 마술을 보여준다고… 나도 모르게 손으로 엄마의 눈을 가렸죠. 엄마는 놀라서 핸들을 틀었고… 굉음 소리가 들리더니… 정신을 차려보니까… 엄마는 물구나무를 선 채, 눈을 부릅뜨고 이상한 얼굴을 하고 있었어요… 마술이었어요… 마술… 지금까지도 마술 같아요… 저도 엄마도 아직 마술에 걸려있는 것 같아요. 문득문득 내가 떠도는 혼령이 아닌가 싶고… 밤마다 마술사들을 시켜 저의 신체를 분리 중이에요… 그런데 마술 실력들이 형편없더군요… 개새끼들….”

술병은 쌓여갔다. 달빛을 깔고 앉은 작은 골방에서, 십오 년간 숨죽였던 이야기가 뚜껑을 들썩이며 구토처럼 쏟아졌다.

“아빠 말에 의하면 난 엄마를 죽인 년이에요… 날더러 어쩌라고!!”

해인이 갑자기 발악하듯 목소리가 높아졌다.

“엄마가 돌아가시고 1주기가 될 때까지 아빠는 나에게 열 마디도 안 했을 거예요. 그 일 년 동안 아빠의 침묵이 더 힘들었어요. 저를 벌하느라 그랬겠죠. 아빠는 엄마의 물건도 버리지 않았고, 엄마의 사진을 끌어안고 잤어요. 그런 아빠를 볼 때마다 내 몸이 발기발기 찢어졌으면 좋겠다고 생각했어요… 그렇게… 긴장으로 몸이 오그라들 때마다 자위를 했어요. 처음엔 그게 뭔지도 잘 몰랐는데… 죽으란 법은 없죠? 자위를 하면 웅덩이에 처박혀 있던 기분이 좀 나아졌어요. 엄마의 1주기 제삿날 밤에 너무 무서워 침대 아래 숨어서 긴장을 풀고 있었는데… 그걸 아빠가 봐버렸어요. 아빠는 날더러 엄마를 죽여놓고 쾌락이나 쫓는 구제불능인 아이라고 노발대발했고… 나는 그 짓이 그렇게 나쁜 짓이라고 생각지 않았는데… 아빠의 반응이 무서웠어요… 그때서야 내가 혐오스러워지더군요. 그날은 정말 엄마가 죽도록 보고 싶었어요…. 후후후”

해인이 허탈하게 웃었다.

'네 아빠 대신 딴 남자 만나도 너만은 이해해 줄 수 있겠지?'

어머니의 문자였다.

'아버지가 다른 여자와 자도 상관없으시다면 얼마든지요'
'나쁜 자식'

술에 취한 해인이 어느새 자는 듯했다. 투명인간인 나에게 허락받을 일은 없다. 나도 해인의 발아래 이불을 깔았다. 해인과 구십도 각도의 공간을 유지한 채, 'ㄴ'자의 구도로 몸을 뉘었다. 두 사람의 머리가 같은 방위方位를 향해, 나란하게 누울 자신이 없다. 해인의 발아래가 가장 평화로울 것 같다.

잠이 오지 않았다. 해인의 숨소리가 들렸다. 방심한 숨소리가 아니었다. 해인도 잠을 이루지 못하고 있었다. 서로의 선잠이 살아서 부딪쳤다.

잠은 모든 의식을 놓고 떠다니는 공간이다. 의도할수록 잠의 공간에서 멀어지는, 인위가 통하지 않는 그런 세계다. 아무리 미운 사람일지라도 잠들어있는 모습을 보게 되면 경계가 풀리고 측은해진다. 그것은 잠든 자가 의식을 놓았기 때문이다. 의식을 붙들고 있는 한 끊임없이 분별하고, 에고는 번들거린다. 잠과 죽음의 상태는 더할 것도 덜 것도 없는, 의식의 정전이다. 해석할 수 없다. 잠이나 죽음으로 모든 것을 놓아버린 자 앞에서는 용서와 눈물만 흐른다. 모두를 깊은 강으로 인도한다.

해인의 뒤척임과 나의 숨소리가 섞인다. 미세한 소리도 증폭되는 정적이 낯설다. 하지만 지금은 해인과 함께 누워있다. 손을 뻗으면 그녀의 발에 닿을 수 있다. 그것만으로도 달빛은 충분히 설렌나.

잠은 오지 않고 문풍지 우는 소리에 귀를 기울인다. 누운 채, 눈을 떠서 창호지 문을 바라본다. 투명하지도 어둡지도 않은, 절묘한 반투명의 창호지 문. 투명은 이면이 환하게 보이지만, 반투명은 선 굵은 실루엣만 통과시킨다. 반투명은 권태롭지 않다. 바깥소리와 빛을 반투명하게 투과시키는 창호지의 새된 울음소리가 스산하다.

해인이 깊은 한숨을 몰아쉬더니 일어나 앉았다. 주저 없이 형광등을 켰다. 나는 눈을 질끈 감았다. 눈꺼풀이 환해졌지만 꼼짝하지 않았다. 해인이 옷을 갈아입었다. 시장에서 함께 산 벨벳 원피스일 것이다. 외출하려는 모양이다. 내가 잠이 들지 않은 것을 알고도 해인은 그다지 신경을 쓰지 않는다. 그녀 말대로 피차간에 투명인간인데 서운해 할 필요는 없다.

해인은 내 머리맡에 있던 차 열쇠를 주워들었다. 문소리가 들리더니 찬바람이 울컥 밀려들어 왔다. 잠시 후, 내 차의 시동 거는 소리가 들렸다. 요란하게 출발하는 자동차 소리가 천변川邊에 즐비하게 늘어서 있던 모텔을 떠올리게 한다.

오늘, 해인은 구토처럼 쏟아냈던 자신의 말이 힘겨웠을 것이다. 구토한 만큼 허기를 메우려는 걸까. 마술사들을 만나러 가는 모양이다. 들개가 되어 자신의 몸뚱이를 분리해보려고, 형편없는 실력이라던 마술사들을 찾아 떠났다.

나는 벽을 기대고 앉았다. 남아있던 술병의 술을 고개를 뒤로 꺾어 우악스럽게 마셔본다. 일부러 꿀꺽꿀꺽 크게 소리를 내가며 들이킨다. 침몰하는 배에 물이 차오르듯 취기가 넘실댄다. 술이 몸속에서 차오르면 세상에 대해서는 관대해지고, 사람은 그리워진다.

뇌에 술이라는 평형수가 차게 되면 모든 지식과 선입견이 저만치

물러나 앉는다. 오직 노골적인 감정만 앙상하게 남는다. 군살 없는 앙상한 감정의 뼈대로 세상을 보면, 사물까지도 한층 선명해진다. 벽에 도배된 철 지난 신문이, 퀴퀴한 시골 곰팡이가 말을 걸어온다. 글자와 음악이 틈 없이 몸뚱이로 스미고, 나는 나태하게 유린당한다. 폭음은 어느새 거미줄 같던 신경줄을 철사의 신경줄로 바꾸어 놓고, 몰입의 세계로 이끈다. 가능하다면 이 고요한 '난장亂場'의 세상에서 방생되고 싶지 않다.

발등 위로 지네가 기어간다. 나는 양 팔꿈치를 방바닥에 대고, 낮은 포복으로 지네를 따른다. 벽에 바짝 붙은 채 달린다. 술병이 엎어지고, 그릇이 팔꿈치에 밀려나 저만치서 나동그라진다. 지네는 직선으로 제 길을 간다. 펼쳐진 채 엎어진 책 사이로 은폐한다. 나는 엄마가 나에게 했던 목소리 톤으로 하나 둘 셋에 책을 치우고, 또 하나 둘 셋에 양말을 치우고, 하나 둘 셋에 과자 봉지를 치운다. 지네는 웅크렸다가 필사적으로 달리기를 반복한다. 내일 아침, 지네가 내 바지를 적셔놓거나, 앞발의 독이 든 발톱으로 성기를 콱 찍을지 모른다.

해인이 급하게 옷을 갈아입느라 벗어놓은, 청바지 오른쪽 다리 부분이 벌러덩 속을 허옇게 드러내 놓고 있다. 지네가 청바지의 사타구니 쪽으로 기어들어간다. 순간, 해인이 은밀한 부위가 간지러워 소리를 쳤거나, 깜짝 놀라 비명을 지르는 소리가 들렸다. 혹시나 해서 고개를 들어 창호지 문 바깥의 그림자를 찾아본다. 그녀는 문밖에 없다. 몸뚱이가 없는 뒤집어진 청바지를 뚫어지라 바라본다. 나와 잘 놀던 지네가 불현듯 괘씸하다. 해인의 사타구니 속으로 들어간 질투인가.

진자주색 지네의 많은 다리가 불손하다. 수컷의 손과 발은 암컷과 교미할 때 암컷을 꼼짝 못 하게 압박하거나, 절정을 위한 연주용으로 쓰인다. 지네의 다리는 조정 경기에서 일사불란하게 노를 젓는 것처럼 완벽해 보인다. 그 많은 다리가 서로 엉키지 않고 주도면밀하다. 그 완벽함에 균열을 내고 싶은 충동이 인다. 해인의 깊은 곳에 숨은 지네는 꿈쩍도 하지 않는다.

* * *

어린 시절, 동물의 왕국이라는 프로그램에서 교미를 하는 많은 동물과 곤충을 보았다. 그들은 한결같았다. 암컷의 시선은 등을 보인 채 땅이나 허공 쪽으로 향해 있고, 수컷은 눈치를 보다가 훔쳐 먹듯 암컷의 등 뒤에 찰싹 올라붙는다. 수컷의 시야에는 암컷의 뒷모습만 들어온다. 암컷은 수컷이 자신의 마음에 들지 않을 때는 표정도, 소리도 아닌 엉덩이만 치워버린다. 인상적인 것은 수컷은 암컷을 '훔치거나' '구걸하는' 짝짓기를 한다는 사실이다. 그러다 보니 체위는 가건물처럼 불안하다. 암컷은 언제든지 결합을 해제할 수 있다. 수컷을 받아들일 때는 높은 산이 정상 정복을 잠시 눈감아 주는 것처럼, '잠시 허용'해주는 자세를 취한다. 그러다 보니 수컷은 산 정상에 급하게 깃대를 꽂는 것처럼 사정에만 몰두한다. 암컷의 눈치를 힐끔거리며, 정상 정복이라고 믿고 싶은 자기 위안에 허덕인다.

불을 좋아하던 할아버지는 말씀하셨다. "사람도 동물하고 다를 바가 없다. 인생이란 동물이 사람 되어가는 과정일 뿐이야." 그때 인간의 성품뿐만 아니라 모든 짝짓기도 동물의 왕국처럼 하는 줄 알았다. 그야말로 야생적으로.

멜로 영화를 보면 그토록 청순한 여주인공과 젠틀한 남자 주인공이 하룻밤을 함께하고, 다음날 눈물로 헤어진다. 그런데 격렬한 동물의 왕국 같은 짝짓기를 하고 나서, 어떻게 저런 순정한 표정을 할 수 있는지 의아했다. 속는 기분이었다. 특히 진한 사랑을 나눈 흰 눈 같은 여주인공의 모습에 아무런 변화가 없었다. 어떻게 저렇게 멀쩡할 수 있는 걸까, 했다. 동물의 왕국 짝짓기를 한 사람들은 다음날 한쪽 팔을 허공에 올리고 '저요'하는 자세를 취하거나, 고개가 옆으로 하루 정도는 돌아가 있어야 했다. 하지만 너무도 태연한 몸과 표정을 유지했다. 그럴 수는 없는 일이었다.

우리는 나비와 벌, 메뚜기, 개구리, 병아리 심지어는 파리, 모기에게까지 짝짓기를 시켰다. 두 마리만 되면 암수는 중요치 않고, 동물의 왕국처럼 한 마리는 등을 보이게 하고, 또 한 마리는 그 등 위로 올라타게 했다.

"해 봐!"라고 소리를 치고 암수를 밀착시켰다. 들러붙은 자세를 조금만 유지해도 "이것들 진짜 붙었어", "이것들 완전 뿅 갔어!"라고 소리치며 곤충들을 음흉한 것들이라고 비난했다.

어린 수컷들은 정작 미지의 세계에는 한 걸음도 내디뎌보지 못하고, 짝짓기하는 영상 속 배우나 곤충들을 비아냥댔다. 직접 경험하기에는 너무 먼 이야기였고, 짝짓기에 대한 궁금증은 애꿎은 곤충과 생물들에게 투사되었다. 암컷의 등 뒤에서 수컷의 생식기를 비벼주느라 수컷은 배가 터져 죽었고, 암컷은 바닥에 눌려 죽었다. 서로 짝짓기 자세가 되었다 해도 괜한 질투심과 비난으로 암수가 겹쳐있는 상태 그대로 발로 밟아 죽였다. 섹스는 어린 수컷들에게 그토록 경험해보고 싶은 판타지였던 만큼 불온한 무엇이었다. 죽여도 싼 몹쓸 짓이었다.

* * *

　나는 해인의 빈 청바지 어딘가에서 안식을 취하고 있을 지네를 그냥 두기로 했다. 아무도 없는 빈방에서 지네는 나에게 해인의 부재를 완전히 잊게 해준 절대적 존재였다. 해인과 지네 중 누구의 편도 들어주고 싶지 않다. 만약 지네가 해인을 독 발톱으로 찌른다면 그때 지네의 한쪽 면의 다리를 모조리 떼어내고, 문밖으로 던져버리리라 생각했다. 주도면밀하던 지네의 직진은 뱅뱅 맴을 돌며 어처구니없는 목적지에 가 닿을 것이다.

　해인의 빈 바지를 베고 언뜻 잠이 들었나 보다. 사각사각 옷 벗는 소리가 들린다. 튀김의 기름 냄새 같기도 하고, 오래된 침대 시트가 나풀거리며 풍기는 비린내 같기도 한 냄새가 코끝을 스친다. 나는 여전히 잠들어 있는 배역이어야 한다.

　향긋한 냄새가 코를 간지럽힌다. 언제 씻고 들어왔는지 해인이 로션을 바르고 있는 것 같다. 여자가 예쁘게 꾸미는 일은 언제 보아도 흥겨운 일이다. 여자는 씻고, 바르고, 입고하는 일이 일상이지만, 그것을 보는 남자는 여자가 사랑스럽다. 아무리 추한 여자라 할지라도 누군가에게 잘 보이고 싶어 하는 마음은 애틋하다. 부끄러움을 아는 사람은 쉬이 늙지 않는다.

　해인에게서 물씬하게 풍기는 향내가 잠을 부른다. 음악처럼 감미롭다. 긴장이 풀리고 사지는 나른해진다. 말을 걸면 대답이 들려오는 거리에 해인이 있다. 이것만으로도 나른한 행복감이 밀려온다. 가까스로 졸린 눈꺼풀을 열어 보니 해인의 팔이 허공에 들려있지 않다. 고개가 옆으로 돌아가 있지도 않다. 해인은 여전히 해인이었다.

"잠들 깼수?"

박봉수 주인 할머니의 목소리다. 허름한 대문 옆, 양철 우편함에 위태하게 쓰인 이름이 박봉수였다. 혹시 낫처럼 생긴 'ㄱ'자가 도망간 것이라면 박봉숙일지도 모른다. 가로세로 낱말맞추기처럼 궁금할 뿐이다. 세상에 이름처럼 쓸데없는 것이 또 있을까. 세상에 이름만한 큰 사기도 또 없을 것이다. 이름을 넘어선 곳에 그 무엇이 있다. 이름은 짓는 것이 아니라 스스로 생겨야 이름이다.

쪽 창문으로 햇살이 길게 들어와 있다. 새벽에 들어온 해인은 깊은 잠에 빠져 인기척이 없다. 나는 해인이 깰까 봐 까치발로 문을 열고 밖으로 나갔다.

"잘 주무셨어요?"

"물때가 아주 좋아. 어떠, 돈 주우러 갈까?"

조개는 돈이었다. 눈꺼풀에 눈곱을 손가락으로 비벼 떼며 박봉수 할머니를 따라나섰다. 할머니는 시원치 않은 허리 때문에 걸음이 삐걱 거렸다. 복대를 한 허리가 눈사람 허리처럼 두툼했다.

바다 앞에 서면 계절을 알 수 없다. 늘 여여한 모습 그대로였다. 단지 온몸을 칼질하는 바람만이 겨울의 문턱임을 알려준다.

검은 갯벌이 모래사막처럼 막막하게 펼쳐져 있다. 갯벌은 바다의 속살이다. 썰물 때라 속옷도 없이 자신의 맨살을 드러낸 형상이었다. 살은 여자의 깊은 속처럼 매끄럽고 질척였다. 한 번 잘못 디디면 수렁이다. 살 속 켜켜이 수많은 생명이 몸을 숨기고 쎅쎅 숨을 쉰다. 어떠한 오염 덩어리도 이 속살 안에서는 용서받고 정화된다.

할머니는 두깝 바위라고 부르는 두꺼비를 닮은 갯바위 근처에 자리를 잡았다.

"여기는 땅뙈기 한 평 없어도 호미 하나면 굶어 죽지는 않아… 사리 때 네댓 시간만 갯벌을 후벼도 10만 원 벌이는 허지."

지천至賤. 검은 줄무늬가 있는 바지락이 그야말로 사방천지였다. 호미질 한 번에 예닐곱 개의 바지락이 쓸려 나왔다.

"우럭젓국 안 먹어봤지? 우럭에 막소금 팍팍 뿌려서 찬바람에 삼 사일 말리 갖고 쌀뜨물에 푹 끓여 먹으면 구수하면서도 시원한 것이 한번 묵었다하마 자꾸 생각나 입맛을 못 끊지. 내 허리 병 나사 준 값으로 내가 해주께."

호미질과 할머니의 말은 서로 리듬을 탔다. 호미질과 호미질 사이에서 말이 살아있었다.

"둘이 잘 어울리드마. 저 처자랑은 결혼할 것이여?"

"그런데… 처자가 저에게 별 관심이 없어요."

"결혼 같은 거 구지 왜 할라고 혀? 결혼 안 해도 맴 속에 한 사람만 묻어놓고 살면 되지. 내도 한 육십 년 전에… 스무 살 넘어서 딱 세 달간 만난 남자가 있었는데… 지금도 매일 같이 한 이불 속에서 사는 거 같구마. 안 믿어지제?"

할머니는 이십 대의 초롱한 눈으로 물음표를 나에게 던졌다. 사랑했던 남자를 떠올려서인지 자글자글하게 주름진 눈매에도 눈 흰자위가 고왔다.

"여자도 사람인 게 잘생긴 남자가 좋지… 그래도 젤로 오래가는 남자는 자기 여자를 세상에서 젤로다 이쁜 줄 알고 좋아해 주는 남자가 두고두고 생각나고 그러드만… 내가 그때 폐병에 걸렸었는데… 내 죽은 피라도 달게 마시겠다던 남정네였어… 그러니 잊을 수가 있남… 서른도 못 넘기고 죽었지만… 여태껏 그 남자 힘으로 세상 버티

며 나도 산 것이여…. 여자한테는 당산나무 같은 남자가 젤이지… 선
자도 처자가 맘에 들면 남자가 돼 봐!"

봉숙이 같은 박봉수 할머니는 선재인 나를 선자로 불렀다.

"저도 남잔데요?"

"불알 찼다고 다 남잔가? 그거는 애 날 때나 쓰는 거고, 여자가 제
치마 옷고름 풀고 싶게 만드는 남자가 진짜배기 남자지! 쩨쩨하게 여
자 치마 속에 손이나 한번 담가 볼라고 하는 것들은 흔하디 흔한 망
둥이들이지 남자가 아녀. 당산나무 속을 갈라보면 아마도 묻어둔 이
야기들이 몇 가마는 쏟아져 나올 거구마… 그런기 남자지."

"근데… 여자가 죽도록 좋으면 싸리나무 같던 남자라도 저절로 당
산나무 돼요. 당산나무는 여자가 만드는 것 같은데요? 평생 딱 한 번
만이라도 당산나무가 돼본 남자는 행복한 것이고요. 안 그래요?… 박
봉숙 할머니?"

할머니와 친해지고 싶었던 나는 장난을 걸었다. 할머니는 얼레?
하는 표정으로 호미질을 멈추고 바라보았다. 난데없이 불린 이름에
놀란 것인지 불손한 생각에 화가 치민 것인지 알 수 없었다.

"내 이름은 봉수여! 봉수대 밑에서 태어났다고 봉수!"

할머니는 정색하고 이름을 또박또박 말씀하셨다. 이름자 들을 날
도 얼마 안 남았는데 잘못 불리면 서운하시단다. 박봉수 할머니는 평
생 결혼을 하지 않고, 늘그막에 수양아들을 데려다 키웠다고 한다.
신여성들의 영향을 받으신 듯했다. 특히 1930년대에 정조 貞操는 도
덕도 법률도 아닌 취미라고 주장하다 끝내 행려병자로 죽은 나혜석
이야기를 당신 이야기나 되는 듯이 흥분해서 풀어놓으셨다. 예전부
터 길에서 떠돌다 보면 느끼게 되는 것이지만 촌일수록 지혜로운 은

자隱者들이 많았다.

박봉수 할머니는 다시 태어나도 여자로 태어날 것이며, 동물 중에 남자들처럼 불쌍한 동물도 없다고 단언하셨다. 다루기도 가장 쉬운 동물이 남자라며 깔깔 웃으신다.

찬바람을 잊으려 나눈 이야기들이 조개들을 어느새 대야에 가득 채웠다.

왼손으로는 머리에 인 조개 대야를 받치고, 오른손으로는 눈사람 허리를 받치고 집으로 돌아오니 해인은 여전히 자고 있었다. 투명인간인 해인을 못 본 것으로 치고, 할머니 방으로 가서 허리에 침을 놓아 드렸다. 할머니는 괜찮다고 해도 한사코 우럭젓국을 끓여 점심을 차려주셨다. 밥은 따뜻했고, 꾸들꾸들 씹히는 우럭 살 맛은 일품이었다. 먹는 나보다 먹는 모습을 바라다보는 박봉수 할머니의 입이 더 벙글어졌다. 젊은 시절 당산나무 사내의 모습을 나에게서 본 건지도 모를 일이다. 할머니는 해인에게도 먹이라며 국 한 사발과 밥을 주셨다.

해인은 미동도 없이 잠에 빠져있었다. 할머니 방에서 가져온 양식을 쟁반에 고이 덮어두고, 바닷가로 다시 나갔다. 아까 봐 두었던 유목流木을 줍기 위해서였다.

두깝 바위틈에는 유목이 끼어 있었다. 수백 년을 떠돌았는지, 수천 킬로를 여행했는지 알 수 없는 한 물건. 짠물에 절여지고, 또 깎이고 패이며 이곳 양송이 해변 갯바위에 잠시 머물러있다. 유목은 코뚜레까지 한 소머리 형상을 하고 있었다. 옹이가 툭 튀어나온 것이 소의 눈알로 보였고, 둔탁한 코 부분이 소의 성품을 잘 보여주고 있었다.

고등학교 때 사촌 형을 따라다니며 돌과 유목을 주웠다. 언젠가 사촌 형과 함께 택시를 타고 시골 길을 달리고 있었다. 사촌 형은 급하게 스톱을 외쳤고, 택시는 멈추어 섰다. 택시가 지나온 길 뒤로는 허허벌판이었다. 사촌 형의 눈길이 머문 곳은 땅 위로 삐죽이 머리만 솟아있는 돌이었다. 빙석의 일각. 땅속에 숨겨진 몸체는 얼마나 아름다울지, 크기는 어떨지 전혀 알 수 없는 상황이었다. 우리가 할 수 있는 일은 '좋은 돌이기를 바라는 믿음' 하나였다. 우리는 멀리 떨어진 농가에서 어렵게 곡괭이를 구했다. 바닷물의 맛을 알려면 바닷물을 다 마시는 것이 아니라 검지로 콕 찍어 먹어보고 짠맛이라는 것을 가늠하듯, 오래된 경험은 작은 실마리 하나에도 행동을 주저하지 않는다. 우리는 난데없이 흙길 한복판에서 번갈아 곡괭이질을 하는 희한한 사람들이 되어있었다.

택시 기사가 한심하게 바라보는 눈빛을 외면하고 돌의 머리를 다칠세라 정성을 다해 곡괭이를 놀렸다. 몸통 아래쪽이 가까워져 오자 사촌 형은 긴장했다. 고대 유물을 파내는 심정이었다. 떨리는 마음으로 침묵의 곡괭이질은 이어졌고, 저만치 떨어져 있던 택시 기사도 힐끔힐끔 돌의 나신을 훔쳐보더니 어느새 돌 옆에 바짝 쪼그리고 앉았다. 기사가 감탄의 눈빛을 빛낼 즈음에 거석은 몸을 드러냈다. 그때 알았다. 강가에서 구르는 돌멩이나 바다를 떠도는 썩은 나무 조각 하나도 인연이 닿는 사람과는 눈물겹도록 감동적인 만남이 된다는 것을….

유목은 썩고 헐벗은 나무 기운을 느끼는 것이다. 뒤틀리고, 구멍나고, 옹이진 형태가 매력이다. 삶의 신산함이 그대로 배어있다. 유목 몸체의 틈새 곳곳을 씻어내고, 껍질을 벗겨 알맞게 손질을 한 뒤 오래 보존할 수 있는 마감처리를 하면 유목은 세상에 단 하나뿐인 목

기가 된다. 상처 입은 몸뚱이 그대로 선線과 면面을 살리면 누구노
돌아보지 않았던 늙고 방치된 폐물이 새롭게 거듭난다. 삶의 길에서
떠돌던 인간과 바다에서 부유하던 유목이 만나 서로를 알아보고 공
명共鳴한다.

　나는 오랫동안 잊고 있었던 나무 기운을 바다에서 건졌다. 한동안
느껴보지 못했던 나무의 거칠고 마른 질감의 손맛을 볼 생각을 하니
설렜다.

　반복이었다. 해인은 이삼일에 한 번씩 밤이면 엔진 소리를 내고 천
변으로 나섰다. 그런 날 밤이면 돌아와서 해 질 녘까지 잠에서 깨지
않았다. 눈을 뜨고 싶어 하지 않는 것 같았다. 그녀가 밤 시간을 허기
지게 떠돌 때면 나는 홀로 깨어 술을 마시고, 바닷가로 나가 불꽃놀
이를 했다. 낮 동안 해인이 잠들어 있을 때면 유목을 조각칼로 파내
어 다듬고, 짠 바닷물을 퍼 와서 끓이고, 니스를 발라 햇볕에 말리는
작업을 했다. 유목이 햇볕에 쨍쨍하게 마르는 모습을 보면 이불 빨래
를 끝낸 주부처럼 뿌듯했다.

　언제부터인지 해인의 기분을 살피는 일이 버릇이 되었다. 해인이
나와 눈을 자주 맞추고, 입을 열어 이야기하면 내 기분까지 산뜻해졌
다. 그렇다고 해서 해인이 바뀌기를 원하지는 않는다. 들개가 되어
마술사들을 만나러 나가는 것을 멈추게 한다거나, 내가 투명인간 취
급받는 것을 거부하고 싶지 않다. 나는 그녀를 모르고, 오직 모를 뿐
인 상태가 내 안에 생기를 움트게 한다. 권태로워지지 않는다. 그녀
의 모든 것을 허용하는 만큼, 그만큼의 새살이 돋는다. 만약 그녀에
게 더 나은 길로 가기를 원한다거나, 사랑이라는 이름으로 충고를 하
게 될까 봐 그것이 두려울 뿐이다.

애초부터 해인은 소나기였고, 그 소나기는 나를 긴장하게 했다. 긴장은 내 깊은 속에서 삶의 끈을 잡고 싶어 하는 무엇인가가 아직 있다는 것이다. 그것이 언제까지 붙잡아 줄지는 모른다. 긴장이 옅어지는지 지켜볼 뿐이다. 떠도는 유목처럼 잠시 이곳 양송이 해변에 해인이라는 닻을 내려 가까스로 정박해 있다.

타인들의 애니메이션

　얼마나 날짜가 지났는지는 정확하지 않다. 한 달이나 지났을까? TV도 없고, 아는 사람도 없다. 가끔 오는 주미란 여사의 문자에만 대꾸해 줄 뿐, 휴대폰으로 세상일을 검색해 보거나 아는 사람의 전화도 받지 않았다. 그것은 해인도 마찬가지였다. 들개 세계의 연락처만 있는 세컨드 폰이기에 그다지 바깥 세상에 미련을 두지 않았다. 대신 혼자 중얼거리는 일이 잦았다. 문득 들어보면 죽은 엄마와 대화를 하고 있었다. 살아있는 엄마와 대화를 나누는 것처럼 자연스러웠다. 가슴에 옹이처럼 박혀있는 엄마를 만나는 시간이라 생각했다.
　해인에게 무엇이든 되도록 묻지 않았다. 나는 그녀를 볼 뿐이다.

　한 사람을 사랑한다는 것은 참 피학적인 일이다. 불행하게도 가학적인 사람은 사랑을 모른다. 견고한 소유욕에 지나지 않는다.
　사랑하는 이 앞에서 부당함마저 자발적으로 견디게 되는 것, 날이

서 있는 상대 일지라도 자연스럽게 품게 되는 것, 그것을 견디며 성숙에 눈을 뜨고 종국에는 희생하고 있다 할지라도 번지는 고통 속에서도 뿌듯이 차오르는 무엇이 있음을 문득문득 느낀다. 사랑이란 궁극적으로 모성의 뿌리와 맞닿아 있다.

세상 속의 사랑은 서로가 순수하게 고양되는 시기를 지나면 눈이 흐려진다. 관계는 습관이 된다. 눈 밝은 사랑은 습관을 벗어나려 애쓰는 것이 아니라 그 습관에서 출발하여 자신을 갱신하는 일일 것이다. 해인에게 다가선다는 것은 끝없이 경계를 넘어서는 일이다.

해인을 만나기 전에 남들이 사랑이라 부르는 사랑도 해보았다. 참 똑똑한 사랑이었다. 주면 고맙게 받고, 거기에 응당한 사랑과 선물을 주었다. 사랑한다고 믿었던 사람과의 관계에서 모든 행동에는 이유가 있었고, 해석이 따랐다. 하지만 남들처럼 의심이 있었고, 자존심을 지키려 애썼다. 해인을 만나고 나서 한때 사랑이라고 믿었던 것들에 대해 회의하게 되었다. 그것은 사랑이 아니었을지도 모른다는 자각. 똑똑해질수록 피곤해졌던 사랑이었다.

해인을 대하는 나의 행동과 태도에 스스로 놀랄 때가 많았다. 아무런 분별과 틈도 없이 나라는 존재는 사라지고, 오직 해인만이 살아있었다. 그녀가 세상에 있다는 것만으로도 감사한 절대적인 그녀의 존재감. 자존심 따위가 붙을 자리가 없는, 주고받음이 없는, 온통 그녀의 웃음만이 전부인 관계. 해인의 짧은 머리와 치장하지 않은 외모를 봐도 먼저 씻겨주고 빗질해 주고 싶어지는 애잔함. 해인이 어떠한 행위를 할지라도 그에 앞서 해인이 존재함으로 나라는 존재가 고양되고 있다는 사실. 해인과 함께라면 이 아름다운 불꽃이 꺼지기 전, 함께 영원히 소멸해버리고 싶은 충동마저 인다. 나는 해인 앞에서는 영원한 약자였다.

창호지 문에 햇살이 들어오기 시작하고 나면 오직 해인과의 앙상한 대화 그리고 눈에 띄게 조개를 잡는 횟수와 양이 줄어드는 박봉수 할머니와의 말놀음, 유목과 벌레와의 교감, 폭음 따위가 하루를 채웠다. 게으른 금치산자禁治産者의 삶이 이어졌다.

크리스마스가 얼마 남지 않은 바람이 몹시 불던 날이었다.

"내가 살아있는 것 맞아요?"

유목을 다듬고 있던 나에게 해인이 난데없이 물었다.

"양송이 해변에 온 뒤로 어머니가 자주 나타나서 말을 걸어요."

"무슨 말씀을 하시는데요?"

"선재 씨에 대해 자꾸 물으시고, 내 결혼식 때 어떤 옷을 입어야 하냐고 물으시네요."

"그럼 저를 사윗감으로 보신 건가요?"

해인은 대답 대신 피식 웃고는, 햇볕에 잘 마른 소머리 모양의 유목을 들고 방 쪽으로 향했다. 소머리를 뒤집으면 움푹 팬 공간에 과일이나 과자를 담을 수 있는 목기였다.

"그건 왜 가져가요?"

"엄마가 마음에 드신대요!"

나 또한 해인의 말에 피식 웃고 말았다.

저녁밥을 먹고 해인에게 불꽃놀이를 하러 나가자고 제의했다. 해인이 우울해 보였기 때문이었다.

해인이 새벽에 들어와 잠이 들면, 해인 몰래 얼굴을 살핀다. 혹시 얻어맞은 자국은 없는지, 바깥에서 봉변은 당하지 않았는지…. 해인은 대부분 불안한 표정으로 천변으로 나갔고, 음울한 표정으로 들어왔다. 다음날은 자신의 행위에 대한 자학의 감정을 견디지 못해 그 기분을 잊으려고 다시 나갔고, 들어와서는 구토를 하거나 혼잣말로 중얼거리며 욕을 하기도 했다.

해인은 자신의 우울함 때문에 불꽃놀이를 제안하고 있다는 것을 잘 안다. 그럴 때 그녀는 내키는 대로 내 제안을 받아들이기도 하고, 야멸차게 거절하기도 한다. 나는 제안하는 배역에 잘 어울렸고, 거절은 해인의 배역이었다.

소나무 숲과 모래사장이 만나는 지점에 커다란 소나무가 있었다. 그 뿌리 아래로 움푹 들어간 공간은 동굴처럼 아늑했다. 바람도 막아주는 장롱 속 같은 곳이었다. 해인이 나가는 밤이면 이곳은 나의 아지트였다. 모닥불을 피워놓고 소주를 마시거나, 취한 채 파도를 보며 불꽃놀이를 했다.

파도가 하얀 입을 벌리고 악착같이 모래사장을 덮치고 있었다. 하지만 모래벌판은 하얀 이빨을 드러낸 파도의 앙탈쯤에는 신경도 쓰지 않았다. 파도는 옆으로 계속 휩쓸려 내려가면서도 흰 입을 벌리고 겁박하는 것을 멈추지 않았다. 집요한 몸짓과는 다르게 파도는 신우대 숲의 쓸쓸한 바람 소리를 냈다. 이불을 어깨에 두른 해인이 스파클라 폭죽에 불을 붙이려고 했다. 하지만 라이터의 불꽃은 스파클라의 머리끝에 가닿지 않고 자꾸 엇나갔다.

"요즘은 내가 살아서 엄마를 만나고 있는 건지, 아니면 내가 혼령의 세상에 살고 있으면서 살아있는 엄마를 만나고 있는 건지 혼란스러워요. 잠을 자도 잠 속이 현실이고 지금이 꿈이라는 생각도 들고… 어떤 게 진짜인지… 이제 확신이 안 서네요."

"성인聖人들은 이 세상이 꿈이라고 했죠. 사람들은 왜 다른 것은 믿으면서 그 말은 믿지 않을까요? 그러면서 꿈이라는 말보다 더한 천국과 극락은 굳게 믿을까요? 사람들은 자신의 눈에 보이는 현상을 '현실'이라고 하고, 세상을 온통 언어로 가둬놓아 버렸어요. 언어를 넘어선 심연을 궁구해 보려고 하지 않아요. 원래 세상은 참 단순한 곳인데…."

"정말… 정말… 세상이 단순한 곳일까요?"

"육신의 눈으로만 보는 세상은 복마전伏魔殿이겠죠."

해인은 불을 붙이려고 몇 번을 시도했지만 실패했다. 보다 못한 내가 불을 붙여 해인의 눈앞에 가져다 보여 주었다.

"시력이 많이 떨어지신 것 같은데 잘 안 보여요?"

해인이 멈칫하더니, 불꽃을 손으로 치려는 시늉을 했다. 나는 놀라서 불꽃의 방향을 살짝 바꿨다. 그녀의 손은 맥없이 허공을 가로질렀다.

"잘 보여요! 내가 뭐 장님이에요? 이깟 불꽃도 안 보이게!"

나는 당황했다. 또다시 해인은 뜬금없이 발끈하여 소리를 지른다. 다시 날카로워진다. 화가 난 해인이 일어나 휘적휘적 모래사장을 가로질러 가버린다. 내 잘못이다. 허겁지겁 해인의 뒤를 따라 나섰다.

달빛이 뿌려지고 있었지만 주위는 어두웠다. 술도 마시지 않은 해인은 비칠비칠 걷다가 소나무에 부딪히고, 허방에 빠진 듯 위태한 걸음걸이다. 그리고 보니 해인은 며칠 전에 할머니가 햇볕에 말리던 요강도 미처 보지 못해, 그 옆을 지나가다 발로 차서 깨뜨리기까지 했다. 그뿐 아니라 근래 들어 해인이 밥을 하면 밥물을 너무 많이 잡거나 적게 잡을 때가 많았다. 어쩌면 천변을 나가는 횟수가 줄어든 것도 시력이 떨어지면서 운전이 불안하기 때문이 아니었을까.

언제부터였을까? 해인이 나를 부쩍 투명인간 취급하는 것도, 실제로 내가 잘 보이지 않아서였기 때문이 아닐까라는 의심이 들었다. 그 누구에게도 방해받고 싶지 않아서 서로 투명인간이 되자고 한 것이 아니라, 자신의 시력이 떨어져가자 그것을 감추려 한 것은 아닐까. 희멀건한 형체로만 보이는 실제의 투명인간. 그렇다면 나는 해인의 눈으로는 볼 수 없는 진짜 투명인간이 되는 것인가.

가슴이 뻐근했다. 가슴에서 스르륵 스르륵 무엇인가가 빠져나간다. 자꾸 허물어진다. 팔다리에 힘이 풀리고, 목울대가 아리다. 해인이 간섭을 싫어하는 까닭에 되도록 시선을 해인에게 보내지 않았고, 내 일에만 몰두하려 노력했었다. 해인이 저 지경이 될 때까지 전혀 눈치채지 못했다. 기억을 더듬어보니 창호지 문에 단풍잎을 붙일 때도 똑바로 붙은 거 맞느냐고 자꾸 물었고, 끝내 단풍들은 삐뚤빼뚤하게 자리를 잡았다. 게다가 불꽃이 쌀알처럼 툭툭 튀는 거 같다는 이야기도 해인의 시력과 관련된 이야기들이었다. 뒤주 앞에서 처음 본 그날도 어쩌면 해인은 뒤주가 잘 보이지 않아 바짝 붙어있었던 것은 아닐까…. 거기까지 생각이 미치자 모든 것이 해인의 시력과 연결되었고, 내 가슴에는 신우대 숲의 바람이 불었다.

내가 방문을 열고 들어가려 할 때 해인은 이미 옷을 갈아입고 내 옆을 스쳐 방 문턱을 넘고 있었다. 또 어디서 누구를 만날지는 궁금하지 않다. 다만 전면 유리창에 몸을 바짝 붙이고 이삼십 킬로의 느린 속도로 엉금엉금 달릴 해인을 생각하니 견딜 수가 없다. 무기력하게 주저앉아 있어야만 하는 내 처지가 한심스러웠다. 그렇다고 해인을 말릴 수는 없다. 해인은 살기 위해 나갔다. 공황장애처럼 그대로 죽을 것만 같아서, 치명적인 자해를 할까 봐, 썩은 음식이라도 삼켜야 했다. 해인은 끔찍한 강박을 잊기 위해, 타는 두려움을 채우기 위해 길거리를 떠돈다.

바깥에서 엔진 소리가 위태하게 멀어질 때, 파주 금촌의 산부인과가 떠올랐다. 그날 해인은 진료를 마치고, 따로 원장과 이야기를 나누었다. 그 후, 야생화가 있던 화단에서 본 어두웠던 해인의 표정이 두고두고 뇌리를 떠나지 않는다. 늦은 시간이었지만 원장의 휴대폰 번호를 찾아 전화를 걸었다. 열 번이 넘는 집요한 통화를 시도 끝에 겨우 원장과 통화할 수 있었다.

여보세요?
무슨 일이시죠?
   .
   .
   .

원장은 해인을 기억하고 있었다. 임신 테스트기가 음성이 나와도 부득부득 우겨 초음파까지 한 부부는 없었을 테니까. 잠을 자다 전화를 받은 원장은 짜증을 눌러 참고, 의사다운 목소리로 해인의 병명을 말해주었다.

베체트병. 자가 면역 질환이었다. 구강에서 시작되는 염증은 몸에 궤양을 만들고, 눈까지 전이되어 포도막염을 일으켜 끝내 실명에 이르게 한다는 질환이었다. 원장은 나에게 빨리 조치를 취할 것을 반협박조로 타일렀다. 그때 나에게 왜 먼저 말하지 않았느냐고 따져 물었다. 원장은 아무 말도 하지 않았다. 전화를 끊고 생각했다. 그때 나의 남편 연기가 시원치 않았거나, 오랜 산부인과 의사로서의 경험이 우리가 부부가 아님을 눈치채고, 해인에게만 직접 말해주고 적극적인 치료를 권했을 것이라고….

선배들이 운영하는 한의원에 데려가거나 내가 직접 침술 치료라도 해주고 싶었지만 해인이 허락할 리 없었다. 분명 치료를 거부할 것이다. 치료할 마음이 있었다면 시력이 이렇게 떨어질 때까지 방치하지는 않았을 것이다. 나는 살 이유를 못 찾는 남자였지만 해인은 죽고 싶은 이유가 많은 여자였다. 나는 살 이유를 찾는 중이고, 해인은 들개가 되어서라도 죽고 싶은 이유를 외면하려고 노력 중일 뿐이다. 그러나 마음 깊은 곳에서는 자신의 몸을 방치하고 있다. 애써 자신의 몸을 돌볼 만큼 애착이 없다. 스스로 벌을 주고 있는지도 모른다.

이 방 안에서 내가 할 수 있는 거라고는 술에 취해 벌레나 책에 몰입하는 일뿐이다. 할 수 있는 일이 없다. 그럴 바에야 차라리 벌레가 되는 게 나았다. 소주를 병째 들이켰다. 부끄럽다. 사는 게 부끄럽고, 해인을 보는 게 부끄럽다. 벌레를 찾아 벌레처럼 기어서 구석구석을 돌아다녀 본다. 벌레는 보이지 않는다. 오늘따라 그놈, 지네도 나타나지 않는다. 대신 내 속의 벌레가 꿈틀거린다. 양송이 해변에 온 뒤로 얼마간 잊고 지냈던 달팽이가 움직이기 시작한다. 해인에게 어떻게 해줄 수 없는 무기력이 달팽이를 깨웠다.

싸늘한 추위에 언뜻 눈이 떠졌다. 언제 들어왔는지 해인이 곁에서 잠들어 있었다. 불을 켰다. 잠든 해인을 보니 새삼 머리카락이 더 많이 자라나 있었다. 늘 보던 해인의 얼굴이었지만 오늘따라 이목구비가 낯설었다.

해인이 언제 아무 말 없이 내 곁을 떠날지 모른다. 해인의 눈이 언제 빛을 완전히 잃을지 모른다. 해인의 입이 언제 이별을 고할지 모른다. 해인의 가슴이 언제 식어버릴지 모른다. 해인의 다리가 언제 힘찬 걸음을 잃어버릴지 모른다. 해인의…

순간, 내 손길이 멈췄다. 해인이 잠을 깨서 나를 부릅뜬 눈으로 노려보고 있었다. 해인의 눈빛이 나를 벌레 같은 놈으로 보고 있었다. 지금 해인에게는 내가 벌레였다.

"나를 왜 만지는데?"

느리지만 격멸이 가득 담긴 목소리였다. 냉기가 흘렀다. 나는 손길을 거두고 해인을 마주 쳐다보지 못했다. 나도 모르게 해인의 몸 이곳저곳을 쓰다듬은 것이 무안했다. 후회했지만 이미 벌떡 일어나 앉은 해인의 몸에서는 노기가 뿜어져 나왔다.

"분명히 내가 말했지. 당신과는 절대 섹스는 하지 않을 거라고! 그런데 왜 만지는데? 왜? 당신도 우리 아버지처럼 나랑 하고 싶어서?"

아버지! 해인에게서 아버지라는 단어가 튀어 나가자, 스스로 걷잡을 수 없는 분노의 격류에 몸을 던져버리는 것 같았다.

"시팔! 왜 사랑하는 척 하는 것들은 꼭 내 몸에 손을 대는 건데? 너도 개새끼야? 너도 상처 많은 놈이라고 동정 받아서, 기껏 한다는 짓이 내 다리 밑이나 욕심내는 거야? 그러는 거니? 너?"

나는 아무 말도 하지 않았다. 할 말도 찾지 못했다.

"사랑받고 있다고 믿게 만든 것들이, 가까이에 있는 것들이 왜 꼭 더 사람을 짓밟는 건데? 그건… 강간하는 놈들보다 더 나쁜 거야. 평생 어떤 누구도 못 믿게 만들잖아! 얼마나 나쁜 짓인 줄 알아? 죽을 때까지 사람을 외롭게 만들어버리는 거야. 그건… 그야말로… 사람을 뒤주 속에 처박아놓고 숨구멍을 막아버리는 거라구! 당신도 지금 그러는 거야? 그러는 거니?"

"… 난… 당신을 만진 게… 아니야."

"아버지가 당신과 똑같은 말을 했어. 나를 안고 귓속에 대고…"

해인의 표정이 일그러졌다. 말을 제대로 잇지 못했다.

"… 널… 안는 게 아니고… 엄마를 사랑해주고 있는 거라고… 엄마를 죽인 게 난데… 그럼 난 어떻게 해야 돼? 아버지에게 죄스러운데… 나는 내가 아니고 엄마니까 아버지를 받아들여야 돼? 아니면 아버지를 죽여 버려야 해? 그때 난 열한 살이었어… 난 어떡했어야 하는 거였는데?"

"……."

나는 해인에게 술병을 내밀었다. 해인은 나와 술병을 번갈아 노려보았다. 짝! 내 뺨이 후끈했다. 내 뺨을 올려붙인 해인은 술병을 빼앗듯 가져가서는 술병의 바닥이 보일 때까지 술을 삼켰다. 해인의 눈빛이 한결 누그러졌다.

"… 어쨌든 내 잘못이에요."

해인은 내 사과에는 신경 쓰지 않았다. 취기에 의지해 목구멍에 걸려있던 자신의 말을 쓰레기통에 쏟아 넣고, 뚜껑을 닫아 버리려는 심정인 것 같았다.

"아버지는 정말 엄마를 안은 것일 수도 있어… 취해서 나를 안을 때는 엄마 이름을 불렀으니까… 엄마랑 닮아도 너무 닮았어. 성격까지도… 크면서… 난 아버지와 있었던 일이 별것 아닌 것으로 만들고 싶었어… 그래서 닥치는 대로 남자들과 뒹굴었지… 내 몸이 위안받는다는 느낌은 좋았지만… 섹스 따위는 아무것도 아니라는 것을 일부러라도 증명해 보이고 싶었어… 그냥 편한 외식 같은 거… 그래야 아버지를 덜 죽이고 싶어질 테니까…."

해인의 감정이 나에게도 진동자처럼 전해졌다.

"자기 때문에 딸이 색정증이 생긴 줄도 모르고… 아버지라는 사람은 나를 정신병원에 두 번이나 입원을 시켰어… 고쳐질리가 있겠어?… 병을 만들어 놓은 사람이 병을 고쳐준다는데… 웃기는 아버지의 병신 같은 딸인 거지… 둘 다… 둘 다 말이야… 지금에 와서는 그런 생각도 들어… 정말 아버지 때문에 내가 이렇게 된 건지… 아니면 내 속에 화냥기가 있어서 이렇게 된 건지… 이젠 나도 모르겠어….”

해인이 휴지통을 두 손으로 붙들고 토하기 시작했다. 해인이 술병과 함께 도미노처럼 옆으로 쓰러졌다. 나는 해인의 토사물이 묻은 옷과 입 주변을 닦아냈다. 집을 찾아 헤매다 울다 지쳐 잠든 아이의 팻국물 자국 같았다.

해인이 잠시 눈을 떴다.

“당신은… 제발… 나… 만지지 마… 응?”

한 마디를 겨우 내뱉고는 다시 깊은 잠에 빠져들었다.

아침에 눈을 뜨니 해인이 자리에 없었다. 주위를 둘러보니 불길한 예감이 들었다. 벽에 걸려있던 해인의 옷들과 소반 위에 화장품도 보이지 않았다. 해인이 떠난 것 같다. 나는 부리나케 방문을 열고 뛰쳐나갔다. 대문은 열려 있었지만 내 차는 그 자리를 지키고 있었다.

할머니 방을 돌아보니, 그곳에 해인이 있었다. 할머니 방 댓돌에 앉아 두 손으로 머리를 감싸 안은 채였다. 해인이 쭈그리고 앉아있는 댓돌 옆으로 자신의 옷가지를 담은 종이백 두 개와 엄마가 좋아한다는 목기가 보였다. 아직 해인이 떠나지 않은 것을 확인한 나는 안도의 숨을 내쉬었다.

“할머니가… 이상해요… 마지막 인사도 하고 콜택시 번호도 물어보려고… 할머니를 불렀는데… 할머니가… 쳐다보지도 않아요.”

왠지 기분이 좋지 않았다. 가슴의 박동이 점점 빨라졌다. 힘없이 반쯤 열린 방문 안쪽으로 시선을 돌렸다. 정물처럼 정갈하게 누워있는 할머니의 머리 쪽이 눈에 들어왔다. 어디선가 세찬 바람이 불어와 할머니의 방문을 거세게 밀었다. 방문은 아무 힘없이 닫혔다가 반동으로 다시 왈칵 열리며 방안 풍경을 고스란히 드러냈다. 할머니의 눈사람 허리 부근까지 시야에 들어왔다. 나는 한 걸음 한 걸음 할머니의 방으로 발걸음을 옮겼다. 다리가 너무 무겁다. 방 문턱 앞에 서니 방안에서 무엇인가가 내 몸을 밀쳐내는 것 같았다.

할머니는 미동도 하지 않았다. 방 안의 찬 냉기가 몸을 움츠러들게 했다. 추운 날씨에도 장작 하나 연탄 한 장을 그렇게 아끼시더니 이렇게까지 찬 냉골에서 견뎠던 말인가. 나는 내키지 않은 발걸음을 질질 끌며 할머니 곁에 무릎을 꿇고 앉았다. 한눈에 보아도 할머니의 몸뚱이는 온기라고는 없어 보였다. 안색이 회백색이었다.

할머니를 흔들었다. 뻣뻣한 돌장승이 고집을 부리듯 움직이려 하지 않았다. 코끝에 손가락을 대보았다. 목 동맥과 손목의 맥을 짚어 보았다. 이런 행동이 부질없음을 안다. 이미 방문 앞에 서 있을 때부터 할머니와 이별했음을 직감했다. 바깥에서는 해인이 119를 부르는 소리가 들렸다.

할머니의 찬 몸뚱이를 주물렀다. 내 몸까지 사기 死氣가 전해졌다. 침을 꺼내 용천혈과 인중혈을 강도 높게 자극했다. 할머니의 눈이 금방 떠질 것만 같다. 돈 주우러 가자고 벌떡 일어날 것만 같다. 바지락 칼국수 한 그릇 하라고 털털한 웃음을 지을 것 같다.

"그만해요…."

언제 들어왔는지 해인이 나의 손목을 움켜잡더니 침을 빼앗았다.

나는 할머니의 암회색 얼굴을 쓰다듬었다. 죽은 피라도 달게 마시겠다던 당산나무 그 사내를 만나러 떠나신 거다. 봉수대 밑에서 태어나서 박봉수였던 할머니가 붉은 횃불을 다 태우고 그을음이 되었다.

* * *

해골 바위에서 몸을 던진 이후로도 몇 차례 더 소멸을 시도했다. 거창한 결심 따위는 필요 없었다. 최대한 사소하게, 먼지처럼….

삶이니 죽음이니 하는 머릿속의 단어는 실제 상황에서는 그렇게 대단하거나 격식이 있지 않다. 어처구니 없을 만치 단순하다. 삶은 생명을 유지하기 위한 지겹도록 단순한 반복의 과정이며 죽음은 들이마신 숨을 내뱉지 못하는 상태를 말한다. 권태로울 만치 단순한 상황을 두고 상징과 의미를 주렁주렁 달면서 허공 꽃은 피어난다. 섹스 또한 극단적으로 말하자면 서로의 배설기관을 마찰하여 열을 내는 과정에 지나지 않는다. 실제는 허탈할 만큼 자연에 가까운 몸짓일 뿐 요란하지 않다. 체열이 짧은 시간에 뜨거워졌다 가라앉을 뿐이다. 하지만 우리는 거기에 숨이 막힐만한 의미와 상징을 덕지덕지 붙인다. 환상을 장려한다. 서로의 몸이 공명하는 것이 아니라, 각자 그려낸 머릿속 귀신을 안고 뒹군다.

허공 꽃은 이러한 거대한 의미 짓기의 화학비료 덕분에 비대해진다. 실제는 실종이다. 마치 18세기 말 이전에는 사랑해서 결혼한다는 말이 외계인의 언어처럼 낯선 표현이었듯이, 우리는 끊임없이 실상과는 상관없이 머릿속에서 환상의 데커레이션을 바꿔가며 허공 꽃을 피우고, 경배한다. 죽음이나 섹스에서 말과 언어로 조작된 상징과 의미의 거품을 걷어내면 담백한 자연이 드러난다. 오롯한 생기를 만난다. 떠다니는 말과 '표현'을 위한 눈먼 언어는 썼으면, 버려야 힌다. 허공 꽃은 뿌리가 없기 때문이다.

'사소함'이란, 숨 쉬는 것만큼 우리 몸에 중요한 게 없음에도 '하품'이라는 단어를 붙이면 숨이 희화화되어버리는 것처럼, 언어로서의 사소함이지 사실은 '순응하는 자연스러움'과 닿아있다.

사소한 소멸의 충동에 시달리던 나는 터널을 달리고 있는 것처럼 온통 그 생각 속에서 허우적댔다. 오히려 타인들의 풍경이 외국산 애니메이션을 보고 있는 것처럼 비현실적이었다. 어떻게 저렇게 태연하게 연기들을 잘하는지, 타인들의 웃고 떠드는 말들이 난독증처럼 난해하기만 했다. 남들이 울고 웃을 때 나는 홀로 감정의 미아가 되어 헤맬 때가 많았다.

폭염에 시달리던 어느 여름날 밤이었다. 매미 소리가 끊이질 않았다. 도시 소음과 자동차 엔진 소리를 넘어서야만 사랑을 이룰 수 있던 매미들은 발악적으로 울어댔다. 암컷을 유혹하기 위한 절절한 울음이었다. 그 절박함이 내 귀에 뿌리를 내려 연일 환청에 시달렸다. 한동안 잠을 이룰 수 없었다. 귓속에서만 울어대는 불도저와 아스팔트를 파쇄하는 해머 드릴 같은 매미 소리에 시달리던 어느 날, 줄을 묶을 만한 곳을 찾았다. 마땅한 지점을 못 찾았기에 벽에 대못 두 개를 박았다. 그곳에 나를 매달았다. 십여 초도 가지 못해 대못이 빠지는 바람에 슬랩스틱 코미디언이 되고 말았다. 벽이 허술한 조립식 주택임을 무시했던 결과였다. 나는 얼얼한 통증에도 어찌나 웃음이 나던지 바닥에 엎드려 눈물을 줄줄 흘리며 웃어댔다. 왜 그렇게 웃음이 나던지 배에 근육이 아플 지경이었다. 그때 엉덩방아를 찧는 바람에 한동안 움직이지도 못하고 엉치뼈 골절에 시달려야 했다.

사소한 소멸의 실패는 그 사소함으로 금방 부팅되어 다시 말짱하게 시스템을 구동시키고 삶을 이어간다. 시스템이 잠시 다운되었을 뿐, 타인이 된 나는 애니메이션의 어느 화면 구석에서 주어진 각본대로 엔딩을 향해 상영된다.

　언젠가 한번은 높은 방파제 벽 아래에서 밀물이 들어오는 모습에 취한 적이 있었다. 파도의 서늘한 빛깔과 청명한 소리에 홀려 삼매에 빠진 듯 몰아지경이었다. 저 멀리 가소롭게 보였던 파도는 시나브로 기세를 늘려갔다. 마른 땅을 소나기가 점령하듯, 파도 또한 순식간이었다. 어느새 발끝이었고, 어느새 발목이었고, 무릎이었다. 내 몸을 집어삼키려 했다. 그때야 정신을 차린 나는 방파제 벽에 들러붙었다. 나는 수영을 전혀 하지 못했다. 암벽등반처럼 뾰족이 솟은 자갈을 잡고 방파제 벽을 기어올랐다. 두세 번 발을 디디며 오르던 중, 구태여 오르고자 하는 욕구가 사라지면서 손에 힘이 풀렸다. 파도는 어느새 내 허벅지까지 차올라 치대고 있었고, 고개를 들어 햇빛이 찬란한 파란 하늘을 본 순간 자갈을 잡은 손을 놔 버릴 뻔했다. 움켜잡은 손만 툭 놓으면…. 아주 간단했다. 너무 쉬웠다. 단지 손에 힘만 푼다면 이 세상의 형식에서 놓여나, 방생된 물고기가 될 수 있었다. 이곳과는 다른 차원이 열릴 것 같은… 꽉 감아버린 눈. 위로도 아래로도 방향을 결정짓지 못했다. 파도가 차올라 등을 때릴 때까지….

* * *

　'대지는 우리에게 육체를 주어 그 위에 올려놓았고, 생을 주어 근심하게 하며, 늙음을 주어 안식하게 하고, 죽음을 주어 휴식하게 한다'는 회남자 淮南子 의 구절처럼 할머니의 각본은 자연사로 엔딩을 마감하고, 당산나무 그늘 아래로 깊은 휴식에 들어갔다.

　우리는 탈상하는 날까지 장례를 함께 치렀다. 할머니의 수양아들은 상이 끝나자마자 집을 부동산 중개소에 내놓았다. 독거노인이었던 어머니의 시신을 우리 덕에 빨리 수습할 수 있었다며 감사함을 표했다. 집이 나갈 때까지 언제까지고 머물러도 좋다는 말도 잊지 않았다.

　해인도 충격이 컸는지 밥도 먹지 않고, 이틀 동안 내내 자다 깨기를 반복했다. 가끔 정신이 들 때면 할머니 방 댓돌에 앉아 해바라기를 했다. 나뭇가지 사이로 부챗살처럼 퍼지는 햇살에 얼굴을 정면으로 들이대기도 했고, 햇살이 움직일 때마다 조금씩 몸을 움직여 햇볕을 따라다녔다. 태양을 마주 보면 눈이 부실 텐데도 태양을 기억하기라도 하려는 양 자주 정면으로 바라보았다.

　할머니가 돌아가시고 사흘째다. 잠에서 깨어날 때마다 해인이 떠나 버렸을까 봐 불안했다. 만약 떠난다고 해도 붙잡지는 않을 것이다. 해인에게 투명인간인 나는 해인을 잡을 어떤 이유도 가지고 있지 않았다. 다만 해인이라는 소나기가 점점 기세를 잃고 초라해져 가는 것이 더 못 견딜 일이다. 해인은 전복적인 게릴라이고 야생이어야 한다. 세이렌의 노랫소리는 계속 연주되어야 한다. 해인이 나를 숨 막히게 압도하지 않는 이상, 나는 내 속의 달팽이에게 생기를 다 파 먹히고 말 것이다. 해인이 나를 떠나기 전, 아니 해인이 세상의 연기를 능숙하게 익히기 전, 내 삶의 장막은 내 손으로 내릴 것이다.

　늦은 저녁이었지만 할머니가 묻어 놓은 김장독에서 김장 김치를 꺼내 해인이 좋아하는 김치말이 국수를 만들었다. 밀가루 음식을 좋아하는 해인은 삼시 세끼 밀가루만 먹어도 행복해했다. 김치말이 국수를 먹으며 기분이 좋아진 해인이 말을 꺼냈다.

"할머니가 수양아들 쪽으로 가버리셨나 봐요. 저에게는 아무 말씀도 안 하시네…. 김장 김치 꺼내먹었다고 타박도 안 하시고?"

"정말 돌아가신 할머니의 소리가 들려요?"

"아주 쉬워요. 누구나 들을 수 있죠. 눈을 감고 있으면 목덜미가 서늘해지면서 뒷머리를 누가 슬쩍 잡아당기는 것 같아요. 가까이 있다는 뜻이죠. 예를 들면… 저에게 한번 말을 걸어 볼래요?"

나는 저녁 무렵부터 내내 생각했던 말을 어렵게 꺼냈다.

"가요, 우리… 천변으로… 각자 자기의 시간을 보내죠. 내가… 운전할게요."

"……."

순간, 해인이 말문이 막힌 듯 공허한 눈빛이 되어 방바닥으로 시선을 돌렸다.

"나도 거기에 가서 할 일이 아주 많거든요?"

나는 애써 쾌활한 목소리로 말했다.

"……."

"제 말 안 들려요? 말 걸어 보라고 했잖아요! 산 사람 목소리도 안 들리는 사람이… 지금까지 나한테 뻥친 거죠?"

"안 들려요… 당신 말…."

"떠나고 싶을 때 언제든지 떠나요… 그렇지만 나에게 시간을 좀 줘요. 그때까지만이라도 당신의 운전사가 되면 안 될까요?"

해인의 당황하는 눈빛이 역력했다.

"시력은 갑자기 나빠질 수도 있대요. 충격적인 일을 겪으면 몇 달만에도 백발노인이 된다잖아요. 그러다가 언제 그랬냐 싶게 다시 예전처럼 좋아지고… 딱 그때까지만…."

"뭐 할 건데요? 천변에 가서…."

"오랜만에 카페에 가서 음악도 좀 듣고… 시간 나면 야시장에도 가고… 국수도 떡볶이도… 다 떨어졌거든요."

천변 교향곡

천변 주변에는 술집들이 가득했다. 연기가 피어오르는 겨울의 술집은 언제 봐도 정겹다. 상점마다 반짝이는 알전구들로 화려했다. 성탄절이 얼마 남지 않은 풍경이었다.

천변 난간 옆에 차를 세웠다. 차에서 내려 걷는 해인의 뒷모습이 생기 있어 보였다. 해인의 등 양 옆으로 늘어선 상점들의 트리 장식이 현란해서인지, 해인이 마치 트리 속으로 빨려들어 가는 것 같았다. 빛이 번지는 해인의 등에서 눈을 떼지 못했다. 해인은 조명이 뿌려진 무대 위에서 등을 돌리고 서 있는 뮤지컬 배우였다. 춤추고 노래하기 직전의 모습이다. 이제 오늘 밤도 곧 그녀의 공연이 시작될 것이다.

'오빠 정말 전화 완전 씹을 꺼야? 엄마가 오빠 여자랑 살림 차렸느냐고 물어보래. 혹시 내 조카까지 생긴 건 아니겠지?'

유아의 문자였다.

'조카 만드느라고 한동안 못 들어갈 것 같다. 찾지 마라. 사랑한다, 신유아'
'오빠, 엄마는 내가 책임질게. 그 대신 이상한 짓 절대 하면 안 돼! 오빠 씨 나두 싸랑해'
'이상한 짓?'
'늘 오빠가 하는 짓!'

라디오 볼륨을 높였다. 월광 소나타 1악장이었다. 둥그런 황금 달빛이 쏟아지고 있는 숲 속. 나는 대지가 되어 누워 있고, 해인은 달빛 자욱한 풍경의 숲 속을 헤매고 있다. 해인이 중세풍의 치마를 양손으로 살짝 올려 잡고, 두려운 표정으로 조심스럽게 발걸음을 옮긴다. 사방을 두리번거리며 한 걸음 한 걸음 내 가슴을 밟고 지나간다. 둔중한 건반 소리 하나하나가 해인의 발이 되어 나를 밟는다. 꾹꾹, 틈없이 차오르는 저린 통증. 3악장에서는 호흡이 가빠 더는 월광을 듣지 못하고, 차 문을 열어젖히고 도로로 뛰쳐나왔다.

오랜만에 느껴보는 도시의 겨울밤이다. 해인이 트리 속으로 사라지고 난, 그 빈 길 위에 달이 떠 있다.

야시장으로 향했다. 박봉수 할머니처럼 눈사람 허리를 가진 할머니에게서 뜨거운 커피 한잔을 사 마시고, 작은 마트에서 먹거리를 샀다. 칼국수, 떡볶이, 라면, 스파게티에 호떡믹스, 단팥 호빵, 만두피까지 사다 보니 밀가루 음식들만 잔뜩 계산대에 올려놓고 있었다. 계산 하려다가 문득 다시 매장으로 들어가 크리스마스 트리 소품을 한 아름 구매했다. 해인과 처음이자 마지막이 될 지도 모를 겨울이었다.

해인의 눈에 명멸하는 빛의 아름다움을 각인시켜주고 싶었다. 박봉수 할머니도 환한 마당을 보면 한걸음에 달려오시리라.

바그다드 모텔 앞이다. 해인이 자주 이용하는 모텔이다. 해인은 가끔 이곳에서 가져온 홍보용 라이터로 스파클라 폭죽에 불을 붙였다. 라이터에서 불길이 치솟을 때마다, 십여 년 전 모니터 속에서 전쟁을 중계하던 불타는 바그다드가 연상됐다.

바다에서 멀지 않은 어느 중소도시 모텔 공간은 불이 타는 바그다드이고, 모험왕 신밧드의 마법이 살아 있는 곳이다. 해인은 어설프게 바그다드 라이터를 치대다 불이 붙지 않으면 알리바바의 주문을 외웠다. 타올라라 참깨! 그 말에 우리는 함께 웃었고, 그녀와 함께 마법의 양탄자를 타고 세상을 내려다보았다. 그녀만 내 곁에 있다면 현실의 문제들이 무화되고, 삶의 엔딩마저 마법이 될 것 같았다.

해인이 멀리서 다가온다. 오늘 역시 손을 들고 있지도, 고개가 돌아가 있지도 않은 무결점의 모습이다. 하지만 날이 서 있음을 알아야한다. 해인이 천변 모텔을 다녀온 날은 어김없이 울적해 하며 자학이 심해진다.

'욕망이… 자꾸 손톱처럼… 자라나요. 한번 자르고 나면 이제 다시는 그러지 말아야지… 하면서도… 손톱처럼… 자꾸 또… 살금살금 자라요… 침대 위에 홀로 남으면 내가 쓰레기라는 치욕을 견뎌야 하고… 내가 죽어도 이 욕망은 살아있을 것 같고… 아무리 잘라내도 또 자라나는 손톱처럼 자꾸… 자꾸만… 언제쯤 멈출까요… 이 손톱….'

해인이 힘겨워했다. 해인은 견딜 수 없는 부끄러움을 잊기 위해 다시 천변으로 나간다. 천변에서 다시 새로움을 가장한 부끄러운 기억을 끌고 들어온다. 오랜 세월 그렇게 더께처럼 눌어붙은 부끄러움.

어린 왕자가 술꾼에게 왜 술을 마시느냐고 물었을 때, 술꾼은 잊기 위해 마신다고 했다.

"무엇을 잊으려고 하는데요?"
"부끄럽다는 걸 잊기 위해서야."
"무엇이 부끄러운데요?"
"술 마시는 게 부끄러워!"

뫼비우스의 띠. 내부와 외부의 구분이 없고, 돌고 돌아 원점으로 되돌아오는 심연. 해인의 부끄러움을, 심연을 알 수 없다. 그럴 때면 나는 요리를 한다. 아주 오랜 시간 공들여 밀가루를 반죽하고, 모양을 만든다. 그런 날은 해인도 아주 오랫동안 달게 음식을 먹는다. 물론 해인의 입에서 칭찬은 기대하지도 않는다. 힘겹고 위태할 때, 음식을 만들어 먹이고, 또 먹어주는 그 의식이 서로에게 더 내밀하게 와 닿는다.

해인을 두 번째로 천변에 데려다줄 때였다. 레드 제플린이라는 음악카페에 들렀다. 프로그레시브 록이나 블루스를 틀다가 갑자기 서바이벌 오디션 프로그램 출신 가수의 노래가 나오는 곳이었다. 이곳은 음악보다 곰팡냄새를 감추려 뿌려놓은 싸구려 향수 냄새에 더 끌렸다. 싼 티를 죽자사자 감추는 것이 아니라, 곰팡내가 난다 해도 어쩔 수 없다는 듯이 싸구려 향수 정도의 예의가 묻어나는 선에서 타협한, 그 의도에 미소가 지어졌다.

그곳에서 여자 둘에 남자 하나가 앉아있던 테이블에 합석하게 되었다. 그들의 경계를 푸는 데는 오랜 시간이 걸리지 않았다. 내가 길에서 떠돌며 지키게 된 두 가지 룰이 있었다. 하나는 그 지역의 음식을 반드시 먹어 보는 것이고, 두 번째는 그 지역의 토박이와 술 한 잔 나누는 것이었다. 그 두 가지를 모두 빼먹은 지역은 언젠가는 다시 한 번 와야 할 처녀지에 속하게 된다. 가보았다고 말할 수 없는 곳이다.

나는 그들과 지하라는 환경과 끈적한 블루스 음악에 맞는, 지상에서 나눌 수 없는 이야기들을 나누었다. 오랜만에 타인들과의 관계에서 해방감을 맛보았다. 특히 공무원 시험 준비 중이라고 자신을 소개했던 긴 치마를 입은 윤과 교감이 잘 됐다. 그러나 윤과 머리를 맞대고 이야기를 나누다가도 불현듯 해인이 떠오르면 눅눅한 기분을 피할 수 없었다. 윤의 이야기를 듣고, 웃음을 흘리는 중에도 달빛 아래서 헤매는 해인의 발걸음이 내 가슴을 쿵쿵 밟았다. 그럴 때면 카페 안에서 떠들고 있던 모든 사람이 무언극 하는 배우처럼, 물속의 금붕어처럼 입만 벙긋거렸다.

윤과 자리를 옮겨 많은 이야기를 나누었다. 꽤나 진지하게 동물의 왕국과 인간의 유사성에 관해 이야기 하고, 암컷들의 '잠깐 허용'의 짝짓기에 어울릴만한 장중한 배경음악에는 어떤 것이 있을지 토론했다. 해인이 불렀던 〈첫눈 오는 날 만나자〉나 〈나를 울게 하소서〉 같은 성스러운 느낌의 곡들이 오히려 잘 어울릴 수도 있겠다는 생각을 할 때쯤에 해인에게서 호출이 왔다. 나는 윤에게 양해를 구할 틈도 없이 해인에게로 뛰어갔다.

바그다드 모텔 주차장의 쓰레기통을 한 여자가 발길질하고 있었다. 해인이었다. 쓰레기통에 발길질 한번 하고 비틀했고, 다음번은 허공에 헛발질을 날리고 중심을 잃고 주저앉았다. 해인은 취해 있었다. 해인은 내가 다가섰는지도 모르고 욕지거리를 쏟아냈다. 씨발놈들… 개새끼들… 짐승 같은 새끼들….

"음악 괜찮은 곳이 있는데… 갈까요?"

나의 제안에 등을 돌리고 주저앉아있던 해인이 일어섰다.

"술 마실 때까지는 얌전하더니… 갑자기 개새끼처럼 내 몸에 장난을 칠라 그러잖아!"

해인의 입술이 터져 있었다. 코트 소매가 미처 다 가리지 못한 붉은 피멍의 꼬리가 보였다. 소매를 걷어 올리자 붉은 피멍 자국이 대한민국 전도처럼 찍혀 있었다. 밀고 당기느라 생겼을 상처였다.

순간, 나는 주체할 수 없는 살의殺意가 치솟았다. 멍 자국을 남긴 놈이든, 아니면 해인이든, 그게 나 자신이든, 죽고 죽이고 싶은 욕구가 날카롭게 머리를 쏘고 지나갔다.

"그 새끼 어딨는데?"

해인의 터진 입술 아래 천진하게 솟은 흰 목을 조르거나, 그놈의 천박한 머리통을 박살내고 싶은 충동을 가까스로 찍어 누르며 말했다.

"……."

해인도 내 표정이 심상치 않았는지 잠시 말을 잃었다.

침대 위에서 몸과 몸이 마찰하여 얻는 희열은 그들의 영역이지만, 이미 한눈에 보아도 가름 나는 강한 것과 약한 것 사이의 폭력은 분노를 치솟게 한다. 강한 것은 강한 것대로의 비열함이 참을 수 없고, 약한 것은 약한 것대로의 순응이 분노를 불렀다. 해인은 거칠게 반항했겠지만 상황 자체의 안쓰러움이 내 감정을 혼란스럽게 했다. 해인은 감정을 추스르고 정색을 했다.

"당신이 왜 참견을 하는데?"

해인의 냉정한 한마디였다.

"당신 투명인간 아냐? 내가 맞고 다니든, 창녀 같은 짓을 하고 다니든 당신이 왜 얼굴을 찌푸리는데?"

나는 해인의 차가운 반응에 금방 흙바닥을 킁킁거리며 주인을 힐끔거리는 비루한 강아지 꼴이 되었다. 오히려 개새끼라는 욕을 들었던 그놈보다 더 비참해지는 것 같았다. 해인의 표정을 보니 내 배역을 이탈했다는 후회가 밀려왔다. 해인의 공연 중에 그놈은 클라이맥스에 꼭 필요했던 악역을 맡아 훌륭한 배역을 소화했을 뿐이다. 게다가 나에게 화를 내는 지금 이 순간의 해인의 역할조차 오늘 공연되는 극의 일부일 수 있다. 해인은 지금 나를 무섭게 바라보며 솔로 곡을 열창하고 있는 중이다.

"자꾸 착각하지 마! 누가 누구를 교정하려는 것들이나, 사랑을 들먹이며 따뜻함을 가장 하는 것들이 가야 할 곳은 지옥이라고!"

맞다! 그녀는 무대에서나 살아남을 수 있는 '지옥'이라는 단어를 써가며 노래하고 있다. 나는 이 대목에서 해인의 눈빛을 마주 보며 레드 제플린Led Zeppelin 의 〈Stairway to heaven〉을 불러야 어울린다. 해인은 내 노래가 끝날 때까지 나를 맑은 눈으로 애달프게 바라봐야 한다. 그녀는 천국에 가고 싶지 않다고 단호한 척 말하지만, 자주 천국의 계단 앞에서 서성이다 길을 잃는다.

There's a lady who's sure all that glitters is gold
빛나는 것은 모두 금이라고 믿는 소녀가 있었습니다
and she's buying a stairway to heaven
그녀는 천국으로 가는 계단을 사려고 하지요
When she gets there she knows If the stores are all closed With a

word she can get what she came for
그녀는 천국에 가기만 하면 상점이 문을 닫았을지라도, 그녀가 구하고
싶은 것은 모두 다 구할 수 있다고 알고 있어요

세 번째로 해인을 천변에 데려다주었을 때는 서로 조심했다. 두 번째 상황극에서 다툰 기억 때문이다. 나는 운전대를 잡고 해인을 태워다 줄 때마다 해인의 시선을 살핀다. 시력이 그나마 괜찮을 때는 차창 밖의 풍경에 시선을 두었으나, 언제부턴가는 정면이나 오른쪽 차창 밖으로 시선을 두지 않고, 우두커니 시선을 방치하기 일쑤였다. 해인은 눈이 부신 듯 콧잔등 주름을 심하게 잡거나, 연기가 나는 거냐며 물을 때도 있었다. 그럼에도 해인의 완강한 태도 때문에 병원 이야기는 꺼낼 수도 없었다. 해인은 강한 자존심으로 누가 보아도 시력이 떨어져 가는 사람으로 행동하지 않았다. 눈여겨 보지 않는 이상 타인들은 알아채기 어려웠다. 날이 갈수록 자신의 육체를 산채로 풍화라도 시키려는 듯 바람결에 툭 내던져 놓은 태도로 일관했다.

그녀를 천변에 내려놓고, 나는 레드 제플린으로 향했다. 윤을 만나기 위해서였다. 윤은 모든 것을 신기해했다. 모든 경험을 욕심내면서도, 자신의 기반은 온전히 보존되기를 원하는 스타일이었다.

간혹 여자들은 자신의 정신과 육체를 아끼고 사랑하면서도 누군가에게 독점적으로 사용되는 것에 대해서 아쉬워할 때가 있다. 도덕을 떠나 자신의 가치관을 압도해 줄 수 있는 거대한 운명을 기다리는 때다. 음의 성질이다. 음의 성질은 자신과 너무 다르더라도 상대가 자기 확신에 차있을 만한 진실을 가졌다면 기꺼이 포용하려 한다. 이에 반해 남자라는 양의 성질은 같은 상황에서 배타적이거나 굴복시키려 한다.

윤은 납득할 수 있는 명분과 자신의 가치를 인정해주는 대상이라면 얼마든지 마음을 열 수 있는 여자였다. 생의 호기심이 많은 사람은 때론 호기심이 서투르게 발휘되어 후회를 낳는다 해도, 인생의 벼랑에 선 어느 날, 미소가 피어오를 것이다. 마음껏 서투르고, 서투른 부끄러움이 가장 빛나는 추억으로 남는다.

레드 제플린에서 만난 윤과 나는 왠지 오늘이 마지막 만남이 될 것이라는 사실을 예감했다. 우리의 이야기는 다음을 기약하지 않는 쪽으로 툭툭, 드리블 되고 있었다.

"여자 친구가 지금 다른 남자와 모텔에 있다고요?"

윤이 되물었다.

"저에게는 그녀밖에 안 보이지만, 그녀에게는 제가 그냥 안 보이는 존재죠."

"안 보이면… 유령 같은 존재라는 말씀이에요?"

"유령이나… 투명인간이나 뭐 그쯤… 못 믿으시겠다면 증명해 드려요?"

바그다드 모텔의 로비였다. 나는 카운터에 양해를 구한 뒤 윤과 로비에 앉았다. 윤은 짝짓기 때문에 이곳에 온 것이 아니라는 떳떳함을 지나치게 강조하는 분위기를 풍겼다.

나는 해인에게 문자를 보냈다. 해인을 기다리는 동안 텅 빈 모텔 로비에 시선을 두다 보니 자연스레 예술가 백남준의 〈젊은 페니스를 위한 교향곡〉이 떠올랐다. 바그다드 모텔의 로비에 딱 어울리는 작품이었다. 백남준의 제 1번 교향곡인 이 작품은 흔히 알고 있는 곡조나 화음으로 구성된 작품이 아니었다. 퍼포먼스 교향곡이다. 무대에 흰 눈같이 새하얀 커다란 종이를 걸고, 그 뒤쪽으로 열 명의 사내를 서게 한다. 제목에서 예상되는 것처럼 남자들은 흰 종이 뒤에 바짝 붙어 순서대로 아랫도리에 힘을 주어 구멍을 뚫는다. 구멍이 하나씩 창조되면서, 젊은 페니스들이 힘겹게 얼굴을 내민다. 발기되지 않는 자는 음표가 될 수 없다. 음표가 된 페니스는 껍질을 깨고 나온 당돌한 병아리들 같다. 딩딩딩 디기디기 동동, 희화화된 페니스가 연주된다. 물론 욕심을 더 부리자면 누드의 첼리스트 샬럿 무어만이 백남준의 작품 〈오페라 섹스트로니크〉까지 이곳 로비에서 연주되는 것이다. 그렇게 된다면 선율에 맞추어 윤과 나, 그리고 나를 유령 취급하는 해인까지 서로 손을 잡고 둥글게 둥글게 춤을 출 것이다.

로비에 앉아 교향곡에 빠져있는 나를 툭 친 건 윤이었다. 해인이 저만치서 로비를 가로질러 오는 것을 발견했기 때문이었다.

"저분 아니에요? 괜히 저 때문에 오해받으면 어떡하죠?"

윤의 말이었다.

"신경 쓰지 마세요. 어차피 저 친구에게는 내가 유령이나 다름없는데 만약 질투해준다면 내가 살아있다는 증명이니 고마운 일이죠."

어느새 다가온 해인이 내 곁에 나란히 앉아있는 윤을 보았다. 해인의 눈이 잠깐 커지는 것 같았다. 나는 내심 해인이 질투를 하는 건가 했다. 아니 좀 그래 줘 봤으면 얼마나 좋을까 했다. 하지만 해인의 눈에 약간의 반응이 있었던 것이 질투의 놀람 때문인지 아니면 시력 때문에 그런 것인지는 알 수 없었다.

해인은 아무 말 없이 내 손바닥에서 자동차 열쇠만 냉큼 집어 들었다. 문자로 내가 외박할 가능성이 있으니 자동차 열쇠를 미리 가지고 가는 게 좋겠다고 이야기해놓았기 때문이었다. 해인은 자신의 시력 때문에 운전이 위험할지라도 그것을 구실 삼아 도움을 청할 여자가 아니었다. 해인은 자동차 열쇠를 빼서 검지에 걸고 빙빙 돌리며 다시 자신의 객실로 향했다. 옷걸이에 걸린 옷을 꺼내 입듯 나의 존재는 안중에 없었다. 해인이 자리를 떠나자 멋쩍기도 하고, 자존심이 상하기도 한 윤이 말했다.

"선재 씨 정말 유령 아니에요? 혹시 나까지 유령인가?"

유령. 사람이 죽으면 대부분의 영혼은 자신이 죽었다는 사실을 모른다. 사고로 죽은 영혼들은 가족들이나 사랑하는 사람들 곁에서 자신의 모습을 보여주려 애쓴다. 이 세상이 꿈이라는 성인의 말을 산 사람이 도저히 받아들이기 힘들 듯, 죽은 영혼 또한 자신이 죽었다는 사실을 받아들이지 못한다. 인정하지 않으려 한다.

죽음이 가까운 사람들은 낮잠이건 밤잠이건 잠을 깬 후에 자주 묻는다. '여기가 어디지요?'라고. 생생한 현실이 펼쳐지고 있더라도 자신의 눈을 믿지 못한다. 이성을 믿지 못한다. 아무도 경험해 보지 못한 죽음의 세상이기에 살아있을 때와 똑같은 현실 같은 공간이 펼쳐질지, 살아생전 그림이나 화면으로 보았던 그런 환상의 세계가 펼쳐질지, 지금 이 순간 살아있는 사람이라면 그 누구도 알지 못한다.

분명 살아있지만 혹시 자신만 새까맣게 모른 채 영혼으로 떠돌고 있는 것은 아닌지 의심스러울 때가 많다. 해인이 그렇고 내가 그랬다. 무엇이 꿈이고 무엇이 현실인지 확신할 수 없다. 모든 산 자와 죽은 자는 착각일지라도 철저한 자기 확신 속에서 살아가고 있을 뿐이다. 믿어 의심치 않는 그 확신이 과연 근거가 있는 것일까. 환상과 허위가 가득한 세상에서, 뇌에 전기적 자극에 의해 안이비설신의眼耳鼻

舌身意의 작용이 얼마든지 조작 가능한 현실에서, 살아있다는 '확신'이라는 단어가 과연 누구에게나 적용될 수 있는 힘을 지닐 수 있을까.

아무도 관심 가져주지 않는 왕따는 곧 유령과 다름없다. 어느 누구도 이야기 들어주지 않고, 어떤 행동을 해도 무시해버리는 상황, 떠도는 중음신의 존재와 다를 바 없다. 해인에게 나도 유령의 상황이고, 윤 또한 자신도 유령은 아닌지 농담 섞인 의심을 한다.

세상에는 살아있어도 그것을 실감하지 못하고 떠도는 영혼들이 많다. 눈으로 보고 입으로 이야기한다고 그것이 살아있는 것일까. 자신이 얼마나 소중한 존재인지를 모르고, 인간에 대한 '믿음'한 조각 가지지 못한 채, 휩쓸려 사는 것은 살아 있어도 산 것이 아니다. 잠시 몸이라는 형상을 하고 있을 뿐, 유통기한이 다하면 흩어지고 만다.

자신의 존재에 대한 의문 한번 가져보지 못하고 인간이 만들어낸 관념에 속고, 이데올로기가 주입한 욕망에 눈멀어 둥둥 떠다니며 사는 이상 살아있어도 혼령과 다를 바 없다. 살아있다는 것이 진정 어떠한 상태를 말하는 것인지 항상 의심해봐야 한다.

누가 살아있고, 누가 떠도는 영혼인지 말해 줄 수 있는 자는 없다. 내가 떠돌고 네가 붙어 다닌다.

오랫동안 사소한 소멸을 꿈꾸던 나는 산 것들과 죽은 것들 간의 경계가 어처구니 없을 만큼 가깝다는 사실과 서로의 세계 또한 둘이 아니라는 것, 그리고 이 세계에서 저 세계로의 이동은 놀랄 만큼 사소한 일에 불과하고, 문턱 또한 낮다는 사실을 늘 절감한다.

윤은 호기심 어린 상황을 즐기는 것 같았다. 이벤트를 치르는 느낌이다. 하지만 나는 해인의 관심을 바라는 입장에서 입맛이 씁쓸했다. 다른 여자와 함께 있어도 그토록 덤덤하다니…. 어차피 해인에게 큰 기대를 한 건 아니었다. 윤보다 내가 더 궁금해했던 해인의 질투 문제는 알쏭달쏭한 큰 눈 한번 뜬 것 외에는 남는 게 없었다. 어쨌든 나는 윤의 표현대로 계속 '유령'이었다.

윤과 불타는 바그다드의 출입문을 나서며 다시 한 번 로비 쪽을 뒤돌아보았다. 내 눈에는 여전히 그곳에서 〈젊은 페니스를 위한 교향곡〉이 열정적으로 공연되고 있었다. 힘줄이 툭툭 불거진 팽창된 젊은 페니스들을 보니 공연히 윤에게 미안했다. 윤에게 할아버지께서 가르침을 주셨던 그 불장난이라도 한 번 제안했어야 했던 것 아닐까? 라는 생각이 스쳤다. 윤이 거절할지라도 여자를 모텔 입구까지 통과시켜놓고 이 무슨 무례란 말인가. 하지만 냉정하게 말해서 그럴 수 없었다. 나의 성기는 음표가 될 마음이 전혀 없었는지 바그다드에 도착해서부터 시종일관 관 속에 갇혀, 풀이 죽어 있었다. 해인이 달빛 아래서 길을 잃고 내 가슴 위를 헤매는 동안은 얇은 습자지 한 장 뚫을 마음이 생기지 않았다. 설혹 종이를 뚫었을지라도 장송곡이나 연주했겠지….

불타는 바그다드의 활주로 같은 아스팔트 주차장을 빠져나오며 윤에게 말했다.

"섹스를 소유나 사랑 같은 상징이나 의미의 거품에 빠트리지 말고, 다큐멘터리처럼 냉정하게 응시하며 원시적인 생명기운을 교감한다고 여기면 어떨까요? 모든 생각을 끊고, 따뜻하게 살아서 꿈틀거리고 있다는 것에만 몰입하면 굉장히 심플해지고, 생기 넘치지 않겠어요? 짝짓기에 무슨 의미들을 그렇게 주렁주렁 많이 달아놨는지…. 짝짓기의 깊은 의미는 딱 하나죠!"

"뭐지요?"

"너랑 나랑 이렇게 살아있음!"

집으로 떠나는 여행

아침에 일찍 눈을 떴다. 해인에게 줄 크리스마스 선물을 마무리해야 한다. 회화나무로 만든 괴목槐木 의자다. 300년 이상 된 괴목을 구하게 된 것은 동필이 형의 도움이 컸다. 내가 유목으로 작은 목기들을 만들고 있다는 것을 알게 된 형이 자기 집 뒷산인 광교산에 회화나무가 벼락을 맞아 쓰러져있다는 소식을 알려주었다. 형이 나서 준 덕분에 어렵사리 괴목의 일부를 구할 수 있었다.

해인과의 첫 만남을 떠올리면 뒤주가 떠오른다. 뒤주 앞에서 처음 만났고, 회화나무로 만든 뒤주를 찢고 나오는 왕의 아들의 파열음을 함께 들었다. 그래서 뒤주의 몸체가 된 회화나무는 특별하게 다가온다. 해인이 곁에 있는 한, 내내 나를 따라다니는 신목神木이다. 새파란 달빛 아래서 서성대던 발걸음을 멈추고, 언제라도 편히 앉아 쉴 수 있는 회화나무 의자 하나, 해인에게 해주고 싶었다. 언젠가는 볼 수 없는 사람이기에….

어젯밤 해인은 꽤 늦은 시간이 되어서야 차에 나타났다. 나는 그때까지 차 근처에서 꼼짝없이 그녀를 기다렸다. 시력이 안 좋은 해인에게 운전을 맡길 수는 없는 일이었다. 외박할 듯이 큰소리를 쳤던 내가 추워 떨며 기다리고 있자, 해인은 어이없어하는 실소를 터뜨렸다. 요즘 들어 오랜만에 보여준 웃음이었다. 해인에게 덜떨어진 사내로 비치더라도, 시력이 떨어져 가는 해인이 자주 웃기를 바랄 뿐이다.

해인을 만나고 나서부터 나날이 단순해지고, 하나밖에 모르는 사람이 되어간다. 미쳤거나 마법이라고 밖에 표현할 수 없다. 어쩌자고 이토록 자존심도 없는 미련한 사람이 되어 가는지 알 수 없다. 그녀의 행동 하나하나가 나에게는 모두 의미이고 목적이다.

그녀에게 바람은 있을지언정 바뀌기를 바라는 마음은 없다. 세상의 기준이 어떤 것이든 그건 한순간의 그들만의 기준일 뿐, 우리의 기준은 될 수 없다. 그녀가 어떤 길로 가건 더 공감해주지 못하고, 함께 그 길을 가지 못해 미안할 뿐, 그녀의 모든 행동과 말은 전적으로 옳다. 만약 내가 그녀를 교정하려고 어떤 시도를 한다면 그것은 내가 어리석기 때문이다.

세상을 살면서 여러 번의 사랑이 다가오지만, 평생 다시는 경험해 보지 못할 사랑이 있다. '사랑 중의 사랑'은 어느 누구에게나 다가온다. 그 상대는 누구나 인정할 수 있는 대단한 수준의 사람이어서가 아니라, 남들은 이해할 수 없는 방식으로 '나에게만' 특별한 아름다움으로 다가오게 된다. 그때 할 수 있는 일이라고는 세상에서 제일 미련한 바보의 흐름에 드는 일뿐…. 그런 사랑을 만나면 모든 것이 변한다. '내가 어떻게 이렇게 변할 수 있는지'에 대해 제일 놀라는 사람은 언제나 '자기 자신'이다.

해인을 차에 싣고 바다 안개를 헤집으며 달렸다. 집으로 돌아오는 길 내내, 빙실빙실 실없는 웃음이 새 나왔다.

괴목을 입수하고 크리스마스에 맞추기 위해 해인이 몰래 틈만 나면 숲 속 작업 공간으로 향했다. 폐가여서 누구 하나 얼씬하는 사람이 없는 작업실이었다. 언 손을 녹여가며 톱으로 틀을 잡고, 나무 틈에서 마른 동태포 같은 속살을 파내는 작업을 했다. 낫과 조각칼로 깎고 파내기가 여러 날이었고, 시도 때도 없이 사포로 문지르고 토치로 엷게 태워 멋을 냈다. 늘 예상한 시간보다 몇 배는 더 품이 들었다. 엉덩이를 댈 수 있는 사각의 공간을 확보하고, 손질한 다리들을 상판 모서리에 맞추었다. 흔들의자를 만들기 위해 조각도로 스키처럼 생긴 밑바닥 나무다리에 홈파주기를 했다. 홈에 다리를 맞춘 후, 틈 사이를 메꿈이로 메꾸어주었다. 얼추 그럴 듯 해 보였다. 마지막으로 흔들의자의 상판에 인두로 그림을 그렸다.

끈이 풀어 헤쳐진 낡은 운동화와 그 속에 핀 야생화.

해인이 창틀에 올려놓고 싶다던 야생화가 피는 운동화였다. 어설프게 테두리만 그린 그림이었다. 한겨울, 그녀의 시력이 더 떨어지기 전에… 양송이 해변에서 보았던 별을 닮은 꽃 몇 송이 안겨주고 싶었다. 별꽃의 씨앗은 사람의 신발 밑창에 묻은 흙에 숨어야만 아주 멀리까지 갈 수 있는 꽃이다. 허리를 숙이고 들여다봐야 존재가 전달되는 꼬맹이 꽃. 운동화에 담겨 양송이 해변의 하늘까지 날아올라 별이 되기를….

인두로 꽃피운 검은 별꽃 밑으로 글씨를 새겨 넣었다. '그냥 조아서! – 행궁 비명' 행궁 비명은 해인의 세컨드 폰에 저장되어 있는 나의 이름이었다. 선재라는 허깨비 이름보다 그녀와 나 사이에서 더 잘 어울리는 이름이라고 생각했다. 첫 선물이 될지 마지막 선물이 될지 모를, 초라한 의자를 흔들어보았다. 엉성한 괴목 의자였지만 신목답 게 신령스러운 느낌이었다.

이제 해인은 편히 쉴 수 있는 회화나무 의자에 앉아야 한다. 회화 나무는 공명한다. 언제 어느 곳에서든지 해인이 이 흔들의자에 앉게 되면, 아무리 내가 멀리 있다 해도 해인이 느끼는 감정을 공명할 수 있을 것이다.

크리스마스 전야인 오늘, 동필이 형이 들이닥칠 것이다. 동필이 형 은 완성된 괴목 의자도 구경하고, 크리스마스도 함께 보낼 겸 연인과 함께 오겠다고 반 협박조로 애원했다. 아마 동필이 형의 속마음은 해 인이 어떤 여자인지 궁금해서라도 한달음에 달려오고 싶었을 것이 다. 내가 여자들과 잠깐의 만남을 가진 적은 있었으나, 해인처럼 진 지하게 좋아하는 모습을 형은 본 적이 없다. 동필이 형이 이전에도 몇 차례 오겠다고 떼를 썼으나 해인이 불편해할까봐 겨우 말렸었다. 하지만 자신이 구해준 괴목으로 만든 의자를 보겠다는데 더는 말릴 명분이 없었다.

해인이 일어나기를 기다렸다. 자주 늦잠에 허우적대는 해인이었 다. 가끔 꿈인지, 생시인지 해인이 누운 채로 굼벵이처럼 몸을 웅크 리고 흐느낄 때가 있다. 때로는 선명한 잠꼬대까지 곁들인다.

잠은 작은 죽음이다. 낮 동안 있었던 일이 잠의 세계를 만든다. 어 지러운 망상과 남과 쟁투하느라 헐떡이는 낮 시간을 보냈다면 반드 시 잠의 세계도 어둡고 혼탁하다. 반대로 오랜 기간 낮 시간이 고요 하고, 깊은 행복으로 충만했다면 밤잠 또한 꿈 없는 깊고 그윽한 잠이 된다. 그리고 아침에 눈을 뜨면 새로운 하나의 삶이 시작된다. 전 세계 누구도 경험해 보지 못한 첫날의 첫 시간을 인류 모두가 인류 최초로 경험한다.

낮과 밤, 삶과 죽음은 한 몸이다. 누군가에게 주먹으로 맞으면 그 상황이 지나가도 한동안 몸과 마음에 얼얼한 진동이 계속 영향을 미치듯, 눈 뜬 시간에 어떤 생각과 어떤 행동을 하느냐에 따라 눈 감은 잠의 세계는 규정된다. 작은 죽음인 잠의 세계가 그러하듯 우리의 삶의 시간과 죽음의 시간 또한 낮과 밤잠처럼 서로 밀접하게 연결되어 얼얼한 진동을 주고받는다. 살아 생전 했던 모든 행동과 생각이 죽음의 세계에 영향을 미치는 것이다. 잠 또한 내가 어떤 형태의 죽음의 세계로 갈 것인지를 매일 매일 알려주고 있다. 죽음 이후의 세계가 궁금하거든 평소 자신의 잠을 들여다보아야 한다. 평화로운지 끔찍한지를….

매일매일 죽음을 의식하고 살면 삶이 단단해진다. 살아있다는 실감이 서늘하게 스며온다. 내 속의 달팽이가 꿈틀거릴 때마다 사람도 사물도 오롯한 풍경으로 살아난다. 죽음이 두려운 것은 움켜잡고 있던 익숙한 것들을 놓아야 하기 때문이다. 애착을 놓으라 한다. 사랑이라고 믿었던 모든 것이 허무한 욕심에 불과했다는 것을 인정해야 하는 순간이다. 죽을 것처럼 중요했던 사람들과 일들이 백지처럼 얇아진다. 그것들이 헤지고 얇아져 투명해질 때, 산 것인지 죽은 것인지 모르는 문턱에 선 것이다. 죽음의 순간을 리허설 할 수록 삶은 살아난다.

매일 잠들 때마다 죽음을 연기한다. 어느 날 갑자기 실제 상황이

비수처럼 찔러 올 것이다. 자신의 죽음만큼 가지고 놀기에 좋은 사유思惟 대상은 없다. 가지고 놀수록 삶은 뻐근하게 유쾌해진다. 어쩌다 발을 헛디디게 되는 날이 오면, 코미디처럼 과장되게 연기하며 죽음을 즐겨 주리라. 오랜 리허설의 힘으로….

해인에게 흔들의자를 어떻게 전해줄까 생각하다가 댓돌을 떠올렸다. 해인이 자주 앉아 햇볕을 쬐는 곳이다. 할머니 방 앞, 댓돌에 앉아 햇살이 움직일 때마다 해인도 자리를 옮겨가며 햇살에 몸을 적시고는 한다. 이제 편하게 기대앉아 해바라기를 할 수 있을 것이다. 빈 괴목 의자에 햇살이 쏟아졌다. 나도 모르게 함박웃음이 지어진다.

오늘따라 해인이 자는 모습을 보고 싶다. 나는 방으로 들어가 죽음 같은 혼곤한 잠에 빠져있는 해인을 내려다본다. 그곳에 해인이 자고 있다. 눈길 머무는 곳에 그녀가 있다. 그녀와 나, 두 사람만으로 이 순간이 꽉 찬다. 따로 바랄 것이 없다. 지금까지 나를 죽도록 사랑해 주는 사람이나 내가 세워놓은 기준에 부합되어야만 사랑이라는 것을 할 수 있었다. 그러나 해인을 만나고 나서 그런 습성들은 순식간에 흩어졌다. 내가 과연 그런 기준을 가졌던 사람이었는지 의심스럽다. 어처구니없게도 해인이 그냥 내 시야에 존재해주는 것만으로도 세상은 충분히 행복했다. 있는 그대로, 더도 덜도 보태거나 뺄 것이 없었다.

'있는 그대로'라니…. 이전에는 상상도 할 수 없는 일이었다. 어떤 의도도 노력도 없이 스스로 그러하게 되어버렸다. 참 웃기고도 기막힌 일이다. 참 못되고도 이상한 여자, 해인이었다.

해인이 잠을 깼다.

"밖에 눈이 오나요?"

해인이 눈을 말갛게 뜨고 물었다. 나는 당황했다. 늘 눈을 뜨기 싫어하던 그녀가 유쾌한 목소리로 물었기 때문이었다.

"문 열어 보세요. 눈이 펑펑 와요."

"눈 보고 싶다."

해인의 눈을 보고 싶다는 말이 아릿하게 들렸다. 혹시 더는 펑펑 내리는 흰 눈을 보지 못하게 될까 봐, 한 번이라도 더 봐두려는 것은 아닌지…. 해인이 방안에서 문을 활짝 열어젖혔다. *끄물끄물*한 날씨였지만 아직 햇살이 살아있었다.

"뭐예요? 거짓말이에요?"

해인이 실망한 듯 나를 돌아보았다.

"햇살은 비추지만 눈 재채기가 곧 터질 것 같은 날씨잖아요. 조금만 기다려 보세요. 생각 안 나요? 우리가 처음 만난 날, 소나기에 푹 젖은 햇살 따듯했던 날이었던 거… 저기 한번 앉아 볼래요?"

하늘을 보던 해인에게 손가락으로 댓돌을 가리켰다.

"저게 뭐예요?"

해인이 자신이 늘 앉아 있던 댓돌 아래, 괴목 의자를 보고 물었다.

"햇살 맞이용 흔들의자예요. 나이가 한 300살쯤?"

해인이 나를 돌아보며 놀라는 표정을 지었다.

"성탄절… 선물인가요?"

해인이 흔들의자에 앉았다. 무릎 담요를 덮고 눈을 지그시 감았다. 햇살이 해인의 얼굴에 내려앉자, 해인의 얼굴이 퍼졌다. 그 모습 그대로 정물화 캔버스로 들어가도 좋을 풍경이었다. 르누아르의 〈젖을

빠는 아이〉에 나오는, 의자에 앉아 아기에게 젖을 먹이는 엄마처럼 편안해 보였다. 언젠가 해인도 누군가의 아이를 안고 저렇게 휴식 같은 표정을 짓겠지. 눈을 감고 햇살 쪽으로 얼굴을 내민 해인은 한동안 꼼짝하지 않았다.

"눈을 감으면 무슨 색인지 아세요?"

내 말에 해인은 무심코 까만색 아니냐고 대답했다.

"햇살에 얼굴을 맡기고, 눈을 감고 눈꺼풀을 보세요. 무슨 색이죠?"

해인이 눈을 감은 채 눈동자를 이리저리 굴렸다.

"빨간색이… 보여요!"

해인의 목소리가 높아졌다. 눈을 감고 있으면 어둡다는 관념이 우리를 제대로 보지 못하게 한다. 눈을 감고도 볼 수 있는 색이 있다. 햇살을 향해 눈을 감고, 눈꺼풀을 바라보면 빨간 화면이 잡힌다. 눈을 감으면 햇살의 색깔은 붉다.

"고마워요… 눈을 감고도 한 가지 색은 영원히 볼 수 있네요."

해인이 사뭇 감정에 젖는 목소리였다.

"햇살만 비춘다면요."

"… 정말 오랜만에 받아보는 선물이에요."

해인이 흔들의자를 쓰다듬으며 말했다.

"이것은…"

해인이 말을 잇지 못했다. 운동화 속에서 핀 야생화였다. 해인이 얼굴을 한쪽으로 돌려 빈 기침을 했다.

"우리가 헤어지더라도… 너무 힘들 때면 이 의자에 앉아요. 그럼 내가 갈게요."

대답 대신 해인이 엷게 미소 지었다.

그때, 해인의 얼굴에 그림자가 드리워졌다. 하늘을 올려다보니 어느새 먹구름이 태양을 덮치고 있었다. 순식간이었다. 오전부터 끄물끄물하더니 먹구름이 진눈깨비를 품고 그야말로 구름떼처럼 몰려왔다. 오후부터 돌풍과 진눈깨비가 오락가락할 것이라는 예보대로였다. 먹구름이 낮게 내려앉았다. 벌써 초저녁처럼 어둑해지기 시작했다.

"거봐요. 눈 재채기가 터질 것 같죠?"

내 말이 끝나기 무섭게 해인의 머리 위로 눈발이 흩날렸다. 해인은 소나기를 피해 달리던 예전과는 달리 바람에 휘감기며 나풀대는 눈을 따라다녔다. 눈을 반기는 강아지였다.

전기 코드를 콘센트에 꽂았다. 황량했던 마당에 트리 꽃이 피었다. 꼬마전구의 불빛이었다. 집은 허름했지만 영산홍, 목단, 철쭉이 마당에 한 가득이었다. 앙상한 줄기에 때 아닌 봄꽃이 핀 것이다. 특히 동백꽃은 주인공이나 된 것처럼 트리 불빛에 비친 모습이 매혹적이었다. 동백꽃은 한겨울, 가장 화려한 꽃으로 필 때, 가장 행복한 정점에서 통째로 목을 떨구는 견딜 수 없는 열정을 가지고 있다. 해인은 붉은 동백꽃에 바짝 다가서서 쌓여가는 눈을 넋 놓고 들여다보았다. 속절없이 떨어지는 동백꽃의 머리처럼 '그 누구보다 사랑합니다'라는 꽃말이 어울리는 나무였다.

눈 쌓인 동백꽃에 빠져있는 해인의 곁으로 몰래 다가가서 해인을 크게 불렀다. 깜짝 놀라 돌아본 해인과 셀카를 찍었다. 갑자기 사진에 찍힌 그녀가 잠시 흘겨보았다. 그녀와 처음 찍은 단 한 장의 사진이었다. 전송해 준 사진을 본 해인도 미소를 지었다. 그녀의 놀란 눈은 동그랬고, 나는 더없이 행복한 표정이다. 그녀와 나의 볼은 동백꽃처럼 붉었다.

"오늘 밤은 함께 있을 거죠?"

해인은 동백꽃만 바라볼 뿐 말이 없었다.

"그냥 그랬으면 좋을 것 같아서요."

나의 말에 해인은 한참 생각하더니 결심한 듯 말했다.

"그러죠… 선배분은 언제…."

해인의 말은 채 끝나기도 전에 자동차 소리에 묻혀버렸다. 벌써 동필이 형이 도착한 모양이었다.

"아이구, 엄청나게 비싼 놈, 선재!"

동필이 형이 연인과 함께 요란하게 마당으로 들어섰다.

"도로가 미끄러웠을 텐데 일찍 도착했네?"

해인을 처음 보는 동필이 형의 눈매가 날렵했다. 친형제처럼 어린 시절을 함께 보냈고, 여자에 관한 한 전문가를 자처하는 형이기에 까다로운 시선으로 해인을 바라보았다.

우리는 인사를 나누었다. 동필이 형과 함께 온 유나 씨는 형보다 나이가 다섯 살이나 많았다. 의외였다. 늘 어린 여자만 좋아하여 띠동갑까지 사귀더니 무슨 이유인지 알 수 없었다. 외모도 평소 형이 주장하던 '태가 고운' 타입의 미모가 아니었다. 푸근한 인상의 성격 좋은 이미지였다.

우리는 눈이 잠시 그친 사이에 양송이 해변으로 나갔다. 바람이 변덕스럽게 불었다. 고요하다가도 헝클어진 머리카락처럼 신경질적으로 휘몰아쳤다. 추운 날씨였지만 음울한 겨울 바다가 주는 경치를 놓칠 수는 없다. 날은 여전히 어둑했고, 낮인지 밤인지 분간하기 힘들었다. 해인과 유나 씨가 나란히 앞서 걸었고, 몇 미터 떨어져 동필이 형과 내가 뒤따랐다.

"야, 해인 씨 무지하게 순수한 여자 같다. 게다가 관능적인 면도 있고… 근데 한 번 화나면 무지하게 고집이 셀 것 같구… 너랑은 쫌 안 어울린달까… 너도 맹탕인데… 여자까지 착해빠지면 어디 집안 꼴이 잘 되겠냐? 둘 중의 하나는 현실감이 충만해야지."

"형이야말로 소녀 스타일 아니면 쳐다보지도 않더니?"

"내가 오랜 임상 결과 요즘에 들어서 새로운 결과를 추출해냈어. 유나 씨를 만나고 나서 말이야… 여자는 겉도 야하고 속도 야하면 B 학점이거든? 근데… 겉은 신사임당인데 속은 어우동이야… 어후, 이거 스페셜 A 신천지야. 완전 신선함 그 자체야. 잉걸불이라고 아냐? 겉은 다 타버린 것 같지만 속은 이글이글한 숯덩이. 손대면 살아있는 불꽃보다 더 뜨겁다구… 흐흐흐… 유나 씨가 지금 쇼핑몰 사업 하나 하고 있거든? 사업이면 사업, 밤일이면 밤일 이거 완전 잉걸불이야. 우린 둘 다 현실감 완전 충만 중이거든? 너희 보면 걱정 좀 된다. 형한테 좀 배워라. 인마!"

진눈깨비가 내리기 시작했다. 조금 전까지는 눈발로 날리던 것이 완연하게 물방울로 바뀌었다. 우리는 눈이 올 때는 걸었고, 비로 바뀌었을 때는 뛰었다. 눈이지 비인지 정확치 않은 때는 뛰다 걷다를 반복했다. 똑같은 물기 덩어린데 약속이나 한 듯 눈에는 관대했고, 비는 피해야 할 무엇이었다.

집으로 돌아와서 캠핑 타프를 치고 장작을 뗐다. 물기를 말리고, 몸을 데웠다. 트리는 온 마당을 울긋불긋 장식했고, 장작불은 거세게 타올랐다. 네 사람의 얼굴에 온기가 돌고, 발광하는 화염으로 인해 흥겨워졌다. 타프 바깥에는 여전히 눈도 비도 아닌 진눈깨비가 내리고 있었다. 바깥이 추워 보일수록 넘실대는 장작의 열기와 명멸하는 트리는 더욱 정겹게 보였다.

동필이 형이 휴대폰으로 음악을 틀었다. 캐럴이었다. 캐럴은 언제나 아득한 어린 시절을 불러온다. 나는 지금도 산타를 믿는다. 빨간 코 루돌프가 산타의 동정 섞인 간택을 받지 않았더라면, 성탄절이 더 아름다웠을 거라고 생각한다. 산타의 어설픈 배려 때문에, 루돌프는 바닥을 치고 올라설 기회를 놓쳤고, 산타의 평생 똘마니가 돼버렸다. 철저하게 더 외로웠어야 했을 루돌프. 한 해의 마지막인 12월은 충분히 서글퍼 해도 좋다. 슬픔과 외로움, 서러움과 사소한 소멸이 피해야 할 무엇이라고만 생각하는 사람은 평생 산타를 만나지 못할 것이다.

장작불이 사그라질 때쯤 석쇠에 조개를 올렸다. 조개는 오래지 않아 입을 떡떡 벌리고 짠 내를 풍겼다. 내가 과메기와 회를 꺼내오자 동필이 형은 차 트렁크에서 술을 꺼내왔다. 중국 술 오량액이었다.

"이 술 생각나냐? 너 고 3 때 이거 먹고 죽을 뻔 하다가 살아난 거?"

* * *

그랬다. 그때 참 겁 없이 마셨다. 수능 끝났다고 어른이 다 된 기분에 젖었고, 독한 술에 취했다. 그때도 수완 좋은 동필이 형은 시험 끝난 후배들을 불러 흔한 양주가 아니라 쉽게 구경하기 힘든 수정방이니 오량액이니 하는 도수 높은 중국 명주들을 구해다가 잔뜩 먹었다. 그리고는 취한 우리를 끌고 룸살롱이란 곳에 데려갔다. 그곳은 한마디로 별천지였다. 열아홉 더벅머리들은 인터넷에서나 보던 그런 아방궁을 처음 보게 되었다. 그곳 선수 누님들은 우리 풋내기 숫총각들을 귀여워했다. 우리를 약 올리며, 적당히 무시하고, 알맞게 칭찬하며, 사내다움을 감탄해주었다. 룸살롱까지 공수해온 오량액으로 우리는 완전히 취했고, 우리의 눈에 그녀들은 서시이고 초선이었으며 왕소군이었다.

그날 나는 총각 딱지를 떼고 말았다. 그날의 기억을 잊은 지 오래 됐지만, 동필이 형이 오량액을 꺼내 따라주는 순간, 자동적으로 류 씨 성이 떠올랐다. 나의 동정을 떼 준 여자는 해인과 같은 류 씨 성을 가진 여자였다. 그러고 보니 그녀도 해인처럼 시력이 좋지 않았다. 콘텍트렌즈를 끼고 있었다. 그때도 겨울이었다. 그녀는 내 밑에 깔려 영어로 징글벨을 불렀었다. 물론 내가 떼를 써서 부른 노래였다. 지금도 기억이 난다. Oh what fun it is to ride에서 fun 밑으로는 헷갈렸는지 fun fun만 후렴구처럼 하던 그녀.

Jingle bells, Jingle bells Jingle all the way!
Oh what fun fun fun In a fun open fun

내 귀에는 지금도 펀 펀 펀이 맴돈다. 그녀가 펀펀펀 하고 웃으면, 나는 징글 징글 징글하고 키득댔다. 웃을 때마다 그녀와 내 입에서는 단향이 났다. 오량액을 구덩이에서 숙성시키면서 나게 되는 파인애플 향기 같은 것이다. 지금도 고량주라도 한잔하면 그녀의 펀펀펀이 들리고 달달한 입술이 떠오른다.

그날 밤은 온통 달거나 미끈미끈하거나 돌고래와 유영하는 느낌이었다. 나의 첫 딱지는 킥킥대는 놀이었다. 끝내 사정하지 못했다. 다음날 총각 딱지를 뗐다는 당황스러움보다는 두통과 숙취로 이틀을 꼬박 누워 지냈다. 내 코에서 2주간 그녀의 단향이 지워지지 않았다. 대학에 합격하고 신입생 환영회를 마치고 류 씨 성을 가진 그녀를 다시 찾았을 때, 술집 마담은 그녀가 떠났다고 했다. 내가 어디로 옮겼는지를 집요하게 캐물었을 때, 마담은 눈물을 비쳤다. 그녀는 영영 찾을 수 없는 곳으로 떠나갔다고 말해주었다.

그녀는 VIP 룸에서 목을 맸다. 그렇게 펀펀하던 그녀가 채 백일도 되지 않아 영혼이 되어버렸다. 마담은 이미 모든 것이 늦어버린 연인에게 소식을 전하듯 미안해했다.

그녀는 누가 뭐래도 내 총각을 떼어준, 여자 속살의 기억을 최초로 이식해준 여자였다. 그녀는 여렸고, 나는 미숙했다. 어디론가 가서 오량액을 죽도록 마시고 싶었지만, 그럴 수 없었다. 그날, 집으로 돌아오는 길이었다. 축대 절벽 밑으로 머리를 늘어트린 노란 개나리꽃이 꽃망울을 막 터트리려고 하고 있을 때였다. 그 설익은 개나리꽃 아래에 쭈그리고 앉아 캐럴을 목청껏 불렀다.

흰 눈 사이로 펀! 썰매를 타고 펀! 달리는 기분 씨발! 상쾌도 하다 씨발 펀! 펀! 펀!
종이 울려서 장단 맞추니 흥겨워서 소리 높여 노래 부르자 펀! 펀! 펀!

그녀의 몸은 차갑게 식었다. 첫 번째 경험의 기억은 냉기다. 발기되지 않는다.

* * *

　기분 좋게 취한 동필이 형 커플과 우리는 돌풍을 피해 방으로 자리를 옮겼다. 두꺼운 초에 불을 밝히고 오량액으로 건배를 했다.

　"해인 씨, 참 고맙습니다. 찌질한 동생 놈을 거둬주셔서 얼마나 고마운지…."

　"그런 사이 아닌데요? 그냥 룸메이트죠."

　해인의 말에 취한 동필이 형이 다 안다는 듯 능글맞은 웃음을 지었다.

　"네… 네, 다 알죠. 이성적으로 아니면 동지적으로 그것도 아니면 계약 커플 같은 멋있는 거로 맺어져서… 그냥 같은 방 쓰고… 쓸쓸하고 추우면 서로 핫팩도 돼주구… 흐흐흐"

　해인의 표정이 굳어졌다. 동필이 형의 말을 내가 받았다.

　"누님, 동필이 형 잘 부탁합니다. 이제 형은 정박할 항구가 정말 필요합니다."

　"야, 걱정 마라. 난 이미 유나 씨에게 정박했어. 완전히 뿌리 내렸어…."

　해인이 벌떡 일어서서 밖으로 나갔다. 우리 세 사람은 찬바람 휘날리며 나간 해인을 어리둥절하게 쳐다보았다. 동필이 형과 유나 씨는 우리의 사이를 알지 못한다. 해인의 시력을 알지 못하고, 나의 달팽이를 알지 못한다. 젊은 나이에 같은 방을 쓰는 사실만으로 어림짐작하는 관계에 머물러 있다. 하지만 그런 것은 아무래도 상관없는 일이다.

어느새 깜빡 잠이 들었던 모양이다. 내가 다시 눈을 떴을 때는 거의 다 타들어 간 촛불만 쟁반 위에 덩그러니 놓여 있었다. 한쪽 구석에 유나 씨가 잠이 들어 있었다. 동필이 형이 보이지 않았다. 아직 해인이도 들어오지 않았다. 내가 얼마나 잠이 들어 있었는지는 알 길이 없었다.

나는 밖으로 뛰쳐나갔다. 갑자기 견딜 수 없는 불안이 엄습했다. 혹시 해인과 동필이 형이 함께 멀리 떠나버린 것은 아닐까 하는 의심이 들었다. 터무니없는 것 같았지만 아주 허황된 것도 아니었다. 한 번 시작된 불안은 걷잡을 수 없는 쓰나미가 되어 몰려들었다. 공황장애처럼 속이 바들바들 떨렸고, 두려움에 숨을 쉴 수가 없었다. 어디론가 숨어버리고 싶었다. 이 끔찍한 불안이 어디에 숨어 있다가 한꺼번에 터져 나온 것일까. 전혀 예상하지 못한 불안이었다. 해인을 먼저 찾아야 한다. 가슴을 주먹으로 고릴라처럼 탕탕 두드리며 차 쪽으로 걸어갔다.

진눈깨비가 하늘을 뒤덮었다. 바람이 한 번씩 불 때마다 한쪽으로 몰렸다가 다시 반대편으로 급격히 휩쓸렸다. 털 잠바의 지퍼를 턱밑까지 끌어 올렸다. 내 차가 안 보였다. 동필이 형의 차도 보이지 않았다. 순식간에 내 머리는 모든 경우의 수가 다 돌아갔다. 상상하기 힘든, 생각해서는 안 될 상상까지 여지없이 내 머리를 어지럽힌다. 한편으로는 이 상황을 의심 쪽으로 몰아가는 내가 치졸해 보였지만, 다른 한편으로는 두 사람에 대한 살의가 치솟았다. 어느 쪽도 근거 있는 판단은 아니었다. 나는 해인이 다른 남자를 만나기 위해 천변으로 나갈 때, 기꺼이 운전을 했다. 그런데 왜 세상에서 누구보다 가까운 두 사람이 단지 자리를 비웠다는 이유만으로 불같은 질투와 의심에 시달리게 되는 걸까. 불가해성 不可解性.

나는 해인에게 전화를 했다. 전화를 받지 않았다. 동필이 형도 전화를 받지 않는다. 피가 거꾸로 치솟는다. 내가 할 수 있는 일이 없다. 만약 두 사람이 나를 배신했다면, 나는 그들을 죽여야 한다. 광염狂炎, 두렵다. 일단 사실을 확인해야 한다. 수없이 많은 남자와 살을 섞은 해인에게 왜 내가 지금 이 순간 분노에 휩싸이는지…. 왜 그녀를 소유한 애인처럼 구는지 모를 일이다. 나는 그녀에게 욕심이 없다, 고 지금까지 생각했다. 육체쯤은 별문제 되지 않았다. 하지만 어디서부터 시작된 질투일까?

그와 그녀는 나의 가장 소중한 존재들이다. 그런데 나만 빠진다? 그렇다면 그와 그녀의 문제가 아니라, 나의 소외가 분노를 일으키게 한 것일까? 배신? 해인과 나의 관계에서 그런 단어가 합당한가? 차가 세워져 있었던 집 대문 앞에서 같은 자리를 뱅뱅 맴돌며 묻고 또 물었다. 논리가 가닿을 수 없다.

나는 도로 쪽으로 뛰기 시작했다. 한참을 달렸다. 저 멀리 해변가에 낯익은 차가 한 대 서 있었다. 검은 하늘과 땅, 그 중간에 흐린 불빛이 어슴푸레했다. 내 차였다. 나는 숨 쉴 틈도 없이 차를 향해 달렸다.

해인이, 해인이었다. 그녀는 실내등을 켜놓고 음악을 듣고 있었다. 나는 허탈한 분노로 차체를 수차례 발로 내지르고 문을 벌컥 열었다. 해인은 찬바람이 차 안으로 몰아치는데도 여전히 눈을 감은 채 미동노 하지 않았다.

"야, 너 나와!"

해인은 고개도 돌리지 않은 채, 눈꺼풀만 올려 까만 눈동자만 멍하니 드러냈다. 나는 해인의 멱살을 붙들고 차 밖으로 끌어냈다. 해인은 흐느적거리는 몸으로 저항도 하지 않고 그대로 끌려 나왔다.

"너 왜 전화도 받지 않고 응! 왜 전화도 안 받느냐고 엉!"

나는 고래고래 소리를 질렀다. 해인은 인형처럼 흔드는 대로 따라 흔들렸다. 바다를 떠다니는 유목 같은, 뿌리 없이 흔들리는 물풀 같은, 저항 없는 아득함. 사실 해인이 무슨 잘못을 한 것일까. 전화를 안 받은 것 이외에 달리 해인을 탓할 구실도 없었다.

"내가 왜 선재 씨 전화를 꼭 받아야 하는 건데?"

해인은 흥분도 하지 않은 권태로운 목소리로 되물었다.

"좀 지겹지 않아? 이런 것들? 이런 이야기들? 이런 상황들?"

어느새 바뀐 함박눈을 맞으며 혼잣말처럼 해인이 지껄였다.

"동필이 형은 어디 갔지? 같이 안 있었어?"

"이렇게 화를 낸 게 그 사람 행방이 궁금해서였어?"

해인이 나를 외면하고 바다를 향해 몸을 돌렸다. 그간 자란 해인의 머리카락이 바닷바람에 파르르 흔들렸다. 가슴 밑바닥까지 견딜 수 없는 쓸쓸함이 전해진다.

"당신… 나… 정말로 좋아하는 거… 맞지?"

파도 소리가 덮쳐 간간이 끊어지는 해인의 목소리였다.

그때 전화벨이 울렸다. 동필이 형이었다.

"야! 선재, 술 사 가지고 들어 왔더니 부재중 전화 떠 있네… 너네 뭐해? 지금 우리에게 자리 피해 주고, 너희들 성탄절 베이비 만들기라도 하는 거야 지금?"

나는 전화를 끊었다. 머리가 텅 비고 다리가 후들거렸다. 의심으로 끝난 것이 다행이 아니라, 차라리 의심한 것이 사실이었으면 이렇게 치명적이지는 않을 것이다. 사는 게 이물스럽다. 구차하다. 해인을 만나고부터 사소한 소멸을 불렀던 세상과 제법 멀어졌다고 믿었는데… 한 치도 벗어나지 못했다.

해인의 어두워져 가는 시력으로 꿈틀거리기 시작한 달팽이가 술수를 부린다. 의심과 불안이 커져간다. 달팽이가 점점 크게 방향을 넓혀가고 있다. 양송이 해변도, 해인과의 만남도, 시간이 흐르면 어쩔 수 없는 권태와 치졸한 욕심으로 들끓는 도가니탕이 돼버리고 마는 것인가.

돌아가야겠다. 집으로…. 늘 가려고 했던 길.

나는 시동을 걸었다. 해인이 다가왔다. 아무 말 없이 해인이 보조석에 앉았다. 우리는 진눈깨비가 휘날리는 도로를 달렸다. 집으로 들어가는 좁은 길목 앞에 멈춰 섰다.

"내려요. 미안했어요."

내 말에 해인은 꼼짝하지 않았다.

"어서 내려요. 들어가요."

해인은 여전히 내릴 생각을 하지 않았다.

"어디 갈 건데요?"

해인이 물었다.

"집으로… 갈 거예요."

해인은 나의 말을 듣고도 한참을 더 앉아있었다.

"잘 가요."

해인이 말했다.

"잘 있어요."

내가 말했다.

해인이 내리고, 나는 액셀레이터를 힘껏 밟았다. 눈앞이 뿌예졌다. 차창에 윈도 브러쉬를 작동시켰다. 하지만 아무리 닦아내도 차창은 맑아지지 않았다.

어느새 함박눈으로 바뀐 눈발이 길을 완전히 점령했다. 폭설이다. 기온이 점점 떨어지고 있었다. 진눈깨비로 덮인 도로도 얼어붙을 것이다. 휴대폰 벨 소리가 울렸다. 해인이었다.

"나 안 태우고 가면… 평생 당신 안 볼 거야!"

단호한 해인의 목소리였다.

"……."

"당신 차 돌려. 내가 그쪽으로 갈 테니까!"

나는 오른발에 힘을 주어 액셀레이터를 더욱 강하게 밟았다.

"당장 세우라고! 당신 잊었어? 나한테 한 말? 너무 힘들 때면 의자에 가만히 앉으라며! 그럼 선재 씨가 나에게 온다고 했잖아! 그 말 벌써 잊었어? 나… 지금 당신 옆에 앉을 거야!"

눈물이 왈칵 쏟아졌다. 차를 세우고 핸들에 머리를 기댔다. 함박눈은 거침없이 위에서 아래로 내리고 있었다. 어김없이 위에서 아래로….

후진 기어를 넣었다. 다시 액셀레이터를 밟았다. 백미러 저 멀리, 눈발을 헤치고 한 여자가 뛰어오고 있었다. 나는 속도를 더 높여 뒤로, 뒤로 달렸다. 뒤로 달릴수록 그녀는 나에게 다가왔다. 해인이 차에 올랐다.

"나도 함께 가요. 그 집…."

함박눈이 사정없이 차창을 때렸다. 속도를 늦출 마음은 없다. 우리는 집으로 가야 한다. 탐스러운 눈송이는 얼어붙은 아스팔트 위에 내려앉았다. 빙판 위에 사뿐사뿐 쌓여갔다. 도롯가의 앙상하게 마른 나뭇가지에도 눈이 쌓여갔다. 앙상하게 버티며 살아낸 우리 두 사람 위로도 곧, 눈은 쌓일 것이다.

눈을 뚫고 계속 달렸다. 양송이 해변에서 끊어졌던 그 길을 이어 달린다. 잠시 머물러 유숙했던 타인의 땅을 버리고, 내 길을 달려야만 한다. 땅에서 새롭게 이어졌던 그 바닷길로 계속 달릴 것이다. 우리에게 돌아가야 한다고 말했던 나무 표지판은 눈에 묻혔다. 우리는 표지판을 지나 집으로 가야 한다.

해안도로로 들어선다. 헤드라이트 불빛 속으로 눈이 파고든다. 상향등을 켜고 속도를 높인다. 해인을 돌아본다. 해인은 오늘, 정면을 응시하고 있다. 눈앞에 커브 길이 보인다. 해안도로 절벽 밑으로는 갯바위들이 거대한 장승처럼 우뚝 서 있다.

차창 밖에서 흰 눈발이 매섭게 창을 계속 두드린다. 해인을 만났던 첫날, 홍살문 앞에서처럼 흰 말을 탄 수십만 대군이 우리를 포위해버린 형상이다. 길들지 않은 흰 야생마들이 백색의 설원을 힘껏 달려보자고 유혹한다. 자유로의 다홍빛 노을이 부르던 그 아득한 손짓과도 닮았다. 액셀레이터를 힘껏 밟아 흰말들과 함께 질주하고 싶다. 질주의 끝을 만나고 싶다. 콘크리트 벽 같은 갯바위와 만날 것이다. 오랜 세월 날 겁박하고 놀리던 달팽이의 숨통을 끊어 놓아야겠다. 변검變瞼으로 얼굴을 바꾸고 위장하여, 나를 을러대고, 혀로 핥아대던 능멸을 여기서 잘라버려야겠다.

내 옆에는 해인이 앉아 있다. 다시 한 번 해인의 모습을 내 두 눈에 꾹꾹 눌러 담는다. 아름다운 사람… 사람이 사람에게 이렇게 설렐 수도 있다는 것을 처음 가르쳐준 사람… 사랑을 받지 않아도 충분히 행복할 수 있게 해주었던 사람… 나의 집까지 함께 길을 걸어주고 있는 사람… 고맙다… 벼랑 같던 내 사랑… 위태했던 내 눈먼 사랑아….

바다로 난 길은 문이 없다. 경계 없이 크고 드넓다. 핸들을 움켜잡은 손이 떨린다. 액셀레이터 위에 올려진 발이 바위에 눌린 듯 무겁다. 해인을 다시 한 번 돌아본다. 눈에 고인 눈물…. 툭 떨어질 것만 같다. 그녀는 슬픔을 눌러 참고 있다. 핸들을 잡은 손에서 힘이 빠진다. 그녀가 두려워한다. 그녀가 주저한다면…. 굽은 도로의 지시대로 도로 안쪽으로 핸들을 돌리고 있는 순간, 해인이 핸들 위의 내 손 위로 자신의 손을 덮었다.

"당신이 보아 둔 집으로 가요… 우리…."

그녀의 손이 내 손을 잡는 바람에 차가 휘영청 도로 안쪽으로 들어오려다 다시 바깥으로 S 자를 긋는다. 해인이 핸들 위에 내 손을 움켜잡고 있다. 마지막 커브 길이 눈앞에 들어온다.

"아무 생각도 하지 말아요! 난 괜찮아요!"

해인의 고함이 내 고막을 울린다.

고맙다, 해인….

오른쪽 발을 액셀레이터 위에 무겁게 올렸다. 단 한 번도 끝까지 바닥에 닿지 못했던 한 뼘의 액셀레이터. 늘 서성이기만 했던 나의 오른발. 단말마의 짧은 한 호흡으로 날아오르기를 원했던 날들. 해인과 나는 전면의 차창으로 쏟아지는 함박눈을 바라보았다. 차창의 문을 활짝 열었다. 함박눈이 차 안으로 펑펑 쏟아져 들어왔다.

눈이다.

나는 오른손을 들어 해인의 붉은 뺨을 감쌌다. 해인이 뺨 위를 덮은 내 손 위에 자신의 손을 덧댔다.

액셀을 세차게 밟았다. 바닥에 닿을 때까지! 꿍음과 함께 둔탁한 몇 번의 저항이 온몸으로 전해졌다. 차가 허공으로 날아올랐다. 세상을 점령한 함박눈의 심장으로 뛰어들어간다. 녹슨 철조망을 지나 자유로 핏빛 노을의 숨통으로 쏘아 들어간다. 이제 잠시 머물렀던 집을 버리고, 새로운 바닷길로 들어선다. 그곳에 새로운 내 집이 있다.

'사랑… 해… 해… 인… 아….'

허공에서 목멘 소리로 외쳤다. 해풍을 타고 낙엽처럼 날아올랐다. 어느 여름 한 철, 귀청을 때렸던 매미 소리가 아련하게 들린다. 태평양 건너 샌프란시스코의 파도가 몰려와 내 등을 후려친다. 미친년 대가리처럼 휘저어진 머리가 한껏 부푼다. 아주 팽팽하게 부풀어 오른다. 맹렬하다.

시간이 멈춘다. 해인과 허공에서 춤을 춘다. 하얀 썰매를 타고 나풀나풀 춤을 춘다. 하늘 꼭대기 턱밑까지 숨차게 올라간 우리의 썰매가 수직으로 착륙을 시도한다. 나무에 둔탁하게 튕겨 다시 한 번 비틀리고, 바위를 쓸어내리며 낙하한다. 퉁, 퉁, 투퉁, 투퉁퉁!

언젠가 보았던 익숙한 어둠! 어머니가 나를 포박하고 흔들던 이불 속처럼… 해골 바위에서 낙엽이 되었을 때처럼… 뒤주 속 캄캄한 어둠의 품처럼…. 두려운 흔들림 끝에 오는 둔중한 정전. 매섭고 단호하다. 흰빛이 왈칵 내 몸으로 젖어든다.

백색의 설원이 삼킨 소실점 하나….

완전한 어둠. 머릿속 어딘가에 있던 아주 작은 빨간 전구에 불이 켜진다. 눈을 뜬다. 차는 갯바위와 갯바위 사이에 아주 심하게 처박혀 있다. 누군가 우리를 발견하고 구조하기에는 너무 깊숙한 곳이다. 서너 걸음 떨어진 곳에 해인이 쓰러져 있다. 우리가 어떻게 차 바깥으로 튕겨져 나왔는지는 기억나지 않는다. 언제부터 기절해 있었는지 함박눈이 몸 위에 쌓여있다. 나는 몸을 일으켜 해인에게 다가갔다. 해인의 얼굴이 새파랗게 질려있다.

해인이 나만 놔두고 이렇게 죽어서는 안 된다. 차라리 내가 깨어나지 말았어야 했다. 마지막 길을 끝까지 함께했다면 이렇게 후회하지 않았을 것이다. 내가 눈을 뜬 이상 해인을 이대로 방치할 수는 없다.

제발… 해인아… 나는 간절한 마음으로 빌었다. 해인은 살아야 한다. 미안하다 해인아… 정말 미안. 후진했을 때 그녀는 나에게 다가왔다. 난 후진을 하지 말았어야 했다. 나는 앞으로 달렸어야 했고, 해인은 뒷걸음으로 오는 나를 만나지 말았어야 했다.

해인이 신음 소리를 내며 눈을 게슴츠레하게 떴다. 나는 세상이 무너진 듯한 표정으로 해인을 내려다보았다. 나를 바라보던 해인의 눈이 점점 커졌다. 해인이 누운 채로 자신의 몸 여기저기를 만져보았다. 해인이 힘겹게 일어나 앉더니 다시 한 번 나를 망연히 바라보았다. 해인은 고개를 돌려 갯바위에 박힌 자동차를 힐끔 쳐다보았다. 이내 공허한 눈빛이 된 해인은 바다로 눈길을 돌렸다. 수평선 끝에 붉은 해가 걸려 있었다.

하루가 다시 시작되고 있다.

뫼비우스

이 남자, 선재는 수다쟁이가 됐다. 시도 때도 없이 나타나 나에게 잔소리를 해댄다. 나에 대한 참견 면허증이라도 취득한 사람 같다.

"해인 씨, 정말 이럴 거야? 밥 좀 먹어 밥!"

불고기 버거로 끼니를 대충 때우는 나를 그냥 보아 넘기지 못한다. 나의 눈치를 보던 과묵했던 선재는 그날, 그 바닷가에서 사라졌다. 대신 참견 많은 오랜 연인 같은 선재만 내 주변에서 어슬렁거린다. 언제 어디서든 그가 다가오면 나는 느낄 수 있다.

정독도서관 근방 가회동에 작은 방을 구했다. 아버지에게 노출된 전에 살던 원룸은 가까스로 정리했고, 봄기운이 완연해지면서 용기를 내 폴라리스 합창단도 다시 나가게 되었다. 노래를 다시 할 수 있게 된 것이다. 어렵게 허락을 구했지만 운이 좋았다. 기업의 후원을 받아 운영되는 합창단인데다, 사회에서 소외된 곳을 위주로 다니며 공연을 하는 곳이라 규율에 관대한 편이었다. 무엇보다 점점 실명이 되어가는 내 처지를 고려해준 덕분이었다. 회사에 병원 진단서를 첨부하기 위해 병원에 갔다. 물론 선재도 끈질기게 나를 쫓아왔다.

"왼쪽 눈은 고도 근시입니다. 오른쪽 눈은 거의 실명 상태입니다. 지금으로써는 회복이 불가능합니다."

의사의 말이었다.

"얼마나 더 볼 수 있을까요?"

"며칠? 몇 달? 그것은 장담할 수 없습니다."

박쥐가 되어버린 눈. 하지만 박쥐는 눈을 걱정하지 않는다. 시력이 거의 퇴화한 상태이지만 박쥐는 오히려 눈 밝은 생명체가 두려워하는 어둠 속을 훨훨 날아다닌다. 초음파는 박쥐의 생존전략이다. 남들은 들을 수 없는 초음파를 발사하고, 주변 사물에 부딪혀 돌아오는 파장으로 만물과 대화한다. 지독하게 어두워 한 치도 보이지 않는 세상에서 모두가 웅크리고 있을 때, 눈이 없다시피 한 박쥐는 가장 밝게 본다. 살기 위해 진화시킨 또 다른 눈으로….

"그래도 시도라도 해보세요. 수술!"

병원을 나설 때 내 귀에 대고 선재가 속삭였다.

"앞으로 더 무엇을 보아야 하죠? 그날 바닷가에서 허공을 날아올랐을 때 볼 것은 다 보았어요."

"국화차라도 마셔요. 실명을 조금이라도 늦출 수 있다면 뭐든 해봐야죠."

선재는 계속 채근했다.

"잔소리 그만해요! 회복이 힘들다고 같이 듣지 않았나요? 부탁인데 이제 내 곁을 좀 떠나줄래요?"

서운하게 들렸는지 선재가 사라졌다.

병원에서 특수 제작한 짙은 파란색 선글라스를 착용했다. 세상이 푸른 바다처럼 출렁였다. 사람들이 파도처럼 몰려왔다 빠져나갔다. 나는 태어나면서부터 왼쪽 눈은 지독한 근시였다. 산부인과 의사가 베체트병으로 실명이 된다고 경고했지만, 사실은 그전에 이미 엄마와 함께 교통사고가 났을 때 눈 부위에 외상을 입었다. 이번 사고로 다시 한 번 확인 도장을 찍은 것뿐이었다. 오래전부터 교정 수술이 불가능했기 때문에 크게 실망할 일도 아니었다. 이 남자는 알까? 처음 보았을 때 뒤주 앞에서 내가 서성이던 이유를?

* * *

엄마와 함께 당한 사고 이후로 시력이 떨어져 수술도 받아봤지만 효과가 없었다. 그때 이후로 나는 만지는 게 보는 것이었다. 얼굴을 사물에 들이대고 보는 게 창피했다. 나는 눈으로 대충 형태를 잡으면 손으로 만져서 확인했다. 그래야 안심이 됐다. 시간이 흐를수록 촉각이 예민해지는 것만큼이나 청각도 섬세해져 갔다. 노래를 부르면 눈을 열지 않아도 되기에 행복했다. 노래에 더욱 집착하게 된 것도, 그 순간이 내가 가장 온전하다고 느껴지기 때문이었다. 남들은 내가 시력이 나쁜지 전혀 눈치채지 못했다. 연기도 뛰어났기에 콤플렉스는 드러나지 않았다.

선재를 처음 본 그날도 나는 뒤주를 만져보고, 뒤주의 파동에 귀를 기울이고 있었다. 말로만 듣던 뒤주를 손으로, 귀로 소화하고 있는 중이었다. 아버지에 의해 죽임을 당한 사도세자의 삶이 예전부터 남다르게 느껴졌다. 그 좁은 어둠 속에서 숨을 거둔 그를 상상하면, 지금도 숨이 턱턱 막힌다. 생각만으로도 심호흡을 해야 한다.

선재가 나에게 말을 걸었을 때 작업이나 거는 놈팽이 인줄 알았다. 그래서 뒤주 속에나 들어가 보라고 받아친 것이다. 그런데 진짜 들어갈 줄은 몰랐다. 게다가 의외로 선재의 분위기가 진지했다. 한참을 뒤주에서 안 나오길래 똑똑똑 노크를 했고, 거기에 대답이라도 하듯 선재가 비명을 질렀다. 사도세자의 절규였다. 그때 이 남자도 나와 비슷한 종류라는 것을 느꼈다.

***

진단서를 합창단 사무실에 제출하고 오랜만에 동료들을 만났다. 이미 내 몸 상태에 대한 소문이 번졌는지 동료들은 저마다 걱정을 해주었다. 합창단 분위기는 예전 같지 않았다. 후원을 해주던 기업이 경영상 문제로 후원을 중단할 위기에 처해있었다. 회사가 구조조정을 하면 가장 빨리 손대기 쉬운 조직이었기에 분위기가 뒤숭숭했다. 합창단이 해체된다 해도 미련은 없었다. 지금 당장 무대에서 노래할 수 있다는 사실만이 중요했다.

요양원에 공연이 있었다. 공연하기 전에 할머니들을 만났다. 할아버지들은 무뚝뚝했지만, 할머니들은 달랐다. 할머니들은 먼저 말을 걸어온다. 하지만 대부분 공통으로 말씀하시는 것이 있었다. '우리 자식이 보낸 게 아니라 내가 자청해서 왔어….' 물어보지 않아도, 궁금하지 않았어도, 할머니들은 그 말씀부터 꺼내셨다. 누구를 보아도 먼저 튀어나오는 말. 그것은 가슴에 박혀있는 말일 것이다. 그렇게 고령에도 혹시 자식들에게 흠이 갈까 봐 그 변명을 안고 사는 분들이 할머니였다. 엄마였다.

간이무대에서 죽음을 가까이 둔 여자들… 다 해진 몸으로 아직도 자식을 품고 사는 늙은 엄마들 앞에서 노래했다. 그녀들의 치아 없는 잇몸이 보인다. 활짝 웃고 있다. 살은 다 닳아지고 고갱이만 남은 벌거벗은 웃음이다.

무대에 서면 예상외로 관객의 얼굴이 하나하나 다 보인다. 특히 감동적으로 듣는 관객은 눈에 더 잘 띈다. 진심이 끌어당긴다고나 할까. 낡고 닳은 몸을 가진 할머니들의 표정이 나를 물들인다. 그녀들의 삶이 전해진다. 오랫동안 잊히지 않을 것이다.

그날, 예술문화회관 정기공연 때 선재가 와 있음을 알고 있었다. 알함브라 궁전 카운터에서 그를 발견하고 깜짝 놀랐다. 카운터를 보던 남자와 선재는 바닥에 무엇인가를 찾느라 정신이 없었다. 그를 이런 곳에서 만날 줄은 생각도 못 했다. 모텔이라는 공간에서 갑자기 마주쳤기에 그를 아는 척 할 수 없었다. 그냥 지나쳤다. 그날 나는 아버지를 피해 장기투숙 할 공간을 찾고 있었다. 합창단에 생수를 배달하던 남자가 내 사정을 알고 자신이 묵고 있던 알함브라 모텔을 소개시켜 주었다. 장기투숙자는 파격적으로 할인을 해주는 곳이었다. 206호였다. 원래 살던 곳에서 마지막 짐을 빼오려고 들렀다가 아버지에게 붙들렸다. 선재가 구해준 보살 집에 가기 전까지 그곳, 알함브라 모텔 206호에 쭉 머물렀다.

모텔 카운터에서 선재를 발견하고 빨리 벗어나기 위해 발걸음을 재촉했다. 선재가 뒤쫓아 오고 있다는 것을 알았다. 누군가 나를 쫓는 것이 느껴졌고 그것이 선재일 거라 생각했다. 동료들이 타고 있던 승합차에 올라 백미러를 보았을 때, 택시를 급하게 잡아타는 선재의 실루엣을 느낄 수 있었다.

공연 내내 선재가 어디엔가 앉아 있을 것이라고 짐작했다. 그리고 노래하는 내내 선재가 앉아 있을 법한 좌석을 나도 모르게 찾고 있었다. 그날따라 왠지 누군가가 지켜보고 있다는 느낌 때문에 노래에 힘이 들어가고 긴장되었다.

'나의 사진 앞에 서 있는 그대 제발 눈물을 멈춰요. 나는 그곳에 있지 않아요. 죽었다고 생각 말아요. 나는 천 개의 바람. 천 개의 바람이 되었죠.'

수없이 불렀던 〈천 개의 바람이 되어〉라는 노래를 부르면서 그날따라 눈물을 참느라 혼났다. 마치 누군가가 천 개의 바람이 되어 나를 둘러싸고 있었기 때문이었다. 노래가 끝날 즈음 저 먼 곳, 귀퉁이에 앉아있는 선재라고 믿고 싶은 남자를 발견했다.

선재의 휴대폰을 찾아주면서 그의 연락처를 알게 되었다. 연락해볼까도 생각했었다. 뒤주에서 질렀던 그의 비명이 호기심을 일으켰고 하이힐에 사마귀가 짓밟혔을 때, 그가 침착하게 사마귀를 털어내고 다시 신겨준 하이힐이 참 편했다. 아버지가 나의 머리를 강압적으로 삭발했을 때도 불현듯 그가 떠올랐다. 그라면 날 구할 수 있을 것으로 생각했다. 날 피곤하게 하지 않을 것 같았다. 사실 그가 좀 바보스럽게 보이기도 했다.

그에게 문자를 보내고 나서, 날 구해줄 것을 생각하니 조금은 즐기는 기분이 되었다. 하지만 그가 나를 좋아하고, 다가서는 것은 싫었다. 나를 사랑하는 사람이나 가까웠던 사람들은 한결같이 나를 실망시켰다. 나를 배신하거나, 치명적인 아픔을 주었다. 언제인가부터 나와 나 아닌 사람들과의 관계는 멀지도 가깝지도 않은 불원불근不遠不近만큼의 거리가 가장 편했다. 그 거리에서 멀어지는 것은 내 힘으로 어쩔 수 없었지만, 가까워지는 것은 경계했다. 부담은 싫기에 사랑도 싫었다. 단지, 내가 손을 뻗었을 때 누군가에게 닿을 정도만을 바랄 뿐이다. 나는 상대의 손을 잡아줄 여유가 없다. 그러기에는 너무 내 숨이 가쁘다. 선재와 같이 멀지도 가깝지도 않으면서, 차라리 날 함부로 대하는 사람이 마음이 편했다. 서로 걸리적거리지 않는다. 선택은 언제나 그들이 아니라 나여야 한다.

아버지가 나를 찾아다닌다는 소식이 들렸다. 그에게 잡히면 이번에는 끝을 보고 싶다. 언제까지 집도 회사도 속여 가며 피해 다닐 수는 없다. 내가 다시 살아난 이유도 아직 할 일이 남아서 살아난 것이라는 생각이 들었다. 아버지와의 확실한 정리가 내 유예된 삶의 숙제였다.

양송이 해변에서 다시 살아난 이후로 많은 것을 다시 보게 되었다. 살아도 살뜰하게 살고 싶고, 죽더라도 햇살 같은 죽음을 맞이하고 싶다. 휘둘리고, 뒷걸음질 칠만큼 세상에서의 시간은 충분치 않다.

* * *

아버지라는 이름의 무게가 나를 짓누른 것은 태어나면서 부터였다. 그리 환영받으며 태어나지 못했고, 항상 그가 나를 밀어낸다는 기운氣運에 시달렸다. 엄마를 많이 닮아 아버지도 예뻐했다고는 하지만 그건 아버지의 방식일 뿐이다. 그에 대한 느낌은 두려움이나 불안이었다. 나에게는 늘 외부인이었다. 살가운 기억이 없다. 언제인가 독감 때문에 삼 일을 굶고 학교에 가려고 할 때, 그가 서울우유 200밀리 한 팩을 내밀었다. 무척이나 놀랄만한 사건이었다. 그 일은 지금까지도 유일하게 기억나는, 딸을 배려해준 행동이었다. 아버지가 준 그 우유를 먹지 못하고, 책상 서랍에 감추어두고 보기만 했다. 나중에 상해서 팩이 터질 만큼 부풀어 올랐을 때, 팩을 조금 열어 우유를 혀에 대보았다. 훅, 끼친 비린 냄새에 비위는 뒤집어졌고, 손으로 급히 입을 막았으나 여지없이 구토하고 말았다. 맛은 시큼했고 역했다. 몸에 좋은 우유였지만 내게는 그렇지 못했다. 아버지도 나에게는 그런 우유였다.

아버지만 생각하면 온몸과 마음이 꽉 막히는 기분에 빠진다. 숨이 막힌다. 생각만으로도 나는 뒤주에 갇혀 헐떡인다. 그가 어린 내 몸에 무슨 짓을 하였는지 한동안 알아챌 수 없었다. 의미를 알 수 없었다. 거북한 기억은 자동 회로처럼 끊어졌다. 감당할 수 없는 기억은 나도 모르게 가위질 되었다. 하지만 편집되어 버렸다고 믿었던 기억이 불쑥 치밀어오를 때면 나는 들개가 되어 온 도시를 킁킁대며 무릎걸음으로 기어야 한다. 나를 잊거나 무엇엔가 도취되기 위해.

그에게 서울우유를 받은 후부터는 그의 몸에서 상한 우유 냄새가 났다. 코를 들 수 없을 지경이 되었을 때, 숨이 막혀 죽느니 차라리 그를 죽이는 게 낫다고 생각했다. 하지만 그럴 힘이 없었다. 그를 떠올리면 가슴부터 떨리고, 온몸에 힘이 빠져서 서 있을 수도 없었다.

혼자 김밥을 싸기 위해 시큼한 단무지를 썰 때나 턱없이 싸 보이는 세일된 가격의 돼지고기 덩어리를 썰 때는 어김없이 머릿속에 그가 등장한다. 무딘 칼을 두 손으로 받쳐 들고 정성껏 숫돌에 갈 때면 내 머릿속은 조종되지 않는 무선 헬리콥터처럼 뒤죽박죽이 되었다. 그가 자꾸 나를 부른다. 엄마의 이름을 부르며 보챈다. 엄마의 이름이 불리면 그때부터 나는 분리되어야 했다. 나도 엄마도, 아이도 어른도, 여자도 딸도 아니면서 또한 모두가 되는 역할극을 해야한다. 혼자만의 모노드라마는 상영되고, 상영이 끝나면 나는 칼을 갈았다. 내 분리된 역할들이 원하는 것은 독약 따위로 깔끔하게 끝낼 것이 아니라 칸딘스키의 추상화처럼 예상할 수 없는 막춤을 그릴 수 있는 칼을 요구했다. 그의 몸 안에 묻어있을 나의 체취와 체액을 모두 긁어내고 도려내야 한다. 체액이 물감처럼 흩뿌려지고, 추상적인 파열의 끝이 그에게 어울린다고 생각했다. 언젠가 선재와 함께 왕의 무덤을 보았을 때, 사마귀를 털어내고 하이힐을 다시 신으며 이런 생각이 들었었다. '두려워하는 마음이 크면 클수록 거기에 비례해서 두려움의 대상을 처참하게 죽일 수도 있을 것'이라고.

작은 몸이 큰 몸이 되면서 시간은 흘렀고 아버지 머리에서 흰머리가 보였다. 칼끝은 그의 살을 뚫지 못했고, 나의 심장 근육을 찢고 나오던 거친 비명은 잦아들었다. 어느 순간, 아버지에게 겨누어졌던 칼끝이 나를 향했다. 그것이 쉬워서였을까? 나를 짓밟아서 아버지를 아프게 하는 우회적인 전술로 바뀐 것일까? 그를 이해하기 위해, 별것 아닌 일이었다고 시치미를 떼기 위해, 나의 몸뚱이를 매대賣臺에 올려놓아 버린 것일까?

나를 정신병원에 두 번이나 집어넣은 아버지는 진심으로 내가 문제라고 생각한 걸까? 혹시 자신을 정상으로 만들기 위해 나를 '정신 이탈자'로 낙인찍으려는 것은 아니었을까? 거꾸로 된 세상을 정상으로 보이게 하기 위해 마술적인 디즈니랜드를 만들어 놓는 것처럼 말이다. 아니면 침대 위에서 자신은 되고 다른 남자는 안 된다는 갚잖은 질투심의 발로였을까. 그래서 협박용으로 나의 정신을 사육하려든 것일까? 그의 심리는 도무지 헤아려지지 않았다. 가늠은커녕 섬뜩하리만치 딴 세상 사람을 보는 것 같았다. 나에게는 일인다역의 모노드라마와 의문을 가지는 자유만 허용될 뿐, 정작 그에 대해서는 어떤 이해와 논리도 접근할 수 없었다.

그때 내가 세상에 버티기 위해 선택한 것이 바로 '보여 지는 자'가 아니라 '보는 자'가 되는 것이었다. 보는 자가 되려면 먼저 자신의 말과 행동을 스스로 허락해야만 가능한 일이었다. 그때야 타인의 눈을 마주 볼 수 있다. 어둠 속을 나는 박쥐의 또 다른 눈이 되어야 했다.

뱃속의 허기는 뜨거운 밥 한 공기를 찾으면 되듯, 존재의 허기는 퍼덕이는 살들과 열기를 찾으면 되었다. 푸득대며 섞이는 살들이 주는 나른한 열기는 휴식과 여유를 주었다. 냉기에 얼어붙은 살과 뼈에게 생의 의지라는 호르몬을 생성시켰다. 설혹 암컷과 수컷의 몸부림이 MSG와 같은 인공조미료를 삼키는 행위일지라도 기꺼이 내 몸을 맡겼다. 내 살을 빨고, 핥던 많은 혀들은 오싹한 쾌감과 나의 가치를 확인시켜 주었다. 살기 위해서는 차라리 중독도 사치였다. 인위적으로 주입 당한 파멸의 에너지라고 할지라도, 그 순간만큼은 이 세상 무엇보다 스릴과 평안을 주었다.

생의 의지를 주입하는 주기는 점점 짧아졌고, 중독은 심각해져 같지만 들개가 되어 떠도는 순간들이 모이면 이 세상에 머무는 시간이 조금 더 길어진다. 많은 남자들이 나의 배꼽에 열기를 불어넣어 주면서 아버지의 상한 우유 냄새도 조금 희석되는 것 같았다. 하지만 그에 비례해 세상 남자들의 상한 냄새가 코를 찔렀다.

들개가 되어 허기진 다른 많은 남자를 만났지만 결국 아버지와의 기억을 다 가셔내지 못했고, 무화되지도 않았다. 어느 순간 중독된 습관으로만 남은 게 아닌가 하는 불안이 괴롭혔다. 발정 난 암수가 모여 상처를 명분으로 침대 위에서 서로를 찢고 발기고 한 짓에 불과한 것은 아니었나 하는 자괴감. 진실로 살기 위한 몸부림이었는지, 주체할 수 없는 화냥기 탓이었는지 알 수 없을 지경에 이르렀다.

하루에도 수없는 자기 합리화와 함께 수치의 칼끝이 목줄을 겨누는 날들이었다.

조금 더 세상에 남고 싶은 욕심에 아버지와의 조우는 바라지 않는다. 하지만 만나게 된다면 어떤 파국에 이를지라도 결론을 맺고 싶다. 그뿐이다

선재가 보고 싶다. 아버지를 떠올리면 바보 같은 선재가 그립다. 하지만 그가 언제 올지 아무도 모른다. 어쩌면 다행일지도 모른다. 선재가 없을 때 외출을 감행해야겠다.

도시의 냄새는 늘 자극적이다. 충동을 부른다. 굳이 충동을 억누를 필요도 느끼지 못한다. 가회동에서 정독도서관 옆길을 타고 덕성여고를 거치고 인사동 쌈지길과 탑골공원을 지나, 청계천 삼일교 밑으로 해서 전태일 다리까지 다녀올 생각이다. 한 시간 거리다. 전태일의 반신부조는 올려다보는 동상이 아니어서 좋다. 그가 분신한 자리에 설치된 표식 위에 두 발을 모으고 서면 아찔하다. 타오르는 불꽃에 진저리쳤을 그. 엄마가 자주 불렀던 꽃다지에 나오는 노랫말처럼 캄캄한 창살 아래 몸 뒤척일 힘조차 없어 보이는 촌스러운 남자. 나는 그의 반신부조 앞에 서서 그의 볼을 만지고 올 것이다.

인사동 모텔로 들어가는 길목쯤을 지나칠 때였다. 도로에서 낯익은 소리가 들렸다.

"하이, 해이 씨!"

깜짝 놀랐다. 선재였다.

"좋아 보이네요?"

"아뇨. 잘못 짚었어요."

"안 좋은 일 있어요?"

"오랜만에 집에 들렀는데 어머니와 유아가 단단히 화가 난 것 같아요. 어머니는 케어 해달라는 말씀도 안 하고 방문을 걸어 잠가 버리시고, 유아도 본 척 만 척이네요. 굉장히 열 받더라고요. 그래서 나도 내 방에 틀어박혀 잠만 자다가 나와 버렸죠."

"잘 참았네요. 앞으로도 쭉 잘 참길 바래요."

"그런데 지금 모텔에 가던 중 아니었죠?"

심각한 목소리의 선재를 보니 웃음이 나왔다.

"예전처럼 편의점 앞에서 나 나올 때까지 기다릴래요?"

* * *

선재가 나의 공연을 보고 뒤쫓아 온 날, 나는 체크무늬 남방을 입은 한 남자와 모텔로 향했고, 그가 샤워하는 사이 모텔 이 층 창문에서 선재를 지켜보았다. 선재는 피크닉 테이블에 앉아 캔맥주를 마시고 있었다. 나를 기다리는 선재가 무척 쓸쓸해 보였다. 더 이상 지켜볼 수가 없어 피크닉 테이블로 나가자 선재는 기뻐 어쩔 줄 몰라 했다. 그때 '자기가 피크닉 테이블에 있다는 것을 알고 있었느냐'고 그가 반색하며 물었을 때, 나는 그의 눈빛을 느꼈다. 나를 마치 하늘에서 내려온 천사처럼 여기는 눈빛이었다. 테이블 위에 맥주를 놔두고 다시 모텔로 들어왔을 때 체크무늬는 자존심이 상해있었다. 내가 피크닉 테이블에 가서 다른 남자와 있었던 것을 그도 이층 창문에서 지켜보고 있었던 것이다. 그는 자존심이 강했다. 하지만 욕정을 참고 분노 때문에 돌아설 만큼 절제력이 강하지도 않았다. 욕정도 해소하면서 자존심도 지키려는 욕심을 부렸다. 화를 내며 나에게 달려드는 것을 나는 허용할 수가 없었다. 단호하게 거절했을 때 체크무늬는 비굴한 자세를 취했다. 내 앞에 무릎을 꿇고 빌다시피 나를 달래려 했고, 협박까지 간간이 곁들여가면서 나의 다리 밑을 열어보려고 애썼다. 순식간에 흥미는 식어갔고, 나는 그를 자극하고 말았다.

"낑낑대면서 구걸까지 하니 이 비굴한 자식아! 차라리 떳떳하게 한 번 해 달라 그래! 안 해주면 주먹을 날려보던지!"

그때 체크무늬 샌님의 주먹이 내 왼쪽 눈으로 날아들었다. 그리고 그때 그가 한 말이 기가 막혔다.

"이제 됐지? 한번 해 주세요!"였다.

에이, 칠득이 같은 새끼! 나는 그 자리에서 체크무늬의 엉덩이를 발로 차주고 가방을 들고 나왔다.

선재에게는 처음 본 사람이라고 거짓말을 할 수밖에 없었던 금팔찌를 한 생수 배달원이나 체크무늬는 내가 원하는 남자와는 거리가 멀었다. 나를 제대로 하찮게 대할 수 있는 남자는 아직 만나지 못했다. 나로 하여금 자발적으로 몸을 열게 한 남자는 없었다. 내 허기에 스스로 무너져 동정하듯 남자를 잠시 받아들여 주었을 뿐, 집착 없이 자연스러운 하찮음을 구사할 수 있는 남자는 어디에서도 발견하지 못했다. 어쩌면 영원히 만나지 못할 것이라는 사실을 알고 있는 내가 더 두렵다.

왼쪽 눈두덩이 부은 나는 담 모퉁이에 몸을 숨기고, 선재를 지켜보았다. 선재 앞의 테이블에 빈 캔이 두 개에서 다섯 개로 늘어갔다. 그렇게 쌓여가는 데도 선재는 자리를 뜰 생각이 없어 보였다. 붕대를 붙인 눈두덩을 보여주고 싶지는 않았지만, 선재의 태도로 봐서 테이블에 한가득 빈 캔이 쌓인다 해도 일어설 것 같지 않았다. 할 수 없이 그에게 다가섰다. 바보 같은 선재는 여전히 감동적으로 반가워했다. 선재는 주먹에 얼어터진 눈을 보고 다친 나보다 더 화를 냈다. 그런 선재를 보고 시치미는 뗐지만 기분은 나쁘지 않았다.

나를 여신으로 바라보는 그에게 님포마니아에 대한 이야기를 되도록 빨리해야겠다고 결심했다. 그래서 택시를 잡아주려던 그에게 독하게 이야기했다. 차라리 그날 그가 돌아서길 바랐다. 상처가 깊은 연인들의 사랑은 자칫 서로를 할퀴며 비굴한 동물이 되어갈 수 있다. 되도록 빨리 서로의 바닥을 알아야 한다. 덜떨어져 보이는 그에게도 더 큰 상처를 주지 않는 방법이었다.

그럼에도 그가 나를 원하는 마음은 생각 이상이었다. 그것이 확인되자 나는 더욱 조심스러워졌고, 휩쓸리지 않으려 했다. 그날 강한 예감이 들었다. 이 사람과 섹스를 나누는 순간, 우리는 서로 멀어질 것이라는 예감이었다. 그의 존재를 더 느끼고 싶다면 서로에게 더 냉정해져야 했다.

* * *

"함께 들어가겠습니다."

"정말요?"

"해인 씨와 잠시도 떨어져 있고 싶지 않아요."

"제가 불편해 할 것은 생각 안 해요?"

내 말에 선재는 말문이 막혔다. 나는 또 슬며시 웃음이 새 나왔다.

"당신이 불편해도 어쩔 수 없어요!"

선재가 결심한 듯 말했다. 해변 도시의 천변에서 곧잘 나를 기다리던 선재가 변했다. 나는 모텔 골목을 그냥 지나쳐 청계천 삼일교 쪽으로 발걸음을 옮겼다. 주말이라 여기저기서 사람들의 웃음소리가 내 어깨 위를 타고 넘었다.

징검다리가 시작되는 조경 바위에 누군가 흰 운동화를 기대놓은 것이 눈에 띄었다. 개천에 빠졌던 것을 햇볕에 말리고 있는 모양이었다. 바위 옆쪽으로 한 여자가 청바지의 바짓가랑이를 걷어붙인 채 앉아있었다. 그녀가 앉아있는 바위 주변에는 푸른 이파리를 단 꽃들이 함초롬히 피어 있었다.

길은 이야기를 만들고, 사람을 추억하게 한다. 길가의 운동화를 보니 파주 금촌 산부인과의 화단이 떠올랐다. 그곳에서 '야생화가 피는 신발'에 대해 선재와 이야기를 나누었다. 사실 그날 산부인과에 선재를 데리고 간 것은 우발적인 일이 아니었다.

* * *

늦가을, 벚나무 이파리는 나날이 붉어져 갔고, 나는 선재를 은근히 기다리고 있었다. 그는 다시 찾아왔고, 나는 그가 다시 찾아올 줄 알았다. 충분히 예상할 수 있는 일이었다. 그가 오면 벼르고 있던 산부인과를 가보기로 마음먹고 있었다. 걱정 때문에 불면에 시달렸지만 혼자 갈 용기는 없었다. 두려웠다. 다행히 병원에서 음성 판정을 받았다.

내가 그와 함께 병원에 가려 했던 이유는 또 있었다. 만약 그가 산부인과까지 흔쾌히 따라와 준다면 나의 색정증쯤은 그에게 별문제 되지 않은 일이 된다. 확인이 꼭 필요했던 일은 아니지만 그 정도 일까지 함께 겪을 수 있다면, 앞으로도 웬만한 일쯤은 상처받지 않고 웃어넘길 수 있지 않을까 싶었다.

한 남자와 엮이는 일은 무척 두려운 일이다. 나에게는 아주 큰 결심을 하게 하는 일이었다. 함부로 다가섰다 상처받는 일은 혀를 깨물고 싶을 만큼 끔찍한 일이었다. 신중해야 했다.

그날 병원에 간 이후로 그에 대한 경계는 누그러져 갔다. 남의 아이를 가진지도 모르는 여자와 산부인과에 함께 간다는 것, 게다가 남편 역할까지 기꺼이 해준다는 것은 쉬운 일이 아니었다. 하지만 그의 진심이 느껴질수록 그에 비례해 불안감도 커졌다. 그의 마음을 온전히 받아주어야 하는 상황이 다가오기 때문이다. 그런 상황은 왠지 도망치고 싶다. 무겁고 낯설다. 깊은 속에서는 사랑을 받고 싶어 했지만, 막상 사랑을 하려면 겁에 질려 끊임없이 두리번거리며 다가가지도 도망가지도 못하고 헤매는 사람이 나였다. 언제나!

그날 내가 강변대로에 내려서 혼자 가려 했을 때 그가 도어 록을 걸고 합정동까지 강제적으로 태우고 갔다. 내 뜻대로 따라주었던 그였기에 그 모습에 내심 놀랐다. 그날 그가 많이 고마웠지만, 내색하지 못하고 쌤쌤이었다는 말밖에 할 수 없었다. 합정동에서 하차하고 홍대 쪽을 향해 걸어가고 있었을 때, 그가 던진 한마디가 끝내 나를 울렸다. '떡볶이가 생각날 때면 언제든지 연락 달라'는 그 말… 왜 그렇게 눈물이 쏟아지던지…. 뒤돌아서 가는 내내 눈물이 멈추지 않아 그와 통화 중에 아무 말도 할 수 없었다. 그냥 전화를 끊는 수밖에 없었다.

* * *

전태일의 옷깃을 바로잡아주고 집으로 다시 돌아오니, 늦은 점심을 먹어야 할 시간이었다. 날이 갈수록 외출이 쉽지 않다. 오늘도 청계천 횡단보도 앞에서 자동차에 치일 뻔했다. 오토바이나 자동차는 살아있는 야생짐승처럼 항상 덮치려 한다. 집에서도 물건이 항상 있어야 할 자리에 없으면 부딪치거나 발에 걸려 넘어지기 일쑤였다.

요즘 합창단도 예전 같지가 않았다. 공연이 눈에 띄게 줄었다. 재정적인 받침을 해주던 기업이 후원을 중단하려 했기 때문이다. 그렇게 된다면 합창단은 해체의 수순을 밟아야 한다. 사회의 소외된 곳을 찾아다니며 용기와 사랑을 불어넣자는 것이 창단 정신이었지만, 이젠 거꾸로 실직과 소외의 대상이 될 처지였다.

회사에서는 되도록 혼자 점심을 먹는다. 동료들은 함께 먹자고 하지만 그들 앞에서 식사하기가 쉽지 않다. 반찬을 흘리는 경우가 부쩍 늘었다. 오늘처럼 혼자서 식사를 할 때면 긴장이 덜 되는 편이지만, 많은 수의 동료들 앞에서는 자꾸 실수하게 된다.

패스트푸드점에서 사온 베이컨 토마토 디럭스와 프렌치 프라이를 꺼내 식탁에 올렸다. 음식물을 흘리는 것이 싫어 자꾸 햄버거를 찾게 된다. 물론 설거지를 할 필요도 없다. 언제부턴가 밥 먹을 시간이 되면 선재가 생각난다.

* * *

양송이 해변에서는 선재가 해주는 밀가루 음식으로 포식했다. 끼니마다 명주 조개 칼국수에 김치말이 국수, 스파게티에 알알한 눈물 떡볶이까지 못 하는 게 없었다. 내가 씩씩대며 먹는 것을 선재는 그윽한 눈으로 바라보았다. 나 또한 맛있게 먹는 나를 누군가 행복한 눈으로 바라본다는 사실이 가슴 뿌듯했다. 행복한 눈을 느끼며 먹는 음식은 깊고 달콤하다.

선재가 제일 섹시해 보일 때는 유목으로 목기를 만들 때와 음식을 조리할 때였다. 선재는 두 가지 일 모두 다 지독하게 몰입했다. 내가 말을 붙여도 못 알아먹거나, 옅은 미소만 지을 뿐이었다. 그때는 나라는 사람은 안중에도 없었다. 나는 댓돌에 앉아 햇살 바라기를 하고 있고, 그는 유목을 다듬느라 땀을 흘리고 있을 때면 참 좋았다. 유목을 다듬는 선재를 바라보고 있노라면 가슴 속에 무엇인가가 부챗살처럼 싸아하게 퍼져 나갔다. 행복인지, 뿌듯함인지 모를 따스함이었다. 그럴 때면 햇살 너머 보이는 선재와 오랫동안 함께 살아도 참 좋을 것 같다는 희망이 언뜻 스치고는 했다. 하지만 그런 내 마음을 선재가 알 리가 없었다. 선재는 참 둔했다. 내 눈빛과 말투에만 전전긍긍했지 그 안에 숨은 여백은 전혀 눈치채지 못했다. 바그다드 모텔에서 한 여자와 나란히 로비에 앉아 나를 맞이했을 때는 차라리 귀여운 생각이 들었다. 아무 눈치가 없어 미워할 수 없는 아이 같은 남자. 철이 없어 큰소리도 쳐주지 못하고 그냥 고개 끄덕여줘야 하는 철부지 사내. 선재는 나에게 엉뚱한 아이였다.

바그다드 모텔의 로비에서 만난 그날, 로비에서 본 여자는 선재와 잘 어울렸다. 멋지게 어울려 보이는 만큼 나는 냉정함을 유지해야 했다. 늘 곁에 끼고 있던 인형의 고마움을 모르다가, 갑자기 남의 손에 내 인형이 들려있을 때 느끼는 당황이라고 할까. 갑자기 그 인형을 다시 빼앗아 오고 싶은 기분. 당황스러웠다. 열쇠만 가까스로 빼서 검지에 걸고 태연한 척 빙빙 돌리며 여유를 부렸다. 내 뒷모습을 바라보고 있을 선재와 여자가 의식되어 휘청일 수도 없었다. 오만하게 스텝을 유지하고 방으로 들어왔지만 가슴은 떨렸다. 열쇠를 집어 던지고, 그 자리에 누워 아예 눈을 감아버렸다. 자꾸 떠오르는 두 사람을 가위질했다. 물론 기억이 편집되었다고 스스로 착각하는 것이었지만, 신경 퓨즈가 나가기 전에 대처할 수 있는 유일한 방법이었다.

그날 선재가 그녀와 함께 외박하고 올 줄 알았다. 혼자 힘겨운 운전을 하고 들어가야 할 것으로 생각했다. 그런데 멀리 자동차 근방에서 서성이는 선재가 보였다. 의외였다. 그날 유난히 선재가 참 반갑고 예쁘게 보였다. 키다리 아저씨가 서 있는 느낌? 하마터면 반가워서 뛰어갈 뻔했다. 한참을 숨어서 선재를 바라보았다. 크리스마스가 가까웠고 캐럴은 도시 여기저기서 흘러나오는데 내가 나오기만을 기다리는 선재를 보니, 참 근사한 기분이 들었다.

선재는 나를 보자마자 여전히 함박웃음으로 나를 맞이했다. 그런 선재가 고마워 내 가슴에도 저릿하게 전기가 흘렀다. 그리고 한 가지, 선재는 내가 웃을 때 가장 행복해했다. 그가 웃을 때는 거의 내가 먼저 웃은 뒤였다. 그 사실을 뒤늦은 그날에서야 알게 되었다.

마음이 눕는 의자

햄버거를 거의 먹어갈 때쯤이었다. 휴대폰 벨이 울렸다.

"여보세요?"

상대편은 말이 없었다. 순간, 심장이 쿵 하고 내려앉았다. 발신자는 입을 열지 않았다. 그렇다고 함부로 끊을 수도 없는 기운이 느껴졌다. 상대는 침묵 그 자체였지만, 나는 짐작할 수 있었다. 그였다.

아·버·지

분명 그의 냄새가 난다. 익숙한 기시감이 스치는 그의 패턴이다.

"여보… 세요?"

나는 다시 한 번 떨리는 가슴을 누르며 상대를 확인하려 했다.

"한번 만나자!"

그의 목소리였다. 아버지였다. 어떻게 세컨드 폰의 번호까지 알았는지 알 수 없었다. 회사에도 이 번호는 알려주지 않았다. 하지만 아버지는 늘 그래 왔으니까. 언제나 불가사의한 능력을 보이는 남자니까. 원래부터 상상을 여지없이 무너뜨리는 사람이었으니까.

한 입 정도 남은 베이컨 토마토 디럭스를 마저 먹을 수 없게 됐다. 반 이상 남은 프렌치 프라이도 눅눅해질 때까지 먹을 수 없을 것이다.

그와 드디어 만나야 한다. 만난다고 생각하니 그를 꼭 만나야 하는 이유가 뭘까? 라는 생각이 꼬리를 문다. 벌써 나는 뒷걸음질 칠 준비를 하고 있다. 이 생각을 가위질해야 한다. 난 끝을 보아야 한다. 질긴 악연을, 능글거리며 차오르는 구토의 메스꺼움을, 분열의 자학을 멈추어야 한다.

신경에 날이 선다. 날카롭게 벼려진 신경이 눈을 쿡쿡 찌른다. 눈이 부셔 눈꺼풀이 바르르 떨린다. 까칠해진 안구에서 건조한 눈물이 흘러나온다. 눈이 더 멀기 전에 꼭 해야 할 일이 있다. 다른 어떤 도구도 그에게 어울리지 않는다. 오직 하나, 추상화를 그려낼 칼이 필요하다.

버릇처럼 칼을 찾았다. 늘 바늘과 실처럼 나를 따라다닌 보닝 나이프Boning knife였다. 20센티 정도 되려나? 고깃덩어리의 살과 뼈를 분리할 때 사용하는 칼이다. 칼날이 곡선이라서 예쁘고, 손잡이 면적이 작아 움켜쥐기가 편했다. 손이 작았던 어렸을 때부터 선호하던 칼이었다. 너무 자주 움켜쥐어 칼의 나무 손잡이도 번들하게 길이 나 있었다.

주방 앞에 신문지를 깔고 숫돌을 놓았다. 엄마가 죽고 나서 가끔 혼자 반찬을 만들 때면 눈물이 났다. 칼까지 잘 썰리지 않을 때는 정말 화가 났다. 애꿎은 도마만 난타하고는 했다. 숫돌에 칼을 갈 줄 알게 되면서 어른이 된 것 같았다. 칼날이 날카롭게 벼려지면 가슴이 두근댔다. 아무 힘도 없는 연약한 아이에게 들려진 칼은 상상 이상으로 큰 힘을 주었다.

맑은 물 한 그릇을 떠다가 칼 몸 위를 적셨다. 칼날을 숫돌 위에 누이고 밀고 당기기를 반복했다. 칼날이 미끈한 돌 위를 미끄러지며 허스키한 휘파람 소리를 냈다. 어려서부터 나를 위안해 주는 소리였다.

휘파람 소리를 들으니 많은 상념이 스쳐갔다. 처음에는 수없이 많은 남자와 살과 땀을 섞으면 섹스 따위는 별것 아닌 행위가 될 줄 알았다. 하찮은 몸짓에 불과한 것으로 만들고 싶었다. 그러나 그는 아버지였다. 연인과의 상처라면 그런 방법이 통했을지도 모른다. 하지만 그는 연인이 아니었다. 내 몸에 반 이상을 만든 제조자였다. 거역할 수 없는 조물주였다. 이제 그를 마지막으로 만나고 나면 더 이상 자꾸 자라나는 손톱을 걱정하지 않아도 된다. 손톱을 자르기 위해 들개의 코를 도시의 콘크리트 모텔에 처박지 않아도 된다. 모텔 시트에 범벅된 싸구려 페브리즈 향을 그만 맡아도 좋다. 손가락을 잘라 버리면 손톱은 더 이상 자라지 않을 것이라는 기대….

"해인 씨, 내가 갈게요!"

선재였다.

"언제부터 와 있었죠?"

칼에 집중하느라 선재가 다가온 줄도 몰랐다. 선재가 줄곧 지켜보고 있었나는 사실에 은근히 화가 났다.

"당신, 이러지 말아요. 내가 해결할게요!"

선재가 내 귀에 대고 또렷이 말했다.

"날 방해하지 말아요. 내 눈이 빛을 완전히 잃어버리기 전에 마지막으로 해야 할 일이에요! 시간이 얼마 남지 않았어요!"

"차라리 당신이 앞을 보지 못한다면 좋겠어요. 최소한 칼은 들지 못할 테니!"

"눈앞이 안 보이면 그때는 이 칼끝이 누구를 향할까요?"

"……."

"해피엔딩으로 끝날 것 같아요? 천만에! 이 칼끝은 내 심장이라도 찢고 말 거야! 벼랑 끝에 선 사람은 움직임을 멈추는 순간 중심을 잃고 추락하게 되거든? 이 칼은 콘크리트 벽에라도 꽂혀야 엔딩이 된다구!"

"내가 도울게요! 제발 그만 해!"

"당신은 날 도울 수 없어!!"

나는 감정이 격해져 소리쳤다. 아버지에 대한 분노가 선재에게 전이되었다. 선재의 말이 툭 끊겼다.

"미안해요"

선재에게 할 이야기가 아니었다.

"왜 내가 해인 씨를 도울 수 없다는 거예요? 아직도 내가 거추장스럽나요?"

"도울 수… 없어… 선재 씨는….""

내 목소리가 심하게 흔들렸다.

"왜죠?"

"당신은… 영혼이니까!"

"……."

"죽은 사람이니까!"

"……."

죽·은·사·람!

선재는 말을 잃었다.

"미안해요… 내 곁에 머무는 것은 좋지만… 선재 씨도 언제까지나 혼란 속에서 살 수는 없잖아요."

양송이 해변 사고 이후로 선재가 다가오면 금방 느낄 수 있었다. 그가 다가오면 목덜미는 서늘해지고 갯벌 냄새는 진동한다. 그는 언제나 갯벌 냄새와 함께 온다. 그리고 그는 투명인간이다. 그날 그 바닷가 갯벌에서부터 그는 투명인간이 되었다. 그는 투명한 몸을 가지고 나와 더 가까워지기 위해 내 곁에 머물고 있다. 그는 나에게 죽은 영혼이 아니라 인간이다. 투명한 인간.

"거짓말! 아무리 내가 미워도 어떻게 그런 말을 할 수 있지?"

가당치도 않다는 선재의 말이었다.

"선재 씨… 이 나이프를 들어봐요."

나는 보닝 나이프의 날을 잡고 손잡이 쪽을 선재가 있을 방향으로 내밀었다.

"할 수만 있다면… 이 나이프로 날 해쳐봐요."

내가 말하는 중에도 선재는 계속 칼을 잡아보려고 애쓰는 것 같았다.

"내가 당신을 찌를까요? 텅 빈 허공을 향해?"

나는 나이프를 던져버리고 책상으로 가서 책꽂이에 얹혀있던 스크랩북을 꺼내 들었다. 아버지가 오래전에 스크랩해 놓은 기사들과 최근에 내가 추가해 놓은 기사들이었다. 거기서 기사 몇 개를 꺼냈다.

첫 번째 기사는 16년이나 지난 오래된 기사였다. 스크랩된 기사의 날짜는 1999년 12월 26일 자였다. 한편에서는 컴퓨터 인식 오류인 Y2K와 세기말 공포를 이야기했고, 또 다른 편에서는 새천년 밀레니엄을 맞이하느라 전 세계가 축제와 흥분으로 들끓던 때였다.

사회면 기사에는 교통사고로 반파된 자동차 사진과 함께 모녀의 이야기가 실려 있었다. 헤드라인은 '크리스마스 선물이 재앙으로'였다. 엄마는 그 자리에서 즉사했고, 아홉 살짜리 소녀는 혼수상태에 빠져있다는 내용이었다.

"사고가 난 날 제 기억으로는 분명 차 안에서 정신을 차렸어요. 그리고 엄마는 물구나무를 선 채, 눈을 부릅뜨고 있었구요. 입술을 움직여 제 이름을 계속 불렀어요. 저는 무섭다기보다는 마술 같은 일이 벌어졌다고 생각했거든요. 기억이 또렷해요. 그런데 신문기사에서는 엄마가 처참하게 손상되어 그 자리에서 즉사했고, 보조석에 있던 저는 계속 혼수상태였다는 거예요. 어떤 것이 진실인지는 모르겠어요. 아버지도 내가 한 달 만에 깨어났다고 했는데, 저는 믿겨지지 않아요. 엄마의 장례식도 보았거든요. 혼수상태였다는 말은 그들이 지어낸 말 같아요."

1999년 12월 26일 자 신문 기사 위에 2014년 12월 26일 자 신문 기사를 올렸다. 사회면 한쪽에 사진이 한 장 실려 있었다. 눈에 익은 풍경이었다. 함박눈의 심장으로 쏘아져 들어간 자동차가 하늘에서 곤두박질쳐서 최종적으로 움직임을 멈춘 장소였다. 갯바위에 처박힌 선재의 자동차 사진. 그 위의 헤드라인이 '빙판길, 죽음을 부른 질주'였다. CCTV를 근거로 한 이 기사에서도 여전히 운전자는 즉사했고, 보조석에 있던 동반 여성은 행방불명으로 나왔다. 어디서도 시신을 찾지 못해 인근 바다를 수색 중이라는 내용이었다.

"그날 난 당신이 아니었으면 깨어나지 못했을 거예요. 너무너무 추웠어요. 눈 속에 파묻혀 그대로 얼어 죽었을 거라구요. 당신이 그때 계속 미안하다고, 깨어나라고 외치는 소리가 꿈결처럼 들렸어요. 그러더니 머릿속 어딘가에서 빨간 전구가 반짝 켜지고 눈이 탁 떠지더라구요. 그런데…."

"그런데 어떻게 됐죠?"

"당신의 목소리는 들리는데… 투명했어요. 아무것도 안 보였어요. 저는 직감했죠… 나를 깨우는 사람이 영혼이었다는 사실을 말이에요. 놀랍고 슬펐어요. 차라리 저도 깨어나지 않았으면 괜찮았을 텐데… 당신은 계속 후회했어요. 뒷걸음으로 왔던 당신을 내가 만나지 말았어야 했다고 말이에요. 당신은 자신이 영혼이라는 사실도 모른 채 저만 걱정했어요. 너무 천진하게 나에게 딱 붙어서 떨어질 줄 몰랐죠. 해는 수평선에서 떠오르는데… 또 하루가 그렇게 시작되는데… 너무 난감하고… 당황스럽고… 당신이 불쌍하고… 해서 목만 자꾸 메고…."

"그때 이미 내가 죽은 뒤였다고요? 지금도 이렇게 살아 있는 날… 어떻게 죽었다고 할 수 있죠?"

"나도 믿기지 않는 사실이 많아요. 지금 그 기사에서는 당신은 즉사했고, 나는 행방불명이라는데 우리 두 사람은 그날 그렇게 살아서 당신은 날 살렸고, 나는 분명히 떠오르는 태양을 보았거든요. 그리고 새로운 하루를 맞이했고요. 어떤 게 진실인지는 지금도 모르겠어요. 기사가 맞는 건지… 아니면 우리의 기억… 지금 이 순간… 이 자리를 믿어야 하는 건지…."

선재나 나나 스크랩 기사에 나오는 두 번의 사고에서 자유로울 수 없었다. 서로 안 보이는 끈으로 연결되어 긴밀하게 영향을 주고받을 수밖에 없었다. 중요한 것은 사실과 기억, 현실과 환상이 여전히 우리를 둘러싸고 있다는 사실이다. 구태여 사실과 현실만을 찾거나, 밝혀내고 싶은 마음은 없다. 사실과 기억, 현실이나 환상마저도 통째로 내 삶의 일부분이라는 것과 그 혼란마저도 고스란히 허용해야만 한다는 것.

두 기사의 공통점은 똑같이 12월 25일, 크리스마스에 난 교통사고였다. 그리고 보조석에는 모두 내가 타고 있었다. 운전석에 앉아있던 사람들은 그 당시 내게는 가장 소중한 사람들이었다. 그러나 무참하게도 내가 마음을 주었던 두 사람은 모두 죽음에 이르렀고, 나만 구사일생으로 생존했다. 우연치고는 무서운 일이었다.

15년을 주기로 엄마와 선재를 잃었고, 나는 부쩍 어른이 되어 있었다. 첫 번째 사고는 나를 절망에 빠트려 몸과 마음을 꽁꽁 묶어 놓았지만, 두 번째 사고는 제법 의연하게 대처하게 되었다. 세월은 흘러도 세상은 조금도 변하지 않는다. 단지 어떤 사건에 대해서 쉽게 흥분하지 않고 조금씩 무감각해져 갈 뿐이다.

자신의 기사를 본 선재는 큰 충격에 빠졌다. 내 귀에 바짝 붙어 양송이 해변의 기억에 대해 세세하게 이야기했고, 나를 흔들어 깨운 일을 중계하듯 여러 번 재방송했다. 도저히 인정할 수 없다고 했다. 오히려 내가 영혼이고 자신이 살아있는 것이 아니냐고 물었다. 그 말을 들으니 생생하게 느껴지는 투명한 인간, 선재의 말이 맞을지도 모른다는 생각도 들었다.

"만약 내가 영혼이라면… 그 시작이 해골 바위였는지, 파도가 덮치려던 방파제 아래였는지, 매미울음 소리가 쟁쟁하던 조립식 주택에서였는지… 해변의 절벽이었는지… 아니면 당신이 현실이라고 철썩같이 믿고 있지만, 오히려 무척 의심스러운 이 세계에 내가 잠시 발을 잘못 디딘 것인지… 그 사실을 말해 줄 수 있는 자가 있을까요?"

선재는 용납할 수 없는 사실 앞에서 혼란스러워 하더니 내 곁에서 사라졌다.

선재가 사라진 지 5일이 지나간다. 가회동에 머문 이후로 처음 있는 일이었다. 아버지를 만나기로 한 날도 내일로 다가왔다. 토요일에 만나야 했다. 아버지와의 대면이 두렵다. 온통 그 생각에 하루하루의 경계가 느껴지지 않았다. 매일 매일이 그냥 아주 길고 긴 하루일 뿐이다.

어제는 지방으로 교도소 공연을 다녀왔다. 늘 느끼는 것이지만 소년원이나 교도소 공연을 다녀올 때 오히려 감동을 받는다. 마룻바닥을 두드리며 좋아하는 그들을 보면 의외로 진솔하고 해맑다는 느낌을 받게 된다. 그들을 보면서 나같이 겁 많고 눈물 많은 사람도 얼마든지 끔찍한 범죄자가 될 수 있겠다는 생각이 든다. 그 경계는 생각하는 것만큼 크지 않다. 오히려 어처구니없을 정도로 얇고 가벼운 경우가 많다. 외로운 사람이 죄를 짓는다.

아버지를 떠올리면 다리에 휘청 힘이 풀린다. 황량한 사막에 홀로 서 있다. 마른 심장에서 서걱이는 소리가 들린다. 그럴 때 주위를 둘러보면 큰 위안이 되어주는 것은 어느 누구도 아닌 흔들의자다. 요즘 시도 때도 없이 의자에 앉아 창가로 스며든 햇볕에 마음껏 몸을 적신다. 언제 다시 이 아름다운 햇살을 보게 될는지… 한 뼘의 햇살마저도 그냥 보아 넘길 수 없을 만큼 소중하고 고맙다.

가끔 바람 한 점 없는 데도 햇살을 받은 의자가 홀로 흔들릴 때가 있다. 그때는 필시 선재가 앉아 있을 때다. 선재는 그곳에 앉아 나를 물끄러미 바라보기도 하고, 장난을 걸기도 한다.

실명이 깊어갈수록 선재가 점점 더 확연하게 느껴진다. 눈을 제외한 귀와 코 그리고 촉감이 섬세하게 살아나고, 특히 보이지 않는 것을 잡아내는 안테나 기능은 월등하게 항진된다. 선재의 장난이나 농담까지 더 잘 느끼게 되는 것도 실명의 영향이 크다. 그가 접촉해오는 느낌과 향내는 그의 기분이 어떠리란 것까지 느끼게 해준다.

특수 제작한 파란색 선글라스를 쓰면 희미한 물체의 실루엣을 느낄 수 있지만, 안경을 벗으면 거의 실명이나 다름없다. 다행인 것은 선재를 느낄 때면 오히려 안경을 벗는 것이 도움이 된다. 눈으로 보지 않고 만나야 더 잘 보이는 사람이 선재였기 때문이었다.

의자가 흔들리고 있다. 앞으로 뒤로 시계추처럼 움직인다. 그가 나를 부르고 싶을 때면 가만가만 의자를 흔든다. 급할 때는 의자를 세차게 흔들어 나를 깜짝 놀라게 하기도 한다. 그가 부르면 나는 그가 앉아 있는 의자에 내 몸을 포개어 앉는다. 그의 무릎에 앉아있으면 그의 몸이 느껴진다. 나의 허벅지로 전해지는 느낌은 나무의 감촉이 아니라 그의 다리에서 전해져 오는 체온이다. 햇살처럼 아늑하다. 흔들의자에 앉아 까무룩 잠이 들면 꿈을 꾼다. 양송이 해변에서 모닥불을 피우기도 하고, 달빛 스미는 단풍잎 문풍지 문 아래에서 긴 하품을 하고 있다. 때로는 내 앞에서 그가 쩔쩔매고 있는 행동에 깔깔 웃다가 잠을 깬다.

환하게 빛을 머금은 의자가 앞뒤로 계속 흔들린다. 5일 간 어디서 무엇을 하고 왔는지는 알 수 없지만 그가 왔다. 너무나 반갑다. 그날 말을 너무 직설적으로 한 것 같아 내내 마음이 편치 않았다. 나는 가만가만 흔들의자로 다가갔다. 그가 먼저 말을 걸지는 않을 것 같다.

크리스마스 이브 날 밤. 나는 선재와 선배 커플을 방안에 놔두고 홀로 빠져나왔다. 크리스마스만 되면 불현듯 울적해지고는 한다. 저 안에 깊숙이 묻어둔 엄마가 치밀어 올라 얼굴을 내밀 때다. 그날도 나는 별것도 아닌 선배의 농담에 기분이 엉켰고, 엄마 생각에 뛰쳐나올 수밖에 없었다.

나는 차를 몰고 해변으로 향했다. 그날은 엄마의 15주기 이기도 했다. 엄마의 제삿날이면 난 일부러 도시를 쏘다녔다. 밤새 취하던지, 울분을 풀어야 그날 하루를 잊을 수 있었다. 그날도 실내등을 켜고 라디오 음악을 크게 틀어놓은 채, 넘실대는 파도를 바라보고 있었다.

Santa Baby, I want a yacht and really that`s not A lot
산타 베이비 나는 요트를 갖고 싶어요. 정말 그건 과한 게 아니에요
I've been an angel all year
일 년 내내 천사처럼 지냈잖아요
Santa Baby, So hurry down the chimney tonight
산타 베이비 그러니까 오늘 밤 굴뚝으로 빨리 내려오세요

그때 선재에게 선화가 왔다. 무심고 전회를 받으려다 휴대폰을 놓쳤다. 차 안을 가득 메운 노래 〈산타 베이비〉를 끊기 싫어 어두운 차 바닥에서 우는 휴대폰을 그냥 두었다. 노래가 끝나고 한결 나아진 기분에 휴대폰을 주어, 산타 베이비 같은 선재가 찍힌 사진을 찾아보았다. 사진 속에 동백꽃은 흰 눈 속이라 더욱 붉었다. 동백꽃은 가장 화

려하고 행복할 때 속절없이 목을 떨구는 꽃이다. 흰 겨울에 참을 수 없는 열정으로 생을 등진다. 꽃말이 '그 누구보다 사랑합니다.'라고 선재가 그랬던가? 사진 속의 나는 깜짝 놀라 두 눈이 커진 왕눈이었고, 선재는 장난기가 덕지덕지 묻어있는 개그맨의 표정이었다. 실없는 웃음이 툭 터져 나왔다.

하지만 잠시 후에 선재는 사진 속의 표정과 정반대의 모습으로 나타났다. 분노를 주체하지 못하는 상태였다. 차를 걷어차고, 나의 멱살을 잡았으며 거친 말로 날 함부로 대했다. 선재도 날 이렇게 대하는 날도 있구나 생각했다. 하지만 그의 분노는 나를 자극하지 못했다. 그의 분노의 이유가 애처로웠기 때문이었다. 그의 부질없는 분노를 보고, 내가 궁금한 것은 한 가지였다. 내가 그 사실을 물어보았을 때 파도 소리가 덮쳐 나의 물음을 삼켜버렸다. 그는 듣지 못했을 것이다. 그날 공허한 의심과 분노로 자신을 스스로 태워버린 선재의 모습은 지금까지 본 모습 중에 가장 절망스러워 보였다.

선재가 나를 박봉수 할머니 집으로 가는 길목에서 내리라고 했을 때, 나는 혼자 내릴 수 없었다. 내 몸이 혼자 내려서는 안 된다고 고집을 부렸다. 그에게 어디로 갈 것이냐고 물었을 때 그는 집으로 간다고 했다. 집….

우리 둘에게는 집이 없었다. 떠돌기만 할 뿐 지상에서는 몸 누일 방 한 칸 변변히 구할 수 없었다. 하지만 그가 가려고 하는 집이 어디인지는 안다. 그곳은 혼자 가기에는 너무 외로운 집이다. 끝내 이 세상에서는 견디지 못해 저 함박눈의 품으로, 그을린 노을이 반겨주는 집으로 가야 했다.

내가 선재의 차에서 내려 박봉수 할머니 집으로 들어갔을 때, 나를 반겨준 것은 캠핑 랜턴에 비친 흔들의자였다. 15년 전, 크리스마스 선물로 받기로 한 마술 상자는 마법처럼 엄마를 데려갔다. 그리고 그 날 이후 많은 시간이 지나고서야 온전한 크리스마스 선물을 받게 되었다. 선재에게 선물을 받았을 때, 참 기뻤다. 선재라는 산타가 준 크리스마스 선물이었다.

선재가 나를 놀라게 해주려고 몰래 깎고 다듬었을 선물. 의자에 그려진 운동화 화분에는 아주 작고 보잘것없는 별꽃이 피어 있었다. 투박하게 까만 테두리로만 간신히 핀 별꽃. 별꽃을 손으로 만져보았다. 그 밑으로 '그냥 조아서! - 행궁 비명'이라는 글자가 손가락 마디디에 느껴졌다. 글자가 가슴에 아프게 박혀왔다. 그때 의자가 나에게 말을 건넸다. 지금 너무 힘들고 외로우면 자기에게 몸을 맡기라고… 그럼 선재가 달려올 것이라고….

나는 바로 선재에게 전화를 했다. 당신 옆자리에 날 앉히지 않으면 평생 당신을 안 볼 거라고 소리쳤다. 그리고 선재가 떠난 그 자리를 향해 뛰기 시작했다.

크리스마스 날 내 휴대폰에 저장된 선재의 새로운 이름은 '행궁 비명'이 아니라, '마음이 눕는 의자'였다. 그렇게 나는 '마음이 눕는 의자'와 그 집에 함께 가기로 마음먹었다.

선재가 앉아있는 의자에 가만히 다가가 그의 무릎에 포개어 앉았다.

"어디를 다녀왔죠? 궁금했어요."

"가족들을 한 번 더 보고 싶더군요… 어머니의 자는 모습… 아버지가 몰래 숨어서 담배 피우는 모습… 유아는 남친에게 강압적인 키스를 당해 화가 나 있더군요. 제가 있든 없든 세상은 아무것도 달라진 것이 없는 것처럼 보여요. 그리고 해인 씨 아버지도 봤어요."

"네?"

생각지 못한 행동이었다.

"해인 씨 아버지는 침울해 보였어요. 내가 말을 걸려고 노력했지만 아버지는 제 말을 듣지 못했어요. 지금도 부인의 사진을 끌어안고 자더군요."

"선재 씨가 왜 거기까지 갔죠? 내가 부탁한 것도 아닌데?"

"난 당신이 나랑 달랐으면 좋겠어요. 그것뿐이에요."

선재는 엄마가 요람을 흔들 듯 가만가만 의자를 흔들었다. 따듯한 햇볕에 취하고, 지방 공연 여독의 여파에 내 목소리는 힘을 잃고 잠에 빠져들었다.

두어 시간이나 잤을까. 의자에서 긴 낮잠에 취해 있다가 잠을 깬 것은 점심 무렵이었다. 찬밥에 달걀죽을 만들어 대충 점심을 때웠다. 투명인간 선재의 잔소리가 없는 것으로 봐서 그도 그만의 외출을 한 것 같다.

내일이 오기 전에 준비를 끝내야 했다. 인사동 단골 헤어숍으로 향했다. 삐쭉대던 머리를 짧은 단발로 커트하고, 골드 브라운 컬러로 염색했다. 깔끔하고 건강해 보였다. 쾌활해진 느낌에 발걸음이 가벼웠다.

* * *

선재를 처음 본 날도 단골 헤어숍에 들려 드라이 펌으로 굵은 웨이브 스타일을 한 날이었다. 머리가 잘 나온 날은 기분이 한껏 유쾌해진다. 그래서 내친김에 그날 행궁까지 차로 달렸다. 시력이 더 떨어지기 전에 행궁의 뒤주를 꼭 한번 느껴보고 싶었다.

그날 행궁에서 우연히 본 선재와 헤어지고, 차로 30분 거리에 있는 융건릉에 갔을 때 그에게 전화가 왔다. 휴대폰을 분실한 그에게 전화가 올 줄은 예상했지만 같은 시간, 같은 공간에서 또 보게 될 줄은 몰랐다. 그가 전화했을 때 나는 융건릉 아래쪽 숲에 앉아 김밥을 먹고 있었다. 참나무, 자작나무, 잣나무, 때죽나무까지 어우러진 융건릉의 우거진 숲이 너무 아름다웠다. 막혔던 숨이 탁 트였다. 그 순간을 방해받고 싶지 않아, 식사가 끝나고 전화하겠다고 했다.

융건릉 위쪽에서는 아이들이 뛰고 달리며 드넓은 무덤 주위에서 다방구를 하고 있었다. 키가 큰 한 남자 어른이 아이들 사이에서 뛰고 달리는 것이 눈에 띄었다. 흐릿해 보였지만 그 남자가 꼭 휴대폰을 잃어버린 그 남자 같아 보였다. 홍살문에는 아이들이 다닥다닥 붙어 있다가 갑자기 흩어져 도망치고는 했다. 마치 눈밭의 발 시린 강아지들처럼 펄떡이며 모두 신이나 있었다. 나는 아이들 사이에서 낙타처럼 맹하게 겅중거리며 뛰어다니는 남자가 뒤주에서 비명을 질렀던, 칠칠맞게 휴대폰까지 빼놓고 다니던 그 남자인가 궁금했다. 수신했던 전화번호로 전화를 걸었다. 중학생이 그 남자에게 휴대폰을 넘겨주었다. 그 남자의 목소리가 내 귀에 전해졌다. 여보세요? 그 남자가 홍살문에서 만나자고 했다. 홍살문 근처에서 그의 움직임을 다 지켜볼 수 있었다. 그가 홍살문에서 날 기다리는 것을 확인하고 나서야 나는 홍살문을 향해 걸었다. 문득 뒤를 돌아보았을 때 소나기가 무섭게 나를 덮치려 했다. 급한 마음에 뛰려고 했으나, 자신이 없었다. 나무 등걸이라도 발에 걸리는 날에는 저만치서 나만 지켜보고 있는 남자 앞에서 고꾸라지는 모습을 보여야 했다.

웨이브를 넣은 머리가 비에 젖어 떡이 되지 않기를 바라며 최대한 우아하게 뛰어보려고 했다. 하지만 하이힐을 신고 달리는 것은 무리였다. 정성 들여 한 펌이 엉망이 될 지경이었지만, 할 수 없이 뛰고, 걷기를 반복했다. 소나기가 우리를 완전히 덮쳤을 때는 정자각 아래 수라간 처마 밑까지 죽도록 달려야 했다. 하마터면 하이힐 때문에 땅바닥에 몇 번을 엎어질 뻔했다.

수라간 처마 밑에서 그를 처음으로 차분하게 볼 수 있었다. 참 어리숙해 보이는 남자였다. 그를 보면 자꾸 웃음이 나올 것 같아 눈이 마주치지 않으려고 애를 썼다. 그런데 그는 분명히 언젠가 본 적이 있는 남자였다. 아슴하게 기억이 나려다가도 금방 흩어져버렸다.

나는 그와 헤어지면서 이미 그의 휴대폰 번호를 알고 있었기에 그에게는 '인연이 되면 인사동 근처에서 볼 수도 있겠다'는 말만 남기고 떠나왔다. 그 말을 했을 때 그의 표정은 아이가 엄마의 손을 놓아야 하는, 너무나 아쉬워하는 표정이었다.

이제는 돌이킬 수 없는 시간이 되었지만, 만약 다시 돌아갈 수만 있다면 수라간 처마 밑으로 그와 함께 돌아가고 싶다. 그 싱그러운 소나기 속으로….

* * *

오후에는 차량 커버에 갇혀 있던 나의 빨간색 애마에 시동을 걸어보았다. 운전하기가 불편해 특별한 날이 아니고서는 늘 갇혀있던 자동차였다. 엔진은 살아있었다. 내일의 의식을 위해 잠을 깨워놓아야 했다.

살 이유를 찾기 힘들었던 남자는 생기를 다 뜯어 먹힌 채 영혼으로 떠돌았고, 죽을 이유가 많던 나는 레고처럼 다시 조립되어 생을 이어간다. 해변에서 덩그러니 홀로 깨어났을 때, 황망했다. 삶은 다시 주어졌지만 삶의 방향을 정하지 못하고 혼란스러웠다. 아버지를 피해 달아나기도 벅찼고, 들개가 된 세월을 계속 이어가는 것도 견디기 힘든 굴레였다. 이제 시력은 급속히 실명에 가까워져 막다른 골목이라 여겨졌다.

내일이면 선재를 위한 동행이 아니라, 나 자신을 위한 여행이 되기를 바랄 뿐이다. 눈에서 희미한 빛이 완전히 꺼지기 전에 마지막 숙제를 해야 한다.

저녁이 되어서야 집으로 들어왔다. 마트에 들려 장을 봐 왔다. 오랜만에 정성 들여 만든 밥을 먹고 싶었다. 버섯 밥을 만들어 먹기로 했다. 먼저 표고와 양송이, 느타리버섯을 흐르는 물에 씻어내고, 보닝 나이프를 꺼내 양송이는 얇게 썰고, 표고는 두툼하게 깍둑썰기를 했다. 느타리는 맨손으로 잘게 찢었다. 전기밥솥에 불린 쌀을 넣고, 그 위에 버섯을 푸짐하게 올린 뒤 취사를 눌렀다. 버섯 밥을 만들면서도 버섯에 집중하기보다는 언제 선재가 나타나서 말을 걸지가 더 신경 쓰였다.

취사가 다 되어 김이 모락모락 피어오르는 뜨거운 버섯 밥에 버터 반 스푼을 얹고, 그 위에 소스 간장과 깨를 뿌렸다. 버섯 밥이 완성되었다.

밥상을 차렸다. 혼자 먹는 밥은 늘 숟가락 하나 젓가락 한 짝이다. 가회동에 온 뒤로 밥을 먹을 때는 끼니마다 선재 몫의 숟가락과 젓가락을 탁자에 놓는다. 그가 있다고 생각하면 식욕이 솟고, 내 이야기를 들어주고 있는 투명한 인간이 있다는 생각에 식탁은 한결 즐거워진다.

"오늘은 참 착한 밥상이군요."

밥 냄새를 맡은 걸까. 갯벌 냄새를 몰고 온 선재였다. 식탁 주위로 바다 내음이 물씬하게 퍼진다. 그가 곁에 있으면 바닷가에 서 있는 것 같은 착각에 빠진다. 아찔하게 풍겨오는 바다 향기는 어디든 떠나라고 등을 떠민다. 이제 그 푸른 바닷가를 언제까지 내 두 눈으로 볼 수 있을까?

"당신과 참 긴 시간을 함께 했네요?"

앞에 놓인 숟가락과 젓가락을 향해 내가 말했다.

"긴 시간이었을까요?"

"저에게는 아주 길고 긴 시간이었어요. 평생 경험해 보지 못할 일을 했고, 양송이 해변에서 당신과 함께 한 시간은 잊지 못할 거예요. 당신과 하늘 끝까지 날아올랐을 때, 수많은 장면이 내 머리를 스치고 지나갔지만, 가장 아름다운 장면은 불꽃이었어요. 당신과 나도 스파클라 불꽃처럼… 아름답게 피었다가 스러지는 꽃이 되겠죠?"

"해인 씨… 꽃은 피어날 때 지는 것을 두려워하지 않아요. 내가 세상에서 제일 잘 한건 당신을 좋아하게 된 일이에요… 당신이 아니었더라면 사람이 사람을 좋아한다는 것이 무엇인지 모를 뻔했거든요. 만약 내가 당신 말대로… 이 세상에 없는 영혼일지라도… 지금, 당신을 사랑합니다."

빈 숟가락과 젓가락이 내 눈앞에서 흔들렸다. 눈앞이 흐려졌다. 세상에 태어나서 이런 사랑 한번 못해 본 사람이 가장 불행한 사람이란 걸 알게 됐다는 선재. 혼자만의 사랑이었다 할지라도 너무 행복했다는 선재. 하지만 나도 그를 많이 좋아했다는 사실을 그는 알까? 그는 모른다. 소나기 같은 내 성격을 바꿀 수는 없었지만 나도 그를 그리워했다. 그 때문에 표정을 잃어버렸던 내가 지금까지 살면서 웃었던 웃음 전부보다 그를 만난 뒤, 훨씬 더 많은 웃음을 웃을 수 있었다.

나는 내 자리에서 일어나 맞은편 식탁으로 향했다. 그를 만져보고 싶었다. 그의 몫인 숟가락을, 젓가락을 쓰다듬었다. 하지만 그가 느껴지지 않았다. 만져지지 않았다. 갯벌 냄새가 사라졌다. 그는 다시 떠난 걸까.

창가 쪽 흔들의자가 있는 곳으로 발걸음을 옮겼다. 어둠은 큰 창을 타고 넘어 꾸역꾸역 흘러넘쳤고, 빛이 들어오지 않는 나의 눈도 어두웠다. 나는 불을 켜지 않았다.

의자에 손을 대보았다. 바닥에 무릎을 꿇고 의자 위에 팔을 엇갈려 받치고 엎드렸다. 의자가 마치 그의 큰 무릎처럼 느껴졌다. 의자에서 아주 오래된 회화나무의 질감이 느껴졌다. 그와 처음 이야기를 나누게 된 것도 회화나무로 만든 뒤주 때문이었다. 뒤주 위로 비치던 한낮의 햇살이 아직도 생생하다. 어디서 유목처럼 떠돌다 그 뒤주, 그 햇살 아래서 다시 만나게 되었을까. 선재는 어디서 본 남자였을까?

흔들렸다. 흔들의자가 아주 작게 앞뒤로 움직이는 것이 느껴졌다. 뒤주에 들어간 그때처럼 그는 보이지 않지만 회화나무 의자 안에서 숨 쉬고, 소리 지르고 있다. '그냥 조아서'라고 쓰인 글자 위를 똑 똑 똑 노크했다. 그를 부르는 노크 소리를 그때처럼 그는 들을 것이다.

흔들의자에 아주 천천히 내 몸을 포갰다. 의자는 계속 천천히 쉬지 않고 흔들렸다. 흔들릴 때마다 파도 소리가 난다. 바다 향기에 머리가 아찔하다. 나는 몸에 힘을 풀고 흔들림을 받아들였다. 앞으로 뒤로… 계속 그렇게 작게 작게 흔들린다. 어느새 발끝부터 머리끝까지 내 몸 전체가 흔들린다. 흔들림이 곧 내 몸이다. 머릿속까지 일정한 리듬을 타고 흔들렸다. 아주 고요하지만 거침없는 리듬을 타는 의자

그리고 리듬에 몸을 허락한 나의 호흡이 한 몸으로 섞인다.

엉덩이가 뜨거워지며 허벅지에서 종아리를 거쳐 발바닥 아래를 훑고 새끼발가락까지 전율이 느껴진다. 흔들림은 낮고 작게 규칙적인 흐름을 타다 큰 파동을 그리며 불규칙하게 몸을 흔든다. 도저히 예측할 수 없는 파동에 몸이 예민하게 반응한다.

무엇인가 뒤에서 어깨를 감싸고 넘어와 내 가슴을 푸근하게 안는다. 등이 따뜻해지며 안온한 느낌이 브래지어 둘레에 스민다. 굼실굼실한 열기가 등 전체로 퍼져나간다. 그가 뒤에서 포옹하고 있다. 팔걸이에 걸쳐진 팔에 힘이 들어간다. 손가락에 힘이 들어가고, 나도 모르게 팔걸이에 손톱을 찔러 넣는다. 가슴에서 로망 캔들이 팡팡팡 연이어 밤하늘로 날아오르고, 활짝 핀 샛노란 해바라기가 큰 원반을 그리며 터져 나간다. 목으로 가슴으로 허벅지로 무릎으로 잘게 잘게 터지는 스파클라 불꽃. 자지러지는 진동이 온몸을 흔들며 뚫고 지나간다. 불꽃이 어두운 밤하늘을 화려하게 밝히며 유성처럼 꼬리를 물고 밤하늘을 가른다. 아랫배에서 가슴까지 번지듯 피어오르는 몽실몽실한 아지랑이 불꽃. 눈물이 흐른다. 경험해 보지 못했던 느낌… 이 따스함… 달뜬 기운이 온 몸을 휘감아 돈다.

어느새 어두워진 거실 창밖에서 양송이 해변에서 보았던 주근깨 같은 별들이 쏟아진다. 단풍잎 창호지 문으로 쏟아지던 달빛이 거실 한가득 번진다. 진한 갯벌 냄새가 밤꽃 향기처럼 온 공간을 적셨다. 쉼 없는 밀물과 썰물에 몸을 열어 파도를 맞았다. 혼곤하다. 나른한 나태가 몰려온다. 바닥에 있던 이불을 들어 목까지 덮었다. 이대로 잠이 들고 싶다. 일어날 기운이 없다. 따뜻한 솜이불 속에 푹 빠진 갓난아기처럼 모든 것이 이대로 참 좋다. 선재 씨… 고마워… 많이 보고 싶다… 당신….

봄의 눈!

　이른 아침이다. 가회동에 머문 이후로 오랜만에 깊은 잠을 잤다. 아침은 양송이 수프와 샌드위치로 간단히 해결했지만 외출 준비에는 시간이 필요했다. 봄꽃처럼 화사한 날개를 달고 싶었다. 라디오에서는 벚꽃의 개화 소식을 알리느라 분주했다. 벚꽃은 한꺼번에 활짝 피었다가 한순간에 주저 없이 꽃잎을 떨군다. 불꽃놀이를 닮았다.

　밝고 연한 청색 니트와 화이트 팬츠로 코디했다. 밝은색의 실루엣이 내 눈에도 잘 보이지만, 남의 눈에도 쉽게 띄어 활동하기가 편했다.

　이제 아버지를 만나려 한다. 어렸을 때부터 항상 결심만 했던 일을 더는 미루지 않을 것이다. 아버지와 만나서 둘만의 엔딩을 완성해야 한다. 지금껏 그에게 한마디도 하지 못했고, 내 가슴에만 너무 오래 쌓여 썩고 문드러진 이야기를 끝내 해야 한다. 더 늦기 전에, 내 눈이 완전히 빛을 잃기 전에.

내가 실행에 옮기리라고는 상상하지 못했다. 하지만 삶은 유예되었고, 마술처럼 걸려온 그의 전화는 나를 새롭게 깨웠다. 하늘의 눈한 송이도 반드시 떨어질 자리에 가서 떨어진다고 했던가? 나는 수없이 갈아 댄, 날이 닳아질 대로 닳아버린 보닝 나이프를 가슴에 품고그를 만날 것이다. 아무리 그가 무섭고 강할지라도 피하지 않을 것이다.

선재가 늘 꿈꾸던 자기의 집을 끝내 찾아갔듯, 나도 나의 길을 찾아갈 것이다. 세상 누가 뭐래도 내가 본 길을 내 발바닥으로 꾹꾹 밟아가며, 내 집을 찾아갈 것이다. 후회는 없다. 후회는 욕심 많은 자들의 사치스러운 찌꺼기일 뿐.

빨간색 프라이드에 올라 시동을 걸었다. 내비게이션에 가평 축령산祝靈山 자락에 있는 선산 주소를 입력시켰다. 아버지의 고향이면서 엄마가 잠들어 있는 곳이었다. 엄마가 그리웠다. 엄마에게 내 뜻을 전해야 한다. 내 말이라면 무엇이든 들어주었던 엄마. 엄마에게올릴 제수 음식도 차에 실었다. 엄마가 좋아하던 노란색 슈크림빵, 반 건시 곶감과 청포도를 준비했다. 겨울에 오히려 더 좋아하셨던 팥빙수는 가져갈 수 없었다. 처음이다. 돌아가신 이후로 내 손으로 엄마의 영혼에게 올릴 음식을 준비하는 일은.

엄마가 돌아가신 이후로 난 엄마 제삿날이 되면 늘 도망치기 바빴다. 어려서는 엄마에게 절을 하기 싫어 꼭꼭 숨어버렸고, 아빠는 그런 나를 찾아내어 따귀를 때리고, 신주 뒤에 세워놓은 엄마 영정 사진 앞에 억지로 꿇어앉게 했다. 엄마를 똑바로 쳐다보라고 겁을 주었지만 나는 맞아가면서도 영정 사진을 보지 않았고 끝까지 절도 하지 않았다. 좀 커서는 제삿날이면 미친 듯이 쏘다녔다. 아무도 날 알아보지 못하는 곳으로 도망쳤고, 평소에는 거들떠보지도 않을 남자와 함께 시간을 보냈다. 그리고 며칠간은 내 몸과 마음을 벌하고 욕했다. 엄마에 대한 죄책감과 아버지와의 관계가 나 자신을 미치도록 혐오하게 만들었다. 내 몸을 갈래갈래 분리해야 숨이 쉬어졌다.

나는 액셀레이터를 밟았다. 최대한 천천히 차를 전진시켰다. 그러나 풍문여고 앞, 안국동 사거리에서 멈추고 말았다. 사거리의 큰 대로로 나가야 했다. 하지만 왕복 6차선 도로의 운행까지는 자신이 서질 않았다. 하루가 다르게 시야가 좁아진 탓이었다. 여기서 내려 대중교통을 이용할 수도 없었다. 엄마의 무덤에 들렀다가 아버지와 혜화역 부근에서 만나야 한다.

"어서 빨리 가요!"

선재였다. 선재는 빨리 출발할 것을 재촉했다. 계기판에 부착된 내비게이션의 소리를 낮추고, 투명인간 선재의 목소리 내비게이션에 의지하기로 했다.

우리는 한남대교를 지나 올림픽대로를 타고 서울·춘천 간 고속도로를 달렸다. 선재는 계속 빨리 달릴 것만을 주문했다. 이유를 물었지만 선재는 입을 닫았다.

도로는 겨울을 견뎌내고 참고 참았던 품 안의 꽃씨를 마음껏 터트리고 있었다. 매화와 산수유가 군데군데 피어났고, 진달래와 개나리가 산야를 물들이고 있었다. 흐릿한 눈에도 불꽃 같은 꽃들이 어지러웠다.

대성리와 청평을 지나고 아침고요수목원이 가까웠을 때 선재가 입을 열었다.

"난 당신이 전적으로 다 옳다고 믿고 있어요. 하지만 오늘은…."

요즘에 선재는 꼭 필요한 말이 아니고는 말수가 많이 줄었다. 특히 스크랩 기사를 보여준 후에 눈에 띄게 말을 거는 횟수가 줄어들었고, 나를 떠나 자주 외출을 한다. 엄마처럼 내 곁을 완전히 떠날 때가 된 것인지는 알 수 없었다. 양송이 해변에서도 그랬지만 그는 나의 감정을 너무 잘 파악하고 있었다.

"난 엄마를 찾아뵙고 아빠를 만날 뿐이에요. 나의 모든 것인 분들이죠. 걱정 말아요."

너무 오랜만에 찾아온 곳이라 낯설었다. 다랑논처럼 층층으로 만들어진 선산이었다. 비석에 쓰여 있는 엄마의 한문 이름을 손으로 쓸어보았다. 강계순姜桂順. 달에 있는 상상 속의 나무 '계'자에 순할 '순'자의 이름을 가진 엄마. 엄마는 나에게 늘 달 속의 계수나무 같은 존재였다. 지금까지 늘 바라만 보고 상상만 가능한 나무.

엄마 무덤의 잡풀을 뽑아주려고 뒤편으로 돌아갔을 때, 나는 깜짝 놀랐다. 가슴이 철커덕 내려앉았다. 거기에는 어린 시절 그렇게 가지고 싶어 했던 마술 상자가 비스듬히 무덤에 기대여 있었다. 믿을 수 없는 일이었다. 지금은 별 필요도 없는 마술 세트지만 도대체 이 상자가 왜 여기에 이렇게 누워있는지 알 수 없었다. 엄마가 내가 올 것을 알고 가져다 놓았다는 말인가? 누군가 어린 날 위해 가져다 놓은 선물이 16년째 화석처럼 날 기다리고 있었던 것인가? 도대체 저 마술 상자가 왜 내 앞에 나타났는지 도무지 모를 일이다. 누굴까?

나는 마음을 진정시켜가며 가져온 제수 음식을 제단 위에 올려놓고, 무덤 앞에 향을 꽂았다. 가끔 꿈결처럼 나에게 다가와 말을 걸던 엄마. 그때마다 난 엄마가 사라질까 봐 이것저것 물어보기에 바빴다.

돗자리를 깔고 엄마에게 절을 올리려고 무릎을 꿇었다. 땅바닥에 고개를 숙이는데 울컥 눈물이 솟았다. 엄마의 무덤 앞에 엎드리니 투정 같은 말만 튀어나왔다.

"엄마 너무 오랜만에 와서… 미안해… 너무 보고 싶었어… 엄마 잘 있었던 거지… 엄마… 엄마… 제삿날마다 도망 다닌 거… 너무 무서워서… 엄마에게 어떻게 잘못을 빌지?"

두 번째 절을 하기 위해 다시 무릎을 꿇었을 때, 참을 수 없는 오열이 다시 터져 나왔다. 16년간 이를 악물고 참았던 눈물이 걷잡을 수 없이 흘러나왔다. 엄마 없는 세상은 너무 힘겨웠다. 세상에 날 이해해 줄 수 있는 사람이 단 한 사람이라도 있었다면 얼마나 좋을까라고 수백 번도 더 생각했었다. 어머니도 형제도 없었고, 아버지는 차라리 없었으면 좋았을 사람이었다. 엄마의 무덤 앞이라는 생각에 한동안 소리 내서 눈물만 흘렸다.

"나 용기 내서 온 거야… 나 혼내지 마… 엄마….

눈물을 추스르는데 한참의 시간이 필요했다. 눈물이 잦아들면서 흙냄새, 봄꽃 냄새가 느껴졌다. 그제야 엄마 무덤이 선명하게 보였다. 제단 위에 올린 반 건시 곶감을 먹기 좋게 잘게 찢었다. 그리고 슈크림 빵도 잘라서 무덤 곳곳에 뿌려주었다. 무덤 주위에 사는 산짐 승이라도 엄마 덕분에 많이 먹을 수 있는 날이 되었으면 좋겠다는 생각을 했다.

떠날 준비를 하기 위해 엄마의 무덤을 바라보았다. 언제 다시 오게 될지 모른다. 이 희미한 빛마저 사라지면 엄마의 무덤은 다시 볼 수 없을 것이다. 무덤 여기저기에 삐죽 솟아오른 잔디를 쓰다듬었다. 다시 울컥 감정이 요동친다. 엄마의 몸과 연결된 생명들이다. 만진다는 것은 보는 것, 듣는 것보다 훨씬 강렬하고 깊다. 무덤 속의 엄마가 잔디를 통해 나의 손을 잡는다.

"마술 상자가 왜 여기 있는지 정말 궁금하지만… 지금부터 알려고 하지 않을 거야… 이 선물 엄마가 해준 거 맞지? 16년 동안 세상을 돌고 돌다가 이제야 나에게 전해진 거 맞는 거지? 고집 센 엄마가 끝끝내 크리스마스 선물을 해줬네? 어휴, 우리 엄마 고집 대따 쎄다!"

무덤을 떠나며 몇 번이고 다시 엄마의 무덤을 뒤돌아보았다. 다시 달려가 엄마의 무덤을 안고 쓰러져 울고 싶었다. 발걸음이 떨어지지 않았다. 자꾸 무너지려는 감정을 침을 꾸역꾸역 삼켜가며 견뎠다.

차에 올라 시동을 걸었다. 엄마를 보고나니 후련했다. 마음껏 눈물을 쏟아내서인지 한결 기분이 나아졌다. 봄꽃이 더 찬란하게 가슴을 설레게 한다. 이제 마지막 숙제만 남았다.

"엄마를 보니 참 좋죠? 아주 잘한 것 같아요."

선재의 말이었다.

"고마워요. 양송이 해변을 다녀온 후로 제가 많이 변했어요. 선재 씨 덕분이겠죠?"

"천만의 말씀! 어어어어~ 앞을 보고!!"

중앙선을 침범할 뻔했다. 마주 오던 차가 더 놀라 갈지之자를 그으며 멀어졌다.

"휴~ 앞이 보이면 나도 좋겠어요."

"미안…."

대성리를 지날 때쯤이었다. 휴대폰 벨이 울렸다. 아버지인가 싶어 전화를 받았다.

"여보세요?"

"류해인 씨 휴대폰인가요?"

"네. 제가 류해인인데요."

"여기는 경찰인데요. 아버지가 위독합니다."

"네?"

이런 전화를 받으니 내가 아버지의 딸이구나 싶었다. 이 세상에 유일한 보호자인 것도 맞다. 그러니 나에게 전화를 한 것도 당연한 거다. 그런데 왜 위독한 거지? 이 세상 사람이 다 위독해도 아빠만은 그러지 않을 것 같은 사람인데… 가슴이 벌렁거렸다. 운전을 할 수가 없다. 진달래를 닮은 철쭉이 만발한 갓길에 차를 세웠다.

"병원으로 오셔야겠습니다."

"그분이… 왜 병원에 계신 거죠?"

"잠시만요. 아버지를 병원으로 이송한 아버지 후배분을 바꿔드리겠습니다."

잠시 시간을 두고 걸걸한 목소리가 흘러나왔다.

"해인이구나. 나 모르겠니? 어렸을 때 봤으니 모르는 것도 당연하지. 이번에 내가 소개한 보살 집에서도 네 남자친구하고 도망쳐버렸더구나. 왜 그랬어, 조금만 더 참지."

"아버지가 왜 병원에 입원하셨느냐구요!"

"그게… 글쎄 형님의 문자를 받고 의심스러워서 네 엄마 무덤으로 가봤더니… 글쎄 이미 형님이 정신을 잃으셨더구나. 형님의 유서가 잠바 주머니에서 나왔는데…."

"무슨 내용이었죠?"

"네가 와서 직접 보지 그러니?"

"읽어 보셨을 거 아니에요!"

"해인이 너한테는 먼저 가게 돼서 미안하고, 엄마가 너무 그리워 못 견디겠다고… 너는 모르겠지만, 아빠가 네 엄마 사랑한 것은 동료들 사이에 전설이었어 전설… 그런 사랑은 또 없을 거라고 다들 얘기했지… 그리고 엄마가 죽었을 때 마술 상자를 사지 못하고 간 게 한이 됐을까 봐… 곧 엄마 만날 텐데 잔소리 들을까 봐 엄마에게 주는 거라고… 그럼 알아서 엄마가 해인이 너에게 선물해줄 거라고… 형님을 업고 뛰느라 상자는 못 가져왔어… 그리고 널 많이 사랑한다고 쓰여 있고… 하나밖에 없는 딸을 놔두고 갈 수 없어서… 그러면 네 엄마가 슬퍼할까 봐… 네가 취직해서 독립할 때까지 기다린 거라더라… 너 오늘 아빠 만나기로 약속했지?"

"……."

"너를 오늘 만나면 마음이 약해질까 봐… 약속 못 나가서 미안하다고… 아빠에게 좀 잘해드리지 그랬니… 너도 이제 컸으니 잘 알겠지만 네가 얼마나 아빠 속을 썩였니… 네 병을 꼭 고쳐놓고 가겠다고 그렇게 뛰어다녔는데 네 아빠 꼴이 이게 뭐니… 급하게 위세척은 했지만… 아무래도 못 일어나실 것 같다… 지금 여기로 올 거지?"

"……."

"왜 대답이 없어?"

"아버지에게 전해주세요. 엄마가 준 선물 제가 잘 받았다고요."

휴대폰을 내려놓았다. 나는 엄마를 사랑한다. 엄마가 행복하기를 바란다. 그렇다면 아버지가 엄마를 향한 미친 사랑의 노래를 부를 때 나는 기뻐해야 한다. 엄마가 특별한 사랑을 받는 거니까. 그런데 왜 내가 그들의 사랑에 유탄을 맞아 이렇게 피를 흘려야 하는 건지… 내가 왜 엄마의 대역이 돼야 했던 건지… 그리고 난 왜 그의 속을 썩인

문제가 많은 딸이 돼버린 건지… 애초에 엄마를 향한 그의 불타는 사랑이 이 모든 일의 시작 아닌가! 나의 병을 일으킨 바이러스를 내 몸에 심은 것도 그 아니었던가? 모든 건 그의 지독한 사랑이 유죄 아닌가. 소주병처럼 마시고 취하면 미치고, 깨지면 흉기가 되는, 우리 모두를 흔들어 놓는 그 죽일 놈의 사랑!

나는 갈 곳이 없다. 이 땅 어디에도.

바다 위를 떠도는 유목처럼 살고 싶다. 어디에도 걸리지 않고, 그 누구에게도 매이지 않는…. 물비늘 눈부시게 일렁이는 바닷속을 유영하는 고래 같은 삶.

행궁으로 향했다. 뒤주는 여전히 음울하게 입을 벌리고, 사람을 맞이하고 있었다. 관광객들의 화사한 웃음이 여기저기서 들린다. 유치원 아이들이 뒤주 주위를 에워싸고, 교사의 설명을 듣고 있다.

"여러분도 여기 갇혀 있으면 배도 많이 고프고, 되게 무섭겠죠?"

"네!"

아이들이 우렁찬 소리로 대답한다. 아이들의 천진한 웃음소리가 벚꽃이 되어 뒤주 위로 분분히 떨어진다. 늦여름 선재와 나를 태워버릴 것 같던 뙤약볕과는 또 다른 색깔과 향기가 봄날 행궁에 가득했다.

가을을 보내고 겨울을 지나 봄이 오고, 네 개의 계절을 거치며 많은 일들을 겪었다. 그 누구도 다시 돌이킬 수 없고, 돌이킬 필요조차 없는 주어진 삶이었다.

나는 더 바랄 것이 없다. 어머니의 선물을 받았고, 아버지는 그가 만들어 놓은 그의 길을 갔다. 내 곁에는 말없이 지켜봐 주는 투명한 인간 선재가 있다. 난 슬프지 않다. 이대로 행복하다.

융건릉으로 발걸음을 옮겼다. 홍살문 앞에 서서 푸른 잔디를 바라다보았다. 경중거리며 뛰던 선재가 보인다. 홍살문 아래서 흠뻑 맞아야 했던 소나기. 왕의 제사를 지내는 정자각 아래 수라간 처마 밑에서 보았던 빗속의 키 큰 나무들. 나는 선재가 들여다보던 수라간 문틈 사이로 보닝 나이프를 밀어 넣었다. 뒤주 안에서 굶어 죽어야 했던 왕의 제사 음식을 만들 때, 쓰이길 바라면서….

당신은 아직도 소나기야. 선재의 말이 들렸다. 나는 피식 웃고 만다. 다시 차를 몰고 융건릉을 떠났다. 서해안 고속도로를 지나 수덕사로 차를 몰았다. 아주 천천히 차를 몰았다. 추월하는 차량들을 모두 보내고 나는 거북이처럼 도로를 달렸다. 선재는 쉬지 않고 나에게 길을 안내했다.

아버지가 나를 끌고 수덕사로 향할 때, 선재는 고속도로 위에서 자동차로 나에게 다가왔다. 그가 다가왔을 때, 아주 짧게 부딪친 눈맞춤이었지만 강렬했다. 지금까지도 선재를 떠올릴 때면 그날의 그 눈빛이 떠오른다. 날 구해 주려는 그의 간절함이 배어있던 눈빛. 날 위해서라면 죽음도 마다하지 않을 것 같은 절박함. 나는 그때 그에게서 날 사랑해주는 사람의 눈빛을 보았다. 그 후로 오랫동안 그 눈빛만 떠오르면 그를 믿지 않을 수 없었다. 누구나 사랑하는 사람에게는 강렬한 한 장면을 안고 살아간다. 한 사람을 떠올리면 가장 먼저, 가장 빛나게 떠오르는 한 장면. 나에게는 그날 나를 구하려던 그의 절실한 눈빛이었다.

"오늘 해인 씨가 무덤에 도착하기 전에 아버지가 그곳에서 고통스러워하고 있는 것을 알고 있었어요."

"그래서 그렇게 나를 재촉한 건가요?"

"그래요. 당신이 아버지를 발견하기를 바랐어요. 그래서 당신 손으로 아버지를 구해주기를 원했어요."

"아버지를 용서할 수는 없어도 미워하지는 않기로 했어요. 그분의 미친 사랑을 탓할 수 있는 사람은 없어요. 사랑의 성분이 원래 조금씩은 다 미치는 거니까… 그리고 사랑이란 게 스스로 제어할 수 있는 어떤 것이 아니라는 것을 나도 알게 되었으니까요. 너무 늦어버렸지만…."

어느덧 수덕사를 지나 폭죽이 하늘을 물들였던 보살 집 앞에 다다랐다. 워낙 인적이 드문 곳이라 조심스럽게 다가갔다. 개들이 짖는 소리가 그날처럼 고막을 울렸다. 폭죽이 터진다. 개들의 짖는 소리가 요란할수록 폭죽도 장엄하고 화려하게 터진다. 그날 폭죽은 하늘에서 뿐만이 아니라 내 가슴에서도 선재의 가슴에서도 펑펑 터져나갔다. 오래 짓눌려온 것들이 연소했다. 아주 행복한 폭음이었고, 눈부신 하늘의 환호였다. 지금 다시 한 번만 더 폭죽을 보고 싶다.

"폭죽놀이 하러 갈까요?"

선재의 웃음소리가 들린다.

이제 우리의 마지막 종착지인 양송이 해변으로 달린다. 아무런 목적지도 없이 구불구불 달려서 도착했던 곳. 돌아가라는 푯말 앞에서 여장을 풀었던 곳. 그와의 짧은 추억이 가슴 아리게 살아있는 곳. 박봉수 할머니가 내어준 작고 초라한 방 한 칸은 우리들의 낙원이었다. 모든 작위를 풀어놓고, 올라오는 감정을 있는 그대로 토해내도 되었던 곳. 입고 싶은 대로 입고, 먹고 싶은 대로 먹어도 아무도 뭐라 하지 않던 우리들의 방 한 칸. 투닥투닥 싸우다가도 칼국수를 먹고 키

득대며 노래를 불렀던 곳. 한 미련하고 바보스러운 남자가 있어서 더 행복했던 곳. 이제 그는 다시 볼 수 없지만, 그가 나에게 준 믿음 한 조각은 가슴에 살아있다.

바닷가 둔덕 아래 우리만의 아지트로 갔다. 봄 바다가 눈앞에 펼쳐졌다. 살랑대는 봄바람이 머리카락을 간지럽힌다. 저 멀리 봄 낚시를 즐기는 사람들이 군데군데 눈에 띄었다. 겨울에는 우리만의 왕국이었지만 이제 봄바람은 많은 사람을 불러내어 봄 이야기를 풀어 놓고 있다.

움푹 꺼진 우리들의 아지트는 나무 등걸과 잡풀들이 차지하고 있었다. 쓸쓸한 잔해가 우리 대신 앉아있다. 선재는 떠났고, 스파클라 불꽃이 작렬하던 겨울 바다는 흔적도 없다.

"그런 표정 짓지 말아요."

선재의 말이 희미하게 들린다.

"난 괜찮아요. 그런데… 겨울 바다가 왜 그리워지죠?"

양송이 해변을 벗어나 박봉수 할머니 집으로 향했다. 위태한 운전으로 천변을 오가던 쓸쓸한 도로였다. 새벽에 운전하고 집으로 들어갈 때면 그냥 그대로 서지 않고 하염없이 달리고 싶던 길이었다. 어디에도 머무름 없이 계속….

박봉수 할머니 집이 보여야 했다. 그런데 있어야 할 것이 없다. 느낌이 허전했다. 할머니 집이 사라졌다. 오두막 집터에는 새롭게 펜션이 지어질 모양이다. 기초공사가 한창이었다. 수양아들이 봄이 되면서 집을 철거하고 공사를 시작했거나, 집을 새롭게 사들인 집 주인이 펜션을 짓는 것인지도 모른다.

눈물이 핑 돈다. 정을 준 것들은 반드시 사라져 갔다. 변해간다. 그나마 한 계절을 버티게 해준 정든 집이 통째로 사라졌다. 세상은 조금도 머물러 주지 않는다. 엄마와 아버지가 떠나고, 선재가 사라졌다. 세상 사람들은 잠시도 머물러주지 않는 이 무정한 무대를 다 알면서도, 그렇게 태연하게 살아가는 것일까. 아무것과도 연결되어 있지 않고, 홀로 떠도는 유목이 가야 할 곳이 어디인지 말해 줄 수 있는 사람이 있을까. 선재가 말했던 사소한 소멸이 무엇을 말하는지 이제는 좀 알 것 같다.

"우리 엄마에게 문자 하나만 넣어줄래요?"

선재가 오랜만에 부탁을 한다. 나는 휴대폰을 들고 귀를 열었다.

'엄마, 너무 늦게 알았어요. 엄마가 나를 많이 사랑했다는 걸!'

'누구시죠? 우리 아들은 이 세상에 없습니다'

'엄마 나, 선재 맞아요. 엄마 살 빠지는 침 무지무지 좋아했잖아요. 나, 선재 맞아!'

'정말 선재 맞아요? 당신 누구야!'

'미안해요. 살도 더 빼드리고… 우리 엄마 더 예뻐지게 해드리지도 못해서… 엄마 옛날에 엄마 술 취해서 오줌 싼 거 엄마가 그런 거 아니었거든, 그거 꼭 말해주고 싶었어. 그리고 술 쫌 그만 마시고! 증말 나한테 혼나요!'

'선재야, 우리 아들 어디니? 어디야? 너 장례까지 치렀는데 도대체 누가 장난하는 거니!'

갑자기 나의 휴대폰 벨이 울렸다. 선재의 말이 끊겼다. 선재 어머니가 전화한 게 틀림없었다. 난 받지 않았다. 보조석에 던져 놓은 휴대폰이 계속 울어댔다. 아들의 목소리라도 들어보고 싶어 하는 어머니의 울음소리였다. 난 그녀의 통곡을 한참 더 들어야 했다.

박봉수 할머니의 집이었던 흔적을 지나 계속 직진했다. 도로는 한 적했다. 도롯가에는 벚꽃들이 꽃 터널을 이루고 있었다. 저 수많은 꽃잎이 겨울에는 어디에 다 숨어 있었을까?

절벽 옆으로 자리 잡은 벚나무들이 도로 안쪽으로 가지를 흐드러지게 뻗고 있었다. 가지마다 손톱만 한 눈송이를 가득 달고 있다. 봄 바람이 불 때마다 벚나무는 울컥울컥 꽃잎을 토해냈다.

하늘이 온통 꽃잎으로 뒤덮였다. 숨이 막힌다. 절로 가슴이 부풀어 오른다. 어디에 이런 아름다운 꽃길이 숨죽이고 있었을까. 내가 할 수 있는 일이라고는 입과 눈을 벌리고 경이로움의 탄식을 내뱉는 일 밖에 없다. 하얀 꽃가루가 발 디딜 틈 없이 은빛 주단을 깔아놓은 벚꽃 터널을 지나고 있다. 작년 크리스마스 때 선재와 함께 이 길을 달렸다. 함박눈이 눈 앞을 가렸었다. 폭설이었다. 지금 다시 선재와 함께 이 길을 달리고 있다.

춘설!

이것은 봄의 눈이다. 꿈속이다. 살아도 산 것 같지 않고, 죽어도 죽은 것 같지 않은 몽유夢遊. 차창을 열었다. 창 안으로 꽃눈이 가득 쏟아져 들어온다. 여기서 그만 모든 것을 멈추어도 좋을 만큼 황홀하다. 지금 이 순간, 더 바랄 게 없다.

선재와 융건릉 숲 속에서 여름 벚꽃이 만들어낸 버찌를 입술이 물들도록 따 먹었고, 벚나무 잎이 붉어질 때 우리는 함께 병원을 찾아 갔다. 이제 겨울에 함께 지나쳤던 황량했던 벚나무 길을, 봄의 벚꽃 터널로 변한 지금 다시 지나고 있다. 네 계절은 우리들의 어설픈 사랑을 지켜봤고, 불안한 어깨를 감싸안아 주었다.

벚꽃은 가지에 붙어 피었을 때가 절정이 아니고, 가지에서 떨어져 나와 속절없이 몸을 던져 하늘을 날 때 비로소 '삶의 절정'이 된다.

나뭇가지에서 땅까지의 기나긴 비상飛上!

눈을 아프도록 감고 핸들을 움켜잡았다. 작년 겨울에 나만 홀로 살아남아 황망했던 그 자리, 그 길에서 비상하려 한다. 나는 행복하다. 오늘 오랜 시간 꿈꾸었던 일들을 다 치러냈다. 엄마가 16년간 주려고 애썼던, 그 아이가 받아야 했던 선물을 받아 꿈만 같았고, 아버지를 향해 들었던 보닝 나이프는 더 이상 쓸모가 없어졌다. 그리고 나를 닮은 선재의 외로운 영혼과 영원히 함께하고 싶다. 그의 집에서 함께 쉬고 싶다. 나는 더 바랄 것이 없다. 지금까지 살았던 삶 중에서 가장 절정인 날이다!

비상飛上! 바닷가 갯바위를 향해 핸들을 돌렸다. 하지만 차는 벚꽃에 섞여 하늘로 분분히 날지 못했다. 아무리 힘을 써도 핸들은 돌아가지 않았다. 꿈쩍하지 않았다. 열린 차창으로 풍겨오는 벚꽃 향기 같기도 하고, 갯벌 내음 같기도 한 아득한 향기만 차 안에 가득했다.

벚꽃 터널은 길게 이어졌고, 차창에는 무심한 벚꽃들이 하늘하늘 끝없이 떨어져 날렸다.

도로에는 차곡차곡 춘설이 쌓여갔다. 함박눈 같은 벚꽃이, 벚꽃 같은 함박눈이 푹푹 쌓여 빨간색 자동차는 더 이상 앞으로 나아가지 못했다. 춘설에 푹 파묻혀 버린 나는 하얀 뒤주에 갇힌 아이였다.

하얀 뒤주 안에는 붉은 동백꽃만이 찍힌 사진이 걸린 채, 봄바람에 흔들리고 있었다.

에필로그

　회화나무 의자에 햇살이 길게 비쳤다. 누군가 와서 앉아야 할 것 같은 무대 조명이다. 열린 창문으로 봄바람이 불어왔다. 책꽂이 위에 펼쳐져 있던 스크랩북에서 기사 한 장이 바람을 타고 날아올랐다. 햇살 조명이 비추던 의자에 제자리인양 조용히 내려앉았다.

　여성잡지 2000년 2월호 기사였다. 1999년 12월 25일, 크리스마스 날 00 백화점 앞 사거리에서 교통사고가 크게 났다는 르포기사였다. 기사 제목이 '크리스마스에 만난 두 아이의 영혼'이었다.

　류해인 양의 크리스마스 선물을 사기 위해 00 백화점으로 가던 모녀가 백화점 앞 사거리에서 신호를 무시하고 달리던 구급차와 충돌했다. 그 자리에서 아홉 살 류해인 양이 사망하고, 어머니 강계순 씨가 크게 다쳤다는 내용이었다. 당시 운전 중이었던 엄마는 아이와는 달리 생명에는 지장이 없었다. 모녀가 타고 있던 차와 충돌한 구급차는 열세 살 중학생 신선재 군의 시신을 싣고 달리던 중이었다. 시신의 사망 원인을 정확히 밝히기 위한 부검을 위해 구급차로 이송 중에 일어난 사고였다.

신선재 군은 같은 해 12월 25일 인근 야산에 있는 속칭 해골 바위 밑에서 사체로 발견되었다. 시신을 처음 발견한 사람은 충남 보령에 사는 박봉수 할머니였다. 박봉수 할머니는 서울에 사는 수양아들 집에 고희 생일 기념으로 방문하였다가 근방에서 영험하기로 소문난 해골 바위에 약사 기도를 하기 위해 산을 오르던 중, 신선재 군을 발견했다. 사체는 낙엽에 싸여 은폐되어 있던 이유로 사람들 눈에 쉽게 발견되지 못했고, 사망 시기는 발견 시기를 기점으로 한 달여 전으로 추정하고 있었다. 현장에서 유일하게 발견된 유품인 휴대폰에서 문자 내용이 확인되었다. 바로 죽기 직전에 엄마에게 보낸 것으로 알려졌는데 '엄마가 나를 많이 사랑했다는 걸 너무 늦게 알게 되었다'는 내용이었다. 문자 내용으로 미루어 보아 경찰은 부모와의 갈등이 원인일 가능성이 높다고 추정했으나, 학교 폭력 문제까지 포함하여 광범위하게 조사하고 있었다.

부모들이 두 아이의 죽음을 비통해하던 차에 류해인 양의 아버지 류정식 교수가 계속 같은 꿈을 반복하여 꾸었다. 딸과 한 남자아이가 질식할 것 같은 표정으로 갑갑함을 호소하는 꿈이었다. 이 일로 인해 심한 불면증에 시달리던 류 교수는 견딜 수 없는 지경에 이르러 신선재 군의 부모에게 남자아이의 인상착의를 묻던 중, 서로 비슷한 꿈을 꾸고 있다는 사실이 밝혀졌다. 두 아이가 눈이 시리도록 흰 꽃상여에 갇힌 채로, 바다 위를 떠돌며 울부짖고 있다는 내용이었다. 이에 따라 양가 부모는 서로 협의 하에 두 아이의 유골을 납골함에서 꺼내어 꿈속에서 본 풍경과 가장 유사한, 서해 보령의 한 바닷가에 산골散 骨을 해주기로 약속하고, 성인이 되면 영혼결혼식을 올려줄 것을 합의했다.

세상이 사랑과 축복으로 들떠있던 화려한 크리스마스에 가슴 아프게 만나야 했던 두 아이의 인연에 관한 기사였다.

봄바람이 부는 창문을 해인이 닫았다. 따뜻한 바람이었지만 집안의 물건들이 바람에 날려 다녔기 때문이었다. 해인은 선재가 앉아있던 흔들의자에 포개어 앉았다. 흔들의자 위에 스크랩된 기사가 있다는 사실을 두 사람은 알지 못했다.

창밖에는 벚꽃이 춘설이 되어 날고 있었다. 두 사람은 따스한 햇살 아래 흩날리는 벚꽃을 함께 바라보았다. 두 사람은 서로 놓으면 영원히 헤어지게 될 사람처럼, 서로의 손을 꼭 움켜잡고 있었다.

지금, 당신은 살아있습니까?

작가의 말

봄의 꽃 눈, 춘설이 내리는 계절이다. 책이 나오면 남녘 어디쯤 가서 벗나무 밑동에 책을 놓아두고, 흰 꽃 눈송이가 책 위에 쌓여 묻혀가는 모습을 오랫동안 들여다보고 싶다.

갈수록 익숙했던 것들이 새삼스럽게 보인다. 사람들도 신묘해 보이고 선명하게 느껴진다. 난분분한 벗꽃이 그렇고, 책도 그렇다. 책이 나올수록 작가의 말은 쓰기가 점점 더 어려워진다. 선명해질수록 부끄러워지는 것이 참 많아진다는 것….

가진 패는 손가락 사이로 흘러내리도록 버려두고, 인간에 대한 '믿음'이라는 가장 쉽지만, 관념적인 그리고 백척간두의 얼굴을 한, 평생 움켜쥘 패만 품고 계절을 보낸다.

작년 늦여름부터 가을로, 그리고 겨울에서 벗꽃이 피는 새봄까지 함께 한 원고다. 작가를 살린 원고이고, 작가를 가르친 원고다. 하지만 독자가 찾아주지 않으면 머지않아 이 책도 사라질 것이다. 피었다가 스러진다. 책 꽃이다.

내 주위에 반짝이는 것들은 명멸하는 물비늘처럼 소멸하기에 찬란해 보인다. 배추흰나비 같은 벚꽃이, 두드려 맞아야 하는 사각의 다듬이를 닮은 책 꽃이 좋아진다.

『날 버리면 그대가 손해』는 나의 필모그래피의 앞을 차지할 것이다. 이 작품은 아주 천천히, 하지만 눈 돌리지 않고 한 길로 걸어온 흔적 그리고 지난 시절 머릿속에서 오래 발효되었다가 탈피한 매미의 울음 같은 이야기들이다. 눈물 없는 울음소리.

포털 사이트 다음의 '7인의 작가전'에 연재한 장편 소설이다. 시간에 쫓기며 작업을 했지만, 과녁을 향해 달리는 괴로움은 좋았다. 많은 분께 고맙다. 끝까지 긴장을 잃지 않게 댓글로 힘을 준 독자님들과 도모북스 손현욱 대표님에게 특별히 감사한 마음을 전한다.

봄은 좋은 계절이다. 흙을 만나는 씨앗이 있어 행복한 계절이다. 깊이 뿌리내리기를 바랄 뿐이다.

꿈을 깨고 나면 환상임을 알고 크게 웃는다.

용인 고기리에서
이형순

날 버리면
그대가 손해

발행일	2015년 4월 10일
지은이	이형순
펴낸이	손우리
디자인	오주희
마케팅	이혜인, 이진아
펴낸곳	도모북스
출판등록	2010년 12월 8일 제 312 – 2010 – 000055호
주소	서울시 마포구 희우정로 100
전화	02 – 324 – 8220
팩스	02 – 3141 – 4936
홈페이지	www.domobooks.co.kr
ISBN	978 – 89 – 97995 – 23 – 3

「이 도서의 국립중앙도서관 출판시도서목록 (CIP) 은 서지정보유통지
원시스템 홈페이지 (http://seoji.nl.go.kr) 와 국가자료공동목록시스
템(http://www.nl.go.kr/kolisnet)에서 이용하실 수 있습니다. (CIP제
어번호 : CIP2015007782)」